KRISTIN HANNAH

DER JUNGE VON ANGEL FALLS

aufbau taschenbuch

KRISTIN HANNAH, geboren 1960 in Südkalifornien, arbeitete als Anwältin, bevor sie zu schreiben begann. Heute ist sie eine der erfolgreichsten Autorinnen der USA und lebt mit ihrem Mann im Pazifischen Nordwesten der USA. Nach zahlreichen anderen Bestsellern waren es ihre Romane »Die Nachtigall« und »Die vier Winde«, die Millionen von Leser:innen in über vierzig Ländern begeisterten und Welterfolge wurden.
Im Aufbau Taschenbuch liegen ebenfalls ihre Romane »Die andere Schwester«, »Das Mädchen mit dem Schmetterling«, »Die Dinge, die wir aus Liebe tun«, »Die Mädchen aus der Firefly Lane«, »Liebe und Verderben« und »Winterschwestern« vor.

GABRIELE WEBER-JARIĆ lebt als Autorin und Übersetzerin in Berlin. Sie übertrug u.a. Mary Morris, Mary Basson, Ronald Balson, Imogen Kealey und Allison Pataki ins Deutsche.

Es ist der Tag vor Halloween, und der neunjährige Bret möchte seiner Mutter Mikaela eine Freude bereiten. Er steht im Morgengrauen auf, kocht ihr Kaffee und sattelt ihr Pferd; dann aber wird er Zeuge, wie seine Mutter beim Sprung über ein Hindernis stürzt und schwer verletzt wird. Mikaela fällt in ein tiefes Koma, und die Ärzte geben der Familie wenig Hoffnung. Doch ihr Mann gibt den Kampf um die Frau, die er über alles liebt, nicht auf. Dabei wird auch die Sorge um seine Kinder immer größer – vor allem der kleine Bret verhält sich, von Schuldgefühlen geplagt, immer auffälliger. Schließlich entdeckt Liam ein Geheimnis seiner Frau, das ihre Familie zerstören könnte …

KRISTIN HANNAH

DER JUNGE VON ANGEL FALLS

Wenn Engel schweigen

ROMAN

Aus dem Amerikanischen von Gabriele Weber-Jarić

atb aufbau taschenbuch

Die Originalausgabe unter dem Titel
Angel Falls
erschien 2000 bei Crown Publishers, New York.

Die deutsche Erstausgabe erschien 2002 unter dem Titel
»Wenn Engel schweigen«.

MIX
Papier | Fördert gute Waldnutzung
FSC® C083411

ISBN 978-3-7466-3572-9

Aufbau Taschenbuch ist eine Marke
der Aufbau Verlage GmbH & Co. KG

1. Auflage 2023

Umschlaggestaltung www.buerosued.de, München
unter Verwendung von Motiven von
© mauritius images/Danita Delimont/Terry Eggers,
© Judy Kennamer/Arcangel und © Vandathai/Shutterstock
Satz Greiner & Reichel, Köln
Druck und Binden CPI books GmbH, Leck, Germany
Printed in Germany

www.aufbau-verlage.de

TEIL I

Was hätte sein können und was gewesen ist
Weisen auf ein stets gegenwärtiges Ende.
In der Erinnerung widerhallen Schritte
Den Gang entlang, den wir niemals beschritten,
Gegen die Tür zum Rosengarten hin,
Die wir nie geöffnet.

T. S. ELIOT, BURNT NORTON

KAPITEL 1

Im Nordwesten des Bundesstaats Washington ragt das gewaltige Kaskadengebirge in die Höhe, das sich über tausend Kilometer von British Columbia bis hinunter nach Kalifornien zieht. Zu seinen Füßen erstrecken sich Wälder, in denen die Bäume mitunter so dicht stehen, dass das Sonnenlicht kaum durch ihr Laubdach dringt, und Ortsunkundige Gefahr laufen, sich zu verirren.

In einem Tal der Nordkaskaden findet man Last Bend, eine Ortschaft, die wie aus der Zeit gefallen scheint. Besucher, die zum ersten Mal dorthin kommen, fühlen sich in Gegenden versetzt, von denen sie dachten, sie existierten nur noch in ihrer Phantasie oder in den Erzählungen ihrer Großeltern. Vielleicht kommen ihnen auch Szenen in den Sinn, die sie vor langer Zeit im Kino oder auf Fotos in alten Zeitschriften gesehen haben. Sie schmecken wieder selbst gemachte Limonade, hören das Knarren eines Schaukelstuhls auf einer Veranda, haben plötzlich längst vergessene Lieder im Kopf.

Last Bend wurde von einem Schotten namens Ian Campbell gegründet. Ein Mann wie ein Bär. Noch vor Beginn des Zweiten Weltkriegs hatte er Schottland auf der Suche nach einer anderen und besseren Welt verlassen.

Seine Suche führte ihn nach Amerika, zunächst von der Ostküste bis zum Mittleren Westen des Landes. Als er weiterreiste, kam er an die schneebedeckten Berge der Rocky Mountains und nahm sich vor, sich eines Tages in der Nähe solcher Giganten niederzulassen. Er durchquerte Colorado, Wyoming, Idaho und Montana.

Schließlich erreichte er Washington und entdeckte an der Grenze zu Kanada die großartige Landschaft der Nordkaskaden. Es war eine Gegend, von der die amerikanischen Ureinwohner geglaubt hatten, dass in den tiefen Wäldern Tiermenschen hausten, riesige Wesen, von Kopf bis Fuß behaart.

Campbell beschloss, dort zu bleiben.

Unter dem Homestead Act, dem Bundesgesetz zum Landerwerb, steckte er seinen Claim ab, ein vierzig Hektar großes Stück Land, das sich als Weideland eignete. Dahinter begann der Wald und etwas weiter entfernt erhob sich der Mount Baker mit seinen schroffen Felsen und dem eisbedeckten Gipfel.

Sein erstes Haus baute Campbell auf einer Ecke des großen Grundstücks. Es war nur eine Blockhütte. Sie wurde auf einer Seite von einem Feldweg begrenzt, aus dem sehr viel später einmal der malerische Mount Baker Highway werden sollte.

Sein Haus nannte Campbell »Last Bend«, weil er das Land, auf dem es stand, an der letzten Biegung seiner abenteuerlichen Wanderung durch die Berge entdeckt hatte.

Es dauerte nicht lang, bis andere ihm folgten. Warum, wusste Campbell nicht zu sagen, vielleicht war es einfach an der Zeit, dass die Leute sich wieder nach einem Leben in der Natur sehnten. Nach einer Weile fand er auch eine Frau, die bereit war, mit ihm in einer Blockhütte ohne Strom und fließendem Wasser zu leben – eine temperamentvolle Irin namens Fiona. Zusammen bewirtschafteten sie das Land.

Mit Fiona verwirklichte Campbell auch seinen Traum, an dem noch unberührten Ufer des Angel Lake einen Ort namens Last Bend zu gründen. Zu dem Zweck legte er zunächst einen Weg an. Den nannte er Main Street, pflanzte an beiden Seiten Zuckerahornschösslinge und malte sich die groß gewachsenen Bäume und dahinterliegenden Häuser und Geschäfte aus. Die entstanden dann auch nach und nach.

Anfang der sechziger Jahre rissen Ian und Fiona die Blockhütte ab und bauten ihr Traumhaus, ein großes, halbrundes Holzhaus, das sie auf der Anhöhe des Grundstücks am Waldrand errichteten. Hohe Douglasfichten und Zedern schützten ihre Obstbäume vor den kalten Winden, die von den Bergen herunterwehten, und an klaren Tagen schien der Mount Baker zum Greifen nah.

Aus den Bergen kam auch der Angel Creek, der an dem Grundstück vorbeifloss. Im Sommer war er ein ruhig plätscherndes Gewässer, im Winter ein reißender Bach, der einige Meilen vom Haus entfernt zu einem wild schäumenden Wasserfall namens Angel Falls wurde.

Inzwischen lebte Campbells Sohn Liam in dem Blockhaus, zusammen mit seiner Frau Mikaela und den beiden Kindern, Jacey und Bret. Die sechzehnjährige Jacey kam ganz nach ihrer Mutter, inklusive dem rabenschwarzen Haar, während der neunjährige Bret den kupferfarbenen Schopf seines Großvaters geerbt hatte.

Direkt unter dem Dach lag Brets Schlafzimmer, das in vielerlei Hinsicht dem eines jeden kleinen Jungen ähnelte. Der Rahmen seines Betts war geformt wie eine Corvette, an den schrägen Holzwänden hingen *Batman*-Poster. Auf dem Fußboden verteilt lagen zahlreiche bunte Comichefte, in einem Regal stapelten sich ein paar *Gänsehaut*-Bücher daneben jede Menge *Star-Wars*-Figuren sowie Dinosaurier und Schlangen aus Plastik.

Früh an einem kalten Samstagmorgen, an Halloween, verfolgte Bret vom Bett aus die blinkenden Zahlen seines Digitalweckers.

5:30–5:31–5:32 …

Am Vorabend hatte er den Wecker stellen wollen, aber er hatte vergessen, wie man das machte. Hätte er seine Eltern oder seine Schwester um Hilfe gebeten, hätten sie wissen wollen, warum er an einem Samstag so früh aufstehen wollte, und dann wäre die Überraschung verdorben gewesen. Zum Glück war er vor lauter Aufregung von allein wach geworden.

5:45.

Bret knipste die Nachttischlampe an und kletterte aus dem Bett. Leise holte er die Tragetasche aus dem Schrank und breitete den Inhalt auf seinem Bett aus.

Sein Halloween-Kostüm.

Seit Wochen schaute er es sich immer wieder an, es war einfach das großartigste Kostüm, das man sich denken konnte. Andächtig strich er über die einzelnen Teile. Die Cowboystiefel hatte seine Mutter mit ihm in einem Secondhand-Laden ausgesucht und solange geputzt, bis sie wieder glänzten. In dem Geschäft hatten sie auch die Weste und das karierte Hemd gefunden. Die Jeans dagegen war neu, und die Chaps aus Filz hatte seine Mutter selbst genäht. Aber mit Abstand das Beste an dem Kostüm waren der silberne Sheriffstern, der Cowboyhut, die Pistole und der Pistolengürtel aus dem Spielzeugladen, die sein Vater ihm gekauft hatte. Anschließend hatte Dad ein Seil passend zugeschnitten und daraus ein Lasso geknüpft, das man am Gürtel befestigen konnte.

Bret zog Jeans, Flanellhemd und Weste an und schlüpfte in die Stiefel, den Rest brauchte er noch nicht. Nur den Sheriffstern steckte er schon an. Und er nahm den Zettel mit, auf dem er notiert hatte, wie er seinen Plan Schritt für Schritt in die Tat umsetzen wollte. Dann öffnete er leise seine Zimmertür.

Im Flur war es dunkel. Die Türen zum Schlafzimmer seiner Eltern und zu dem seiner Schwester waren geschlossen, und es drang kein Licht unter ihnen hervor. Jacey würde wahrscheinlich bis Mittag schlafen, das tat sie immer, wenn sie freitagabends bei einem Footballspiel ihrer Schulmannschaft gewesen war. Sein Vater war nachts noch zu einem Patienten gerufen worden, und Bret hatte ihn nicht zurückkommen hören. Er würde auch noch schlafen. Nur seine Mutter würde gleich aufstehen.

Er musste sich beeilen.

In der Küche konsultierte er seinen Zettel zum ersten Mal und las nach, wie seine Mutter ihren Kaffee am liebsten mochte. Er füllte die Kaffeemaschine mit der richtigen Menge Kaffeepulver und Wasser und schaltete sie an.

Vorsichtig öffnete er die Haustür, machte einen Schritt hinaus auf die Veranda und schrak zurück. Stand da draußen jemand? Dann fiel es ihm wieder ein. Es war die Strohpuppe mit dem ausgehöhlten Kürbiskopf, die er gestern Abend mit seiner Mutter gebastelt und dort aufgestellt hatte. Mist. Beinah hätte er sich wie ein Baby benommen statt wie ein echter Cowboy.

Bret lief die Einfahrt hinunter bis zum Gäste-Cottage, das momentan leer stand. Er bog ab, kletterte über einen Zaun und rannte über die Wiese.

Vor ihm tauchte die Scheune auf, die sein Großvater gebaut hatte, und die groß genug war, um auch den Pferdestall zu beherbergen. Bret hatte seinen Großvater nicht mehr kennengelernt, aber er wusste, dass Ian Campbell ein berühmter Mann gewesen war. Er hatte den Ort Last Bent getauft, und eine Straße, das Krankenhaus und die Highschool waren nach ihm benannt worden.

Seit Bret denken konnte, hatte man ihm von dem abenteuerlichen Leben seines Großvaters erzählt, von seiner Willensstärke und Schaffenskraft. Er träumte davon, einmal genau so zu werden wie er. Manchmal übte er schon dafür und dachte sich erste eigene Abenteuer aus, zum Beispiel, am Nachtritt zu den Angel Falls teilzunehmen.

Bret schob den schweren Eisenriegel des Scheunentors hoch, öffnete das Tor einen Spaltbreit und schlüpfte hindurch. Er mochte den Geruch der Scheune. Seine Mutter roch manchmal auch so. Wenn er später einmal in die Welt zog, um, genau wie sein Großvater, fremde Länder zu bereisen und unbekanntes Terrain zu erkunden, dann müsste er nur Heu, Leder oder Pferde riechen, und er würde das Gefühl haben, seine Mom wäre bei ihm.

Die Pferde in den Boxen wieherten leise und stampften mit den Hufen. Vielleicht dachten sie, Bret wäre gekommen, um sie zu füttern. Er schaltete die Deckenbeleuchtung ein und betrat die Sattelkammer. Auf dem Holzbock lag der

Springsattel. Bret hob ihn hoch. Er war schwerer als erwartet. Stolpernd schleppte er ihn zu der Box, in der Silver Bullet, das Pferd seiner Mutter, untergebracht war.

Bret fragte sich, wie er den Sattel auf den Pferderücken bekommen sollte, der höher war als er selbst. Aber er konnte jetzt nicht aufgeben – sein Großvater hätte es auch nicht getan.

Er holte einen Eimer, drehte ihn um und stieg vorsichtig darauf. Trotzdem dauerte es noch eine Weile, bis er den Sattel erfolgreich auf den Pferderücken gewuchtet und den Gurt geschlossen hatte. Vielleicht lag er nicht fest genug an, aber ihm fehlte die Kraft, ihn noch enger zu zurren.

Bret schaute auf seinen Spickzettel und kehrte in die Sattelkammer zurück. Er hatte das Zaumzeug vergessen. Um es anzulegen, brauchte er wieder den Zettel. Die Gebissstange in das Maul eines Vollblutpferdes wie Silver Bullet zu schieben, traute er sich allerdings nicht.

Bret öffnete die Box und führte das Pferd an den Zügeln hinaus. Auf dem Gang blieb es stehen, senkte den Kopf und schnaubte.

»Brav, Silver Bullet, brav«, sagte Bret, so wie es seine Mutter immer tat. Jetzt nur keine Angst. Seine Mutter hatte ihm erklärt, man könne auch ein störrisches Pferd durch gutes Zureden für sich gewinnen, man müsse nur ruhig sprechen und geduldig sein.

Bret hörte Stiefelschritte, die sich von draußen näherten. Das Scheunentor erzitterte und wurde aufgeschoben.

Seine Mutter erschien auf der Schwelle. Hinter ihrem Rücken deutete sich am Horizont das erste Tageslicht an. Wie gebannt betrachtete Bret die dunkle Figur, die von einem hellen Schimmer umgeben war. Sie trat ein und blieb überrascht stehen. »Bret«, sagte sie. »Was machst du denn hier?«

Bret wollte Silver Bullet zu ihr führen, doch das Pferd machte sich von allein auf den Weg.

Mom stemmte die Fäuste in die Seiten und betrachtete Bret mit gerunzelter Stirn. Sie sah wunderschön aus, doch Bret wünschte, sie würde ihn anlächeln.

»Ich habe Silver Bullet gesattelt und aufgezäumt. Bloß die Gebissstange habe ich nicht reingekriegt.«

»Und in der Küche hast du die Kaffeemaschine angeworfen.« Mom legte den Kopf schief und musterte Bret. »Und das schon in aller Herrgottsfrühe. Gibt es dazu einen Grund?«

Bret zuckte mit den Schultern. »Ich wollte dir eine Freude machen.«

Seine Mutter beugte sich zu ihm hinab und schaute ihm in die Augen. Bret wollte den Kopf wegdrehen, doch Mom hielt sein Kinn fest und fragte: »Ist das der einzige Grund?« Sie richtete sich wieder auf. »Mir scheint, es steckt noch mehr dahinter.«

Das war das Problem mit Mom. Man konnte ihr nichts vormachen. Sein Dad sagte immer, sie könne in Menschen lesen wie in einem Buch.

»Ich möchte mit Scotty beim Nachtritt zu den Angel Falls mitmachen«, gestand Bret. Scotty war das einzige Pferd, das er reiten durfte.

Seine Mutter zog die Brauen hoch. »Jetzt schon? Mit neun?«

Bret nickte. »Vor einem Jahr hast du gesagt, dass ich mitreiten darf, wenn ich älter bin. Jetzt bin ich älter. Ich kann Scottys Box allein sauber machen, ihn bürsten, die Hufeisen reinigen und –«

Seine Mutter lachte. »Und nun kannst du auch noch Kaffee kochen und Silver Bullet satteln.«

Bret schlang die Arme um sie und schaute flehend zu ihr auf.

Mom seufzte. »Ich finde, du willst viel zu schnell erwachsen werden.«

Sie drückte ihn an sich und wuschelte ihm durch die Haare. Das mochte er, denn das tat sie nur, wenn sie gut gelaunt war.

Es war auch schön, wenn sie ihn wie jetzt auf die Stirn küsste. Wenn sie ihn zur Schule brachte, ließ er das nicht mehr zu. Er wollte nicht, dass die anderen Kinder ihn auslachten und »Muttersöhnchen« nannten.

»Tja«, sagte Mum, »ich schätze, jemand, der so viel kann wie du, der ist tatsächlich groß genug, um am Nachtritt teilzunehmen.«

Bret spürte, wie sein Herz einen freudigen Satz machte. »Darf ich wirklich?«

»Ich bin ja auch dabei«, sagte Mom.

»Darf ich?«, fragte Bret noch einmal.

»Du darfst.« Mom tätschelte seine Wange. »Und jetzt ist erst mal Schluss mit dem Thema, ich muss Silver Bullet bewegen. In einer Stunde kommt der Tierarzt und entwurmt die Pferde.«

»Kriegen sie wieder Spritzen?«

»Diesmal nicht.« Seine Mutter zog ein Paar Reithandschuhe aus ihrer Hosentasche und streifte sie über.

»Darf ich dir zusehen?«

Mom hob einen Zeigefinger. »Sag mir, an welche Regeln man sich beim Zusehen halten muss.«

Bret stöhnte. »Die habe ich doch schon hundertmal wiederholt.«

»Und ich möchte sie zum hundert und ersten Mal hören. Sicherheit geht vor.«

Bret verdrehte die Augen. »Man hält den Mund und bleibt am Zaun.«

»Genau.« Seine Mutter zog den Gurt um Silver Bullet fester. »Hol bitte mal meinen Helm.«

Bret lief in die Sattelkammer und nahm den Helm aus der großen Kiste, in der Moms Reitutensilien aufbewahrt wurden – Bürsten, Führseile, Hufnägel, Insektensprays, Sattelseife und Lederfett.

Als er zurückkam, hatte seine Mutter Silver Bullet schon auf die Reitbahn geführt und sich in den Sattel geschwungen. Ihre Hände lagen locker auf dem Widerrist des Pferds.

Bret trat an den Zaun. Seine Mutter ritt zu ihm, beugte sich herab und nahm den Helm entgegen.

Bret hockte sich auf die oberste Querstange des Zauns.

Um Silver Bullett aufzuwärmen, ritt seine Mutter zuerst im Kreis.

Dann kamen die Gangarten an die Reihe – Schritt, Trab, Mitteltrab, starker Trab, Schaukelgalopp, Galopp. Es sah aus, als würden seine Mutter und Silver Bullet eine Einheit bilden.

Bret wusste, wann sie zum Sprung ansetzte. Er hatte ihr oft genug zugeschaut, um die Anzeichen genau zu kennen. Im Galopp ritt sie das erste Hindernis an, eine Mauer aus Ziegelsteinen. Also würde es ein Steilsprung werden.

Brets Blick fiel auf einen dunklen Gegenstand und sein Magen verkrampfte sich. »Mom, nicht«, rief er, »hinter der Mauer liegt ein Ast.«

Doch seine Mutter hörte ihn nicht. Silver Bullet hatte gescheut, und sie war damit beschäftigt, ihn wieder in einen kontrollierten Galopp zu bringen.

»Brav, Silver Bullet, ganz ruhig.«

Das Pferd gehorchte, und Brets Mutter steuerte erneut das Hindernis an.

»Nein, Mom, nicht springen«, rief Bret, als sie an ihm vorbei galoppierte. Er wollte zu ihr laufen und mit den Armen wedeln, doch er durfte nicht auf die Koppel, während dort jemand ritt. Sie hatte es ihm hundertmal eingeschärft.

Er rief wieder, obwohl auch das ja eigentlich nicht erlaubt war. Sie reagierte nicht.

In Brets Kopf schoben sich die Warnungen, die er seiner Mutter zurufen wollte, zu einem einzigen Wort zusammen, *MomNeinMomPassAuf*, das seinen Kopf ausfüllte. Er wollte schreien, brüllen, wenn nötig, doch sein Mund gehorchte ihm nicht.

Silver Bullet setzte zum Sprung an, bäumte sich auf – und sprang.

Bret sah angespannt zu.

Seine Mutter lachte vor Freude.

Das Pferd kam hinter der Mauer auf – stolperte über den Ast und blieb wie angewurzelt stehen.

Bret sah, dass der Mund seiner Mutter noch zu einem Lachen verzogen war. Im nächsten Moment flog sie im hohen Bogen durch die Luft. Über das Geräusch seines eigenen Aufschreis hinweg hörte er, wie ihr Kopf gegen einen Zaunpfosten knallte, so heftig, dass der ganze Zaun wackelte. Dann blickte er auf seine Mutter, die reglos auf der Erde lag.

Einen Moment lang war in der kühlen Morgenluft nur Brets keuchender Atem zu hören. Silver Bullet stand ruhig neben seiner Reiterin, als wäre nichts geschehen.

Bret sprang vom Zaun und stürzte zu seiner Mutter. Blut sickerte unter ihrem Helm hervor.

Er fasste ihre Schulter und schüttelte sie leicht. »Mom, bitte steh auf.«

Er kniete sich hin und beugte sich über sie. Ihr linkes Auge stand offen, schien ihn jedoch nicht zu sehen.

Bret schrie, so laut er konnte, um Hilfe.

Einen Moment später kam Jacey über die Wiese gerannt. Sie hatte die dicke Daunenjacke ihres Vaters über ihren Schlafanzug gezogen. »Bret«, rief sie, »warum schreist du so?«

Als sie den Zaun erreichte, sah sie ihre Mutter reglos auf dem Erdboden liegen. »Fass sie nicht an, Bret«, sagte sie. »Ich hole Dad.«

Bret setzte sich zu seiner Mutter, den Blick auf ihr Gesicht geheftet. Er wagte es nicht, auch nur einen Moment wegzuschauen. Er betete unablässig, sie möge aufwachen. Er tat es stumm, denn er brachte keinen Laut über die Lippen.

Endlich kam sein Vater angerannt, mit Jacey im Schlepptau. Dad hatte seinen schwarzen Arztkoffer dabei. Auch er trug noch seinen Schlafanzug.

Bret wollte etwas sagen, erklären, was passiert war, doch sein Vater hatte nur Augen für Mom.

Bret trat ein paar Schritte zurück. Er bekam keine Luft mehr, ihm war nach Weinen zumute, doch die Tränen kamen nicht. Er konnte nur zusehen, wie sich die Blutlache um den Kopf seiner Mutter immer weiter ausbreitete.

Sein Vater stellte den Arztkoffer ab und kniete sich neben Mom. »Ich bin da, Mikaela«, sagte er und nahm ihr vorsichtig den Helm ab. Dann öffnete er ihren Mund und schob seine Finger zwischen ihre Zähne. Mom hustete und spuckte Blut.

Jacey trat zu Bret und legte einen Arm um ihn.

Bret sah das Blut auf der Hand seines Vaters, sogar der Ärmel seiner Schlafanzugjacke hatte rote Flecke abbekommen.

»Halte durch, Mika«, sagte Dad. »Wir sind bei dir. Bitte, bleib bei uns.«

Bret wurde übel. ›Bleib bei uns‹, das sagte man doch in Filmen immer, wenn jemand nicht sterben sollte. Hatte sein Vater Angst, Mom könnte sterben?

Dad richtete seinen Blick auf Jacey. »Geh ins Haus und ruf einen Krankenwagen.«

Jacey rannte los.

Wie durch Watte hörte Bret, dass sein Vater immerfort mit Mom sprach. Sie reagierte nicht.

Er sah, wie der Krankenwagen um die Ecke bog und schlitternd auf dem Schotter neben dem Pferdeanhänger zum Stehen kam. Die Türen flogen auf und zwei Sanitäter sprangen heraus. Plötzlich hatten sie eine Trage in den Händen, auf die sie seine Mutter legten. *Sie darf nicht sterben*, wollte Bret ihnen zurufen, aber als er den Mund öffnete, kam nur eine weiße Atemwolke heraus, die immer größer wurde und dann verpuffte.

Er schlang die Arme um sich und schloss die Augen. Er wollte nichts mehr sehen von einer Welt, in der sich auf einen Schlag alles ändern konnte.

❀

Sie wird sterben, das spürt sie ganz deutlich.

Bilder ziehen an ihr vorüber. Bei einem riecht sie den lieblichen Duft von Rosen nach einem warmen Sommerregen, bei einem anderen das Meer. Sie schmeckt wieder ihren ersten Kuss – den ersten, der zählte. Andere Bilder – zu viele – werden von einem Gefühl des Bedauerns begleitet.

Jemand hebt sie hoch. Nein, es sind zwei Personen. Sie wird getragen, dann festgeschnallt. Ihre Lider sind so bleiern, dass sie die Augen nicht öffnen kann. Ein Motor springt an, sie spürt die Bewegung eines anfahrenden Autos. Ihr Gesicht tut weh.

Sie hört eine Stimme – Liam – und erinnert sich an geflüsterte Liebesworte, die seit Jahren ein fester Bestandteil ihres Lebens sind. Ihre Kinder müssen ebenfalls da sein, auch wenn sie keinen Ton von sich geben. Wahrscheinlich sind sie starr vor Schreck, mit weit aufgerissenen Augen. Sie will ihnen etwas Tröstliches sagen, oder auch nur einen beruhigenden Laut von sich geben, irgendein Zeichen, das ihre Angst lindert. Doch sie kann es nicht.

Tränen rinnen aus ihren Augenwinkeln, sammeln sich hinter ihren Ohren und befeuchten das harte Kissen unter ihrem Kopf, das unangenehm nach Desinfektionsmittel riecht. Sie will nicht weinen, die Kinder sollen von ihr keine Tränen sehen, doch ihr fehlt die Kraft, sich zusammenzureißen.

Doch dann weiß sie nicht mehr, ob es Tränen sind, die aus ihren Augen sickern, oder es bereits das Leben ist, das sie verlässt.

KAPITEL 2

Nach der Highschool hatte Liam Campbell nur einen Wunsch, nämlich Last Bend so schnell wie möglich zu verlassen. Die kleine Stadt war ihm zu eng geworden, erstickte ihn, als hätte sein Vater ihn mit der Hand umschlossen und zugedrückt. Seinem Vater wollte er am allermeisten entkommen. Zeit seines Lebens hatte man Liam mit ihm verglichen, meistens mit dem Ergebnis, dass er nicht an ihn heranreichte. Auch zu Hause spielte er nur die zweite Geige. Seine Eltern liebten einander mit einer Hingabe, die für ein Kind kaum etwas übrig ließ. Also zog Liam sich in sich selbst zurück, las viel und hörte Musik. Er entdeckte seine Liebe zur klassischen Musik, bat seine Eltern um ein Klavier, war fleißig im Klavierunterricht und träumte davon, ein berühmter Pianist zu werden.

Er war begabt – im kleinen Last Bend hielt man ihn für ein Genie – und bewarb sich nach der Schule an mehreren Musikhochschulen. Er arbeitete sich hoch, von einem unbedeutenden College in Washington zum Seattle Piano Institute. In einem letzten großen Sprung schaffte er es an das berühmte Julliard Konservatorium in New York. Doch schon in den ersten Monaten dort wurde ihm klar, dass er zwar sehr gut, aber nicht gut genug war. Sein Talent hätte ausgereicht, um an einer teuren Privatschule Klavierunterricht zu geben oder als Performer halbwegs erfolgreich zu sein, aber er besaß nicht die intensive Leidenschaft der besten Konzertpianisten, und wenn er eines nicht ertragen konnte, dann das Gefühl, mittelmäßig zu sein. Davon hatte er in seiner Kindheit mehr als genug gehabt.

Es dauerte eine Weile, bis er die Enttäuschung verwunden hatte, doch dann begrub er seinen Traum und entschied sich, Medizin zu studieren. Wenn er die Menschen nicht mit seinem Klavierspiel beglücken konnte, wollte er lernen, wie man ihre Krankheiten heilte.

Für dieses zweite Studium war sein Vater nicht mehr bereit zu zahlen. Liam bewarb sich an einer kleinen Medizinischen Hochschule in Massachusetts und erhielt ein Stipendium.

Nach seinem Abschluss entschied er sich, nach New York zurückzukehren und eine Stelle an einem Medizinischen Zentrum in der Bronx anzunehmen, das eine Abteilung für HIV-Infektionen eingerichtet hatte. Das war zu Beginn der achtziger Jahre. Die Epidemie befand sich damals erst im Anfangsstadium; die Übertragungswege waren noch nicht bekannt und die Angst, sich anzustecken, war groß. Liam betrachtete diese Bedingungen als Herausforderung und wollte sehen, ob er das Zeug hatte, sie zu meistern.

Er hielt lange durch. In Krankenzimmern, in denen Verzweiflung, Apathie und Tod herrschten, tat er sein Bestes, um den Kranken die letzten Monate ihres Lebens leichter zu machen. Doch heilen konnte er sie nicht.

Er verordnete Medikamente, die höchstens kurzzeitig wirkten – andere gab es damals noch nicht –, und hielt

Hände, die immer schwächer wurden. Er sah infizierte Neugeborene und wusste, wie gering ihre Überlebenschancen waren. Er stellte Totenscheine aus.

Als seine Mutter an einem Herzinfarkt starb, kehrte Liam nach Last Bend zurück, um sich um seinen alt und dement gewordenen Vater zu kümmern. Nach dessen Tod, so war sein Plan, würde er wieder fortgehen und sich einen Ort weit weg von Last Bend suchen, an dem er leben und arbeiten wollte.

Doch dann lernte er Mikaela kennen.

Mika.

Da wusste er, dass er angekommen war.

Und nun wartete er vor der Intensivstation und fragte sich, ob sie überleben würde.

Seine Kinder saßen im Wartebereich des Krankenhauses. Jacey hatte den Auftrag, auf Bret zu achten und ihn, wenn nötig, zu beruhigen.

Stephen Penn, Chefarzt der Neurologie und Liams Freund, kam durch die Tür.

Liam sprang so hastig auf, dass sein Stuhl umfiel.

Genau wie Liam war Stephen vor kurzem fünfzig geworden, doch in diesem Augenblick wirkten beide Männer älter.

Liam taxierte die Miene seines Freundes. »Wie sieht es aus?«

»Komm mit«, antwortete Stephen. Seiner Miene war nichts zu entnehmen.

Sie durchquerten den Flur, vorbei an der Schwesternstation. Liam nickte den Schwestern hinter der Glasscheibe zu. Sie wichen seinem Blick aus. Liams Magen zog sich zusammen. Er fühlte sich mit einem Mal wie einer der unzähligen Angehörigen, denen er selbst schon Hiobsbotschaften überbracht hatte.

Stephen hielt ihm die Tür zu einem Krankenzimmer auf. Wie eine ramponierte Puppe lag Mikaela im Bett, das Gesicht verfärbt und geschwollen. Sie war an Geräte angeschlossen, die ihre Vitalfunktionen überwachten, von der Frequenz ihres Herzschlags bis zum Innendruck ihres Schädels. Ein Respirator atmete für sie, und über einen Tropf wurde ihr eine Nährlösung zugeführt. In dem stillen Raum glaubte Liam, den Herzschlag seiner Frau zu hören.

»Ihr Gehirn arbeitet«, sagte Stephen. »Wir wissen nur noch nicht, wie gut. Auf Schmerzreize reagiert sie leider nicht.« Er schlug die Decke zurück und stach mit einer Stecknadel in Mikaelas rechten Fuß, um es Liam zu demonstrieren. Mikaela regte sich nicht. Stephen deckte sie wieder zu. »Wir können nur abwarten. In der Zwischenzeit tun wir alles, was in unserer Macht steht, und überwachen sie rund um die Uhr.«

Zum ersten Mal seit dem Abschluss seines Medizinstudiums wünschte Liam, er wäre nicht Arzt, würde die Bedeutung dessen, was Stephen sagte, nicht verstehen und könnte sich einreden, alles werde gut. So konnte er sich nur damit trösten, dass Mika in den besten Händen war, denn Stephen war ein angesehener Neurologe, der sich, ebenso wie einst Liams Vater, ganz bewusst für das Leben an einem Ort fernab der großen Städte entschieden hatte.

»Die Ungewissheit macht mich verrückt«, sagte Liam und fasste Stephen am Arm. »Ohne Mikaela kann ich nicht – können auch die Kinder nicht leben.«

Stephens Blick war mitfühlend. »Morgen wissen wir mehr. Wir werden jetzt noch einige Tests machen, und ich schaue mir die Halswirbelsäule an. Danach müssen wir abwarten, wie sie die Nacht übersteht.«

Als zwei Krankenpfleger das Zimmer betraten, schob Stephen Liam sanft zur Seite.

Liam sah zu, wie seine Frau zur nächsten Untersuchung aus dem Zimmer gerollt wurde.

Auf dem Weg zu seinen Kindern überlegte Liam, was er ihnen sagen sollte. Wie er es ihnen sagen sollte. Und ob er die Kraft hatte, so stark zu bleiben, dass sie nicht merkten, wie beunruhigt er war.

Um sich abzulenken, konzentrierte er sich auf die praktischen Dinge, die er zu erledigen hatte. Er überlegte, welche Formulare er für die Krankenversicherung ausfüllen musste, ob er für Mikaela einen kleinen Koffer packen sollte und was dort hineinmüsste. Dann ging er im Geist die Termine durch, die er in den nächsten Tagen absagen musste, falls er seine Praxis nicht für ein paar Tage ganz schließen würde. Ach, und natürlich musste er Mikaelas Mutter anrufen, die am anderen Ende von Washington State lebte.

Liam trat auf eine kleine Terrasse, wo er Empfang hatte, und versuchte, seine Schwiegermutter übers Handy zu erreichen. Als sie sich nicht meldete, hinterließ er auf ihrer Voicemail die Bitte, sie möge ihn zurückrufen.

Im Wartebereich saßen nur seine Kinder. Jacey blätterte lustlos in einer zerfledderten Zeitschrift. Bret hockte auf dem Fußboden, umgeben von Spielsachen für viel kleinere Kinder, die er aus einer bunten Kiste herausgekippt hatte.

Einen Moment lang wusste Liam nicht, wohin mit seinen Händen. Er zwang sich, die Arme locker baumeln zu lassen. Leise sagte er die Namen seiner Kinder.

Jacey ließ die Zeitschrift fallen und sprang auf. Liam sah ihre bebenden Lippen, die vom Weinen geschwollenen Augen und den Pulli mit den roten Punkten, den sie in der

Hast am Morgen verkehrt herum angezogen hatte. Der Anblick schnürte ihm die Brust ab. Er versuchte, seine Tochter beruhigend anzulächeln, bezweifelte jedoch, dass es ihm gelang.

Bret stand nicht auf. Er nahm zwei Bauklötze und schleuderte sie in eine Ecke. Dann wischte er sich über die Augen und sagte wütend: »Ich weiß schon, dass Mom tot ist.«

Liam zog ihn hoch und strich ihm die verschwitzten roten Locken aus der Stirn. »Sie ist nicht tot, Bret, wie kommst du darauf?« Er nahm das Gesicht des Jungen zwischen seine Hände und zwang ihn, ihm in die Augen zu sehen – zwang sich selbst, dem schmerzerfüllten Blick seines Sohns standzuhalten. »Deine Mutter ist *nicht* tot, okay?« Brets Augen füllten sich mit Tränen, doch er deutete ein Nicken an.

Als wäre er noch ein Kleinkind, hob Liam Bret hoch und setzte ihn auf einen Stuhl. Dann zog er sich selbst einen Stuhl heran und ließ sich den Kindern gegenüber nieder. Er wünschte, er hätte eine Zauberformel, mit der er ihre Angst verjagen konnte, doch er besaß nichts außer seinen armseligen Worten.

»Ihr wisst, dass Mom vom Pferd gestürzt ist.«

Die beiden nickten.

»Sie hat sich am Kopf verletzt und liegt im Koma.«

Bret runzelte die Stirn.

»Koma bedeutet, dass Mom schläft«, sprach Liam weiter. »Dr. Penn, den ihr beide gut kennt, kümmert sich um sie. Und wir werden beten, dass es ihr bald wieder besser geht. Ist das so weit verständlich?«

Jacey nickte erneut, doch in ihrem Blick las er, dass die ganze Situation für sie alles andere als leicht zu verstehen war. Ihre Welt war aus den Fugen geraten, und obwohl sie es weniger deutlich zeigte als ihr kleiner Bruder, war auch Jacey zutiefst verunsichert.

Bret stand auf, kletterte auf Liams Schoß und steckte sich den Daumen in den Mund.

Liam betrachtete ihn konsterniert. Bret hatte im Alter von drei Jahren aufgehört, am Daumen zu lutschen, doch nun nuckelte er mit Hingabe und kuschelte sich in Liams Arme, als wäre er wieder viel jünger.

Während er seinen Sohn hielt, ging Liam durch den Kopf, dass seine Kinder gerade eine Wahrheit erfuhren, die er und Mikaela ihnen noch für lange Zeit hatten ersparen wollen, nämlich dass im Leben sehr beängstigende Dinge geschehen konnten, dass ein einziges Ereignis eine heile Welt zerstören und man die Menschen, die einem alles bedeuteten, verlieren konnte.

❀

Stundenlang saß Liam mit seinen Kindern im Wartebereich und hoffte auf neue Informationen über den Zustand seiner Frau.

Es wurde Abend. Keiner von ihnen sagte mehr etwas, doch sie alle behielten die große Wanduhr im Auge. Mit jeder Minute, die verstrich, ohne dass jemand kam und erklärte, Mikaela sei aufgewacht, wuchs ihre Sorge.

Liam hätte gern etwas Tröstliches gesagt, doch er hatte Angst, dass es das Falsche sein würde. Worte hatten Gewicht, sie konnten Schaden anrichten.

Dann waren auf dem Flur Schritte zu hören.

Liam beugte sich vor und betete, dass es nicht Stephen war, der kam, um ihnen schlechten Neuigkeiten mitzuteilen.

Es war Mark, Jaceys Freund. Mit großen Schritten kam er in den Wartebereich gelaufen und brachte einen Schwall frischer Herbstluft mit. Liam mochte den Jungen, doch hier, im stillen Wartebereich und umgeben von grauen Wänden, empfand er ihn als zu energiegeladen, zu bunt in seinem gemusterten Pulli und der roten Jogginghose. »Jacey!«, sagte Mark zu laut. »Ich habe es gerade erst erfahren.«

Jacey stand auf und lief in seine Arme. »Wir durften noch nicht zu ihr und wissen nicht, wie es ihr geht.«

Die beiden setzten sich auf ein altersschwaches Sofa in der Ecke, steckten die Köpfe zusammen und unterhielten sich leise. Ihr Gemurmel war das einzige Geräusch im Raum.

Bret nuckelte am Daumen.

Dann erschien Stephen und winkte Liam zu sich.

Liam trat zu seinem Freund auf den Flur hinaus.

»Ihr Zustand ist unverändert«, sagte Stephen. Er legte Liam eine Hand auf die Schulter. »Fahr mit den Kindern nach Hause, heute Nacht können wir für Mikaela nichts mehr tun. Versuch ein bisschen zu schlafen. Falls etwas ist, rufe ich dich sofort an. Sonst sehen wir uns morgen.«

Stephen hatte recht, doch die Vorstellung, ohne Mikaela nach Hause zu fahren, war Liam nahezu unerträglich.

»Komm schon«, sagte Stephen, als hätte er Liams Gedanken gelesen. Er klopfte Liam auf die Schulter und entfernte sich über den Flur.

Liam kehrte in den Wartebereich zurück. »Eure Mutter schläft noch«, sagte er mit belegter Stimme. »Zeit für uns, nach Hause zu gehen. Morgen fahren wir wieder her.«

Jacey sah aus, als graute auch ihr davor, nach Hause zu gehen.

Mark warf Liam einen vorsichtigen Blick zu. »Ein paar aus

unserer Klasse feiern heute eine Halloween-Party. Vielleicht darf Jacey mitkommen.«

Jacey schüttelte den Kopf. »Nein, ich möchte nicht mit.«

»Geh doch ruhig«, schlug Liam ihr vor. »Wenn etwas sein sollte, melde ich mich bei dir.«

Jacey wirkte unschlüssig.

»Geh mit Mark«, beharrte Liam. »Du hilfst deiner Mutter nicht, indem du zu Hause sitzt und auf eine Nachricht aus dem Krankenhaus wartest. Lenk dich ein bisschen ab.«

Jacey schlang die Arme um sich. »Aber nur ganz kurz.«

»Dad«, sagte Bret, als Jacey mit Mark verschwunden war. »Ich habe Hunger.«

»Ich auch«, sagte Liam. Als Bret den Daumen wieder in den Mund stecken wollte, hielt Liam seine Hand fest. »Du musst nicht am Daumen lutschen, zu Hause mache ich uns etwas zu essen.«

Bret stand auf.

Erst in diesem Augenblick nahm Liam den sonderbaren Aufzug seines Sohns wahr – das karierte Hemd, die Jeans, die Weste mit dem Sheriffstern. Der Junge hatte am Morgen sein Halloween-Kostüm angezogen, von dem er seit Wochen sprach, und heute war der Tag, auf den er sich so lange gefreut hatte.

Inzwischen würden die anderen Kinder von Last Bend seit Stunden unterwegs sein und als Astronauten, Superhelden, Hexen und Prinzessinnen verkleidet die Häuser abklappern und Süßigkeiten verlangen.

Liam erinnerte sich vage, dass seine Frau Bret sogar Chaps genäht hatte. »Willst du zu Hause die anderen Cowboysachen anziehen und mit deinen Freunden durch –«

»Nein«, fiel Bret ihm ins Wort. »Ich habe Hunger.«

»Aber deine Mutter hat die Hose extra für Halloween genäht.«

»Ich will die Sachen nicht anziehen«, rief Bret zornig, und Liam begriff, dass Halloween für ihn keine Rolle mehr spielte.

»Okay«, sagte er mit einem schweren Seufzer. »Dann mal los.«

Draußen atmete Liam begierig die frische Luft ein, die nach regenfeuchter Erde und nassem Herbstlaub roch. »Nach der Krankenhausluft tut das richtig gut«, sagte er betont munter.

Bret antwortete nicht.

Auch auf der Fahrt nach Hause sprach der Junge kein Wort, und in der Garage stieg er wortlos aus dem Wagen und lief ins Haus.

Liam folgte ihm, schaltete in den unteren Räumen das Licht an und wünschte, es wäre nicht so verdammt still.

In der Küche saß Bret schon am Tresen und sah Liam anklagend an.

Richtig, der Junge wollte essen.

In dem Moment klingelte das Telefon. Liam zuckte zusammen und nahm den Hörer des Wandapparats ab. Doch am anderen Ende war nicht das Krankenhaus, sondern seine Sprechstundenhilfe.

»Liam«, sagte sie, »Carol hier. Ich habe es eben erst erfahren. Wie um alles in der Welt konnte das passieren? Und wie geht es Mika?«

Liam erzählte ihr, was passiert war. Mittendrin stand Bret auf, lief an ihm vorbei ins Wohnzimmer und ließ sich auf das Sofa fallen, wo er sich in die gelbe Wolldecke seiner Mutter kuschelte. Dann stellte er den Fernseher an und drehte die Lautstärke bis zum Anschlag auf.

Liam verabschiedete sich von Carol, griff sich die Fernbedienung und stellte den Ton leiser, wobei er den vernichtenden Blick seines Sohns ignorierte.

Er ging in die Küche und überlegte, was er zum Abendessen machen sollte. Er schaute in den Kühlschrank. In einem Plastikbehälter war ein Rest Tomatensoße, daneben fand er Klarsichttüten mit Gemüse, eine Packung Käse, eine mit Schinkenspeck und vier Eier. Er öffnete die Kühltruhe und entdeckte auf den ersten Blick nur eine Menge Tupperdosen, jede mit einem Zettelchen beklebt, auf dem Datum und Inhalt angegeben waren. Nirgendwo stand, wie etwas davon zubereitet wurde.

Dann läutete das Telefon wieder. Diesmal war es Mikas Reitfreundin Marion, die wissen wollte, was geschehen war. Liam gab eine ungeduldige Kurzfassung ab. Als sie ihm versprach, für Mika zu beten, bedankte er sich knapp und legte auf.

Beim dritten Anruf ging er nicht mehr ran.

Er trat ins Wohnzimmer und erklärte Bret, dass er Pizza bestellen werde.

Bret verdrehte die Augen. »An Halloween kommt der Pizzabote nicht. Außerdem gibt es heute geschnetzeltes Huhn. Mom hat es gestern in die Soße gelegt, um es zu marinieren. Steht im Kühlschrank.«

»Aha«, sagte Liam. »Interessant.« In der Küche warf er noch einmal einen Blick in den Kühlschrank und entdeckte den Topf, in dem tatsächlich Hähnchenteile marinierten.

»Wetten, dass du nicht weißt, wie es geht«, rief Bret aus dem Wohnzimmer.

»Wie wär's, wenn du mir hilfst?«, fragte Liam.

»Ich weiß auch nicht, wie es geht«, antwortete Bret, doch

er schaltete den Fernseher aus und schwang sich am Küchentresen auf einen Hocker.

»Ich kann Blinddärme entfernen, Wunden nähen und Brüche schienen, ein geschnetzeltes Huhn ist für mich ein Klacks.«

»Zum Huhn gehört noch Gemüse. Das ist auch im Kühlschrank. Das in den Klarsichttüten ist schon gewaschen.«

Liam holte die Gemüse-Tüten aus dem Kühlschrank, legte ein Hackbrett auf den Tresen und nahm ein Messer aus der Schublade.

Er öffnete die Tüte mit den Pilzen und kippte sie auf das Brett.

»Ich mag keine Pilze«, sagte Bret.

Liam füllte sie wieder in die Tüte und deutete auf den Blumenkohl. »Ist der genehmigt?«

Bret schüttelte den Kopf.

Das Telefon klingelte.

»Verdammt.« Liam warf die Tüten mit Pilzen und Blumenkohl zurück in den Kühlschrank und schlug die Tür zu.

»Warum gehst du nicht ans Telefon?«, fragte Bret.

»Weil ich es leid bin, immer die gleiche Geschichte zu erzählen.«

»Und was ist, wenn jemand aus dem Krankenhaus anruft? Oder Jacey?«

»Okay, Bret, beim nächsten Mal gehe ich ran.« Er hielt den Broccoli hoch. »Darf der es sein?«

»Ja, aber ohne den dicken Stiel.«

Liam legte den Broccoli auf das Brett und griff nach dem Messer.

»Nicht schneiden«, sagte Bret. »Mom zupft die Röschen ab.«

»Willst du sie abzupfen?«

Bret schüttelte den Kopf.

»Na also.« Unter Brets vorwurfsvollem Blick hackte Liam den Broccoli klein.

»Du musst Öl in den Wok geben.«

Als das Telefon das nächste Mal klingelte, nahm Liam den Hörer ab. Es war Mikas Reitfreundin Shaela. Sie wusste schon Bescheid und fragte, ob sie helfen könne. Liam verneinte dankend. Als Shaela zum wiederholten Mal: »Ich kann es immer noch nicht fassen«, sagte, legte er entnervt auf.

Bret hatte eine Flasche Öl und den elektrischen Wok hervorgeholt und auf den Tresen gestellt. Liam stöpselte den Wok ein, füllte eine Tasse mit Öl und kippte sie hinein.

Bret runzelte die Stirn. »Das ist zu viel Öl.«

Die nächste Anruferin war Mabel vom Pferdeschutzverein. Bei ihr legte Liam auf, nachdem sie ein halbes Duzend Mal »Das ist einfach schrecklich!«, gesagt hatte.

»Du hast das Öl zu heiß gemacht«, sagte Bret.

»Es muss so heiß sein«, antwortete Liam und gab das marinierte Huhn in den Wok. Das Öl spritzte nach allen Seiten. Liam schabte den Broccoli dazu. Ein Spritzer heißen Öls traf ihn an der Wange, und wieder klingelte das Telefon.

Dann schrillte der Rauchmelder. Liam stöpselte den Wok aus und riss das Küchenfenster auf.

»Ihr könnt mich mal«, sagte er, als das Telefon wieder ging, nahm den Hörer ab und knallte ihn auf.

»Das Huhn ist angebrannt«, sagte Bret. »So was passiert Mom nie.«

»Nein, natürlich nicht.« Liam wischte Ölspritzer vom Tresen und versuchte, tief und ruhig zu atmen.

»Ich habe Hunger.« Bret fing an zu weinen.

Liam nahm ihn in den Arm. »Das Huhn ist nicht angebrannt. Die kleinen schwarzen Stellen kratzen wir ab, okay?«

Bret wischte sich über Augen und Nase und nickte resigniert.

KAPITEL 3

Jacey kehrte schon früh von der Halloween-Party zurück und wirkte noch immer verstört. Sie sagte nicht viel, drückte Liam nur einen Gutenachtkuss auf die Wange und verschwand in ihr Zimmer.

Ein wenig später, als Liam sich vergewissert hatte, dass seine Kinder schliefen, betrat er das Arbeitszimmer seiner Frau und knipste die Schreibtischlampe an.

In der Luft lag noch ein Hauch von Mikaelas Parfum. Es roch nach Meer, Minze und etwas Lieblichem, das er nicht näher bestimmen konnte. Auf dem Schreibtisch türmten sich Zettel, Notizblöcke und Broschüren. Vor seinem inneren Auge sah er seine Frau an dem Tisch sitzen und eines ihrer zahlreichen Schreiben zugunsten vernachlässigter Pferde verfassen, neben sich einen dampfenden Becher Kaffee.

Wenn er in solchen Momenten eintrat und sie sich zu ihm umdrehte, war ihre Miene stets bedrückt. *Ich möchte noch ein Pferd aufnehmen, Liam. Es gibt eine Stute, die vor Hunger so entkräftet ist, dass sie kaum noch stehen kann. Du hast doch nichts dagegen, oder?*

Liam hob einen Zeitschriftenstapel vom Schreibtischstuhl und ließ sich nieder. Er schaltete den PC ein und suchte im

Internet nach »Kopfverletzung« und »Koma«, in der Hoffnung, auf Erfahrungsberichte zu stoßen, in denen Menschen beschrieben, wie sie nach kürzester Zeit wieder vollständig genesen waren.

Stattdessen fand er eine Horrorstory nach der anderen. Als ihm die Lektüre zu viel wurde, verlegte er sich auf die Suche nach einschlägiger Fachliteratur, überflog die Inhaltsverzeichnisse mehrerer Bücher, notierte die Titel. Es waren hilflose Aktionen, denn zum einen konnte Stephen ihm alle gewünschten Auskünfte geben, und zum anderen wusste Liam auch als Allgemeinmediziner, dass er im Moment nicht mehr tun konnte als abzuwarten. Er schaltete den PC aus.

Danach streifte er eine Zeit lang ziellos durch die Räume im Erdgeschoss, bis er sich schließlich im Wohnzimmer einen doppelten Tequila einschenkte und in einem Zug hinunterkippte. Als die gewünschte Wirkung ausblieb, wiederholte er das Ganze. Endlich ließ der Druck in seinem Kopf ein wenig nach, die Gegenstände ringsum verschwammen an den Rändern, und er konnte einfach dasitzen und den Tränen, die sich in ihm aufgestaut hatten, freien Lauf lassen.

Leicht schwankend trat er schließlich an das große Fenster, das zur Koppel hinausging. Irgendwo da draußen waren die Pferde, die nicht im Stall untergestellt wurden. Inzwischen dürfte es ein Dutzend Tiere sein, die Mikaela gerettet hatte. Sie kamen von Privatbesitzern, von Reitställen, die Konkurs angemeldet hatten, von aufgegebenen Farmen. Die meisten waren bei ihrem Eintreffen ungepflegt, abgemagert und matt. Mikaela ließ sie von ihrem Tierarzt untersuchen, päppelte sie auf, striegelte sie, bis ihr Fell wieder glänzte und sprach ihnen bei jeder Gelegenheit gut zu. Wenn ein Pferd wiederhergestellt war, gab sie es an Menschen weiter, von denen sie wusste, dass es bei ihnen gut aufgehoben sein würde. Mikaela hatte ein großes Herz für Tiere, es gehörte zu den Eigenschaften, die Liam an seiner Frau liebte.

Er setzte sich wieder aufs Sofa und starrte vor sich hin. Wann hatte er Mikaela eigentlich zum letzten Mal gesagt, dass er sie liebte? Vor Wochen? Monaten? Es fiel ihm nicht ein.

Er war kein Mann vieler Worte, das wusste seine Frau. Aber hatte er ihr seine Liebe wenigstens oft genug auf andere Weise gezeigt? Und wenn ja, hatte Mikaela das auch wahrgenommen?

Er wünschte, er könnte sich zumindest daran erinnern, wann er ihr zum letzten Mal ein Kompliment gemacht hatte.

Liam füllte sein Glas wieder auf.

Sie könnte sterben.

Nein, diese Richtung durften seine Gedanken nicht einschlagen. Mika würde aufwachen, jeden Augenblick konnte es so weit sein. Und am Morgen würde er ihr erzählen, welche Angst er um sie gehabt hatte, und sie würden darüber lachen.

Und was wäre, wenn es doch zum Schlimmsten kam?

Wieder versuchte er, seine Gedanken umzulenken, doch sie waren wie Raubtiere, die eine Fährte aufgenommen hatten und sich nicht beirren ließen.

Liam schloss die Augen und malte sich aus, seine Frau säße an seiner Seite. Sie trug die verschlissene Jeans, die eigentlich viel zu löchrig war, um sie noch zu tragen, und ihren schwarzen Lieblingspullover, in den sie zweimal hineingepasst hätte.

Er wünschte, er könnte ihr sagen, dass ihm an ihr sogar die alte Jeans und der ausgeleierte Pullover gefielen. Er sehnte sich danach, seine Frau in den Armen zu halten und zu küssen. Mikaela war ein Teil von ihm, ohne sie fühlte er sich nur noch wie ein halber Mensch. Nein, weniger als das. »Wenn du mich heute in der Küche gesehen hättest«, sagte er. »Du hättest dich kaputtgelacht.«

»Dad?«, erklang eine Kinderstimme. »Mit wem sprichst du?«

Mikas Bild löste sich auf.

Liam öffnete die Augen und rappelte sich hoch.

Oben an der Treppe stand Bret und trug nur eine Unterhose und ein violettes T-Shirt mit dem Bild eines Dinosauriers auf der Brust. Es war die Notlösung, auf die sie sich geeinigt hatten, als sie keinen frischen Schlafanzug fanden.

»Ich spreche mit niemandem.«

»Ich kann nicht mehr schlafen.«

Liam stieg die Treppe hinauf. »Möchtest du bei mir schlafen?«

Bret zuckte mit den Achseln, doch er begleitete Liam ins Elternschlafzimmer und stieg in das große Bett.

»Ich habe von Mom geträumt«, sagte er, als Liam aus dem Bad kam und sich zu ihm legte. »Sie hat mich ganz komisch angeguckt.«

Liam nahm seinen Sohn in die Arme. Noch vor wenigen Tagen hatte er den Eindruck gehabt, dass Bret zu schnell erwachsen wurde, doch nun spürte er, wie zart die Knochen des Jungen noch waren, wie schmal sein Rücken. Bret war noch ein Kind, das durfte er nicht vergessen.

»Was meinst du mit ›komisch‹?«

»So wie sie aussah, als sie heute Morgen auf der Erde lag. Sie hat mich nur mit einem Auge angesehen, und das hat sich nicht bewegt.«

Liam streichelte Brets Wange. »Das war, weil sie sich wehgetan hatte.«

»Darf ich morgen zu ihr?«

Liam dachte an das verfärbte, geschwollene Gesicht seiner Frau, an den Tubus in ihrer Nase, ihre Reglosigkeit und an die vielen Geräte neben ihrem Bett. Diesem Anblick war Bret noch nicht gewachsen, er würde ihn wochenlang verfolgen.

»Mom liegt im Moment auf der Intensivstation. Dort sind Kinder nicht erlaubt. Du kannst sie besuchen, wenn sie auf eine normale Krankenstation verlegt wird.«

Bret schwieg. Dann sagte er: »So wie sie mich angeschaut hat, gucken im Kino nur tote Leute.«

Liam drückte ihn an sich. »So darfst du nicht denken. Mom ist nicht tot, Bret. Sie ist gestürzt und liegt nun im Krankenhaus, wo sie noch ein Weilchen schlafen wird.«

»Können wir sie nicht wachküssen?«

Was sollte Liam darauf antworten, ohne den Jungen zu belügen oder noch mehr zu verstören. »Zuerst müssen wir sie noch ein bisschen schlafen lassen, okay?«

Mit einem Seufzer befreite Bret sich aus seinen Armen und drehte sich von ihm fort.

❀

Liam fand keine Ruhe. Er wartete, bis Bret eingeschlafen war, dann ging er wieder nach unten. Statt sich erneut an der Flasche Tequila zu vergreifen, machte er sich in der Küche einen Kräutertee und setzte sich mit dem Becher ins Wohnzimmer.

Können wir sie nicht wachküssen?

Er lehnte den Kopf an die Sofalehne. Was für eine Phantasie der Junge hatte, und wie sehr sein Gehirn auf Hochtouren laufen musste.

Liam wollte nur für einen Moment die Augen schließen – und schrak hoch, als das Telefon klingelte. Anscheinend war er doch eingedöst. Auf dem Weg in die Küche hörte er Mikas melodiöse Stimme auf ihrem Anrufbeantworter. *Sie haben die Nummer der Familie Campbell und des Pferdeschutzbunds für Whatcom County gewählt. Im Moment sind wir nicht zu erreichen, aber wenn Sie Ihre Nummer hinterlassen, rufen wir zurück.*

Nach der Ansage meldete sich Liams Schwiegermutter. »*Hola*, Liam, hier ist Rosa, tut mir leid, dass es so spät geworden ist –«

Liam nahm den Hörer ab. »Hallo, Rosa.«

»Ah, Liam, da bist du. Also, es tut mir leid, dass ich jetzt erst anrufe, ich hatte Nachtschicht und bin –«

»Mika hatte einen Unfall«, unterbrach Liam sie. Er berichtete seiner Schwiegermutter, was vorgefallen war.

Am anderen Ende blieb es still. Dann sagte Rosa: »Ich komme. Morgen Vormittag bin ich bei euch.«

Liam fiel ein Stein vom Herzen. »Danke, Rosa. Ich lasse dir in Spokane ein Flugticket hinterlegen.«

Doch Rosa wollte nicht fliegen, sondern mit dem Wagen kommen. »Wird sie die Nacht überstehen?«

»Wir hoffen es«, antwortete Liam. »In ein paar Stunden wissen wir mehr.«

»Bete für sie«, befahl Rosa. »Gott vermag mehr als Ärzte und Geräte.«

Liam wünschte, er besäße den unerschütterlichen Glauben seiner Schwiegermutter.

Er verbrachte die Nacht auf dem Sofa im Wohnzimmer, weil er zu ruhelos war und sich zu sehr hin- und herwälzte, um neben Bret im Ehebett zu liegen, ohne den Jungen zu wecken.

Gegen Morgen, als sich über der Wiese und der Koppel das erste graue Licht ankündigte, stieg er die Treppe hinauf und betrat das Schlafzimmer. Er setzte sich ans Bett und betrachtete seinen schlafenden Sohn. Nach einer Weile legte er sich vorsichtig zu ihm und starrte an die Decke. Er erinnerte sich an die Farben, in denen Mika das Schlafzimmer je nach Laune gestrichen hatte. Mal war es dunkelrot gewesen, ein anderes Mal tannengrün, dann wieder so cremeweiß wie jetzt. Natürlich war es auch ihre Idee gewesen, über dem Bett einen Baldachin anzubringen und ihn mit diesem weißen durchscheinenden Stoff zu dekorieren. Er ließ sie jedes Mal gewähren und fand alles schön, solange es ihr gemeinsames Zimmer blieb und er jede Nacht mit ihr in diesem Bett schlafen konnte – voller Dankbarkeit, dass sie ihn dort haben wollte. Denn er hielt sich für einen ganz und gar durchschnittlichen Mann, dessen herausragendes Merkmal einzig und allein in der Liebe bestand, die er für seine Frau empfand.

❀

Mikaelas Mutter saß in ihrem Wohnzimmer, zündete die beiden Kerzen vor der kleinen Marienstatue in der Ecke an und betete für ihre Tochter. Sie begann mit dem Ave Maria, flehte die Muttergottes um ihren Beistand an, und endete mit dem Vaterunser.

Danach war ihr ein wenig leichter ums Herz, aber dieses Gefühl hielt nicht lange an.

Sie hätte gern mit Mikaelas Vater gesprochen und ihre Sorge mit ihm geteilt. Sie überlegte, ob sie ihn anrufen sollte, doch sie ließ es bleiben. Er wäre ihr sowieso keine Hilfe gewesen.

Wann hatte sie ihn überhaupt das letzte Mal gesehen? Es musste vor Jahren gewesen sein, sie erinnerte sich nicht einmal mehr an den Anlass. Sie lebten zwar in derselben Stadt, aber William war ein wohlhabender Mann, und sie bediente in einem Imbiss. Er war auch nie für Mikaela da gewesen, hatte sie lediglich gezeugt. Rosa hoffte, dass er den Kindern aus seiner Ehe ein besserer Vater gewesen war. Über diese Kinder hatten sie nie gesprochen, ebenso wenig wie über die Frau, mit der er verheiratet war.

Als Rosa aufstand, um die Gardinen vor den Fenstern zuzuziehen, knackten ihre Gelenke. *Ich bin eine alte Frau*, dachte sie, und der Allmächtige und die Heilige Jungfrau waren die Einzigen, die sie um Hilfe bitten konnte.

Sie schaute sich im Zimmer um. Es wurde nur von den beiden Kerzen und dem Licht der Straßenlaterne erhellt, das durch die dünnen Vorhänge hereinfiel. Es war ein ärmliches Zimmer, die Möbel größtenteils vom Trödelmarkt. Den Couchtisch hatte sie sogar im Sperrmüll gefunden. An den Wänden hingen gerahmte Drucke, die ihre geliebten Schutzpatrone zeigten – den Heiligen Christophorus, den Heiligen Aegidius und die Heilige Teresa von Ávila. Wie oft hatten Liam und Mikaela ihr Geld angeboten, damit sie ihr Haus schöner einrichten konnte, doch sie hatte nie einen Cent angenommen. Sie besaß, was sie sich leisten konnte, und das musste genügen.

Auch das kleine Haus hätte sie nicht annehmen dürfen. William hatte es ihr geschenkt, als sie einander noch liebten, und sie sicher war, dass er mit ihr hier wohnen würde. Was für ein dummes Huhn sie gewesen war. Als wäre er jemals in dieses Häuschen gezogen, das mit den einfachsten Mitteln gebaut worden war.

Nun lief an dem Fenster zur Straße mal wieder Kondenswasser herunter. Rosa holte ein Tuch und wischte die Rinnsale ab.

Als Kind war Mikaela von diesen Wasserfäden fasziniert gewesen, hatte mit dem Finger ihren Lauf geändert und geglaubt, dass es im Haus auf wundersame Weise regnete.

Rosa war weniger begeistert gewesen. Wenn sie einen schlechten Tag hatte, erinnerten die Tropfen sie an die Tränen, die sie in diesem Haus aus enttäuschter Liebe vergossen hatte.

Einst war das Haus ein Liebesnest gewesen. Draußen hatte William eine hohe Hecke pflanzen lassen, so dass sie im Freien sitzen konnten, ohne gesehen zu werden. Und sie hatte die Vorhänge ausgesucht, die sie vor neugierigen Blicken schützen sollten.

Gegen diese Liebe war sie machtlos gewesen, trotzdem hatte sie von Anfang an gewusst, dass sie falsch war und sie eines Tages dafür büßen würde.

»Lieber Gott«, betete sie auf Spanisch. »Ich weiß, dass ich gesündigt habe. Doch ich flehe Dich an, mir zur Strafe nicht meine Tochter zu nehmen.«

Einen Moment lang wartete Rosa auf eine Antwort oder ein Zeichen. Sie hörte, wie der Wind an den Ästen des Kastanienbaums rüttelte und wie die Fensterscheiben klapperten, doch davon abgesehen blieb es still.

Mit einem Seufzer raffte sie sich auf, ging in ihr Schlafzimmer und fing an, ihren Koffer zu packen.

KAPITEL 4

Um sechs Uhr morgens klingelte das Telefon unten im Haus und riss Liam aus einem Traum, in dem er mit Mikaela auf der Veranda gesessen hatte – im Hintergrund hatten ihre Kinder gelacht. Im Wachwerden spürte er noch ihre Hand in seiner. Dann fiel sein Blick auf Bret, der an seiner Seite schlief, und schlagartig war er wieder in der Realität.

Das Telefon klingelte noch immer.

Mit hämmerndem Herzen lief er die Treppe hinunter und nahm den Hörer ab.

Am anderen Ende meldete sich die Nachtschwester der Intensivstation, um ihm mitzuteilen, dass seine Frau die Nacht überstanden hatte.

Liam bedankte sich und ging ins Bad. Schlafen konnte er nun sowieso nicht mehr. Er duschte, wusch sein Haar, tat alles rein mechanisch. Als er sich abtrocknete, wurde ihm bewusst, dass er weder Shampoo noch Duschgel benutzt hatte, so sehr war er mit den Gedanken bei Mikaela gewesen.

Später weckte er Jacey und Bret auf und rief sie zum Frühstück. Jacey wollte nichts essen. Bret aß einen Löffel von seinen Cornflakes und ließ den Rest stehen. Liam schüttete zwei Tassen Kaffee in sich, mehr brachte auch er nicht hinunter.

Dann fuhren sie wieder zum Krankenhaus. Die Kinder setzten sich in den Wartebereich, Liam machte sich auf den Weg zur Intensivstation.

Als er die Tür zu Mikaelas Krankenzimmer öffnete, hatte er plötzlich die aberwitzige Vision, sie würde im Bett sitzen und ihn anlächeln.

Tatsächlich lag Mikaela reglos in ihrem Bett und sah schlimmer aus als am Vortag. Die Gesichtshälfte, mit der sie bei ihrem Sturz aufgeschlagen war, hatte sich dunkler gefärbt und war so stark geschwollen, dass das Auge im Fleisch verschwand.

Aus ihrem schlaffen, leicht offen stehenden Mund lief Speichel auf ihr Kopfkissen, unter der Wange hatte sich bereits ein feuchter Fleck gebildet. Liam zog sich einen Stuhl ans Bett, tupfte den Speichel mit einem Papiertaschentuch ab und betrachtete seine Frau. Nur der Monitor am Bett und der sich hebende und senkende Brustkorb verrieten ihm, dass sie lebte.

Schließlich kam Stephen herein. Er hatte einen Kollegen aus Seattle dabei, einen Spezialisten auf dem Gebiet der Koma-Forschung, und bat Liam, während der Untersuchung draußen zu warten. Doch auch diese Untersuchung brachte keine neuen Ergebnisse, keiner der beiden Ärzte konnte sagen, warum Mikaela nicht aufwachte.

Liam blieb nichts anderes übrig, als weiter abzuwarten und zu hoffen, dass seine Frau diesen Tag überstand, dann den nächsten und den übernächsten … und irgendwann von allein aufwachte.

Als Stephen und sein Kollege gegangen waren, setzte Liam sich wieder zu Mikaela. Er tat sein Bestes, den Mut nicht sinken zu lassen, und überließ sich seinen Gedanken. Vielleicht würde Mikaela zu diesen medizinischen Wundern gehören, von denen man immer wieder hörte – Menschen, die man schon aufgegeben hatte, und die plötzlich wieder so fit waren, als wäre nichts gewesen. Er fragte sich, ob ihm eine riskante Operation lieber gewesen wäre als dieser Zustand, den man nicht richtig greifen konnte. Dann wurde ihm bewusst, wie sinnlos diese Überlegung war.

❀

Als das Zimmer in helles Sonnenlicht getaucht wurde, schaute Liam auf die Uhr. Es war fast Mittag.

Er musste zu seinen Kindern, hätte schon längst bei ihnen sein sollen.

Auf dem Weg zum Wartebereich ging ihm durch den Kopf, dass ihr Leben nun aus vielen leeren Stellen bestand – in ihrem Haus, auf der Veranda, in der Küche, im Reitstall, auf der Pferdekoppel – überall würden sie spüren, dass Mikaela fehlte, und sehnsüchtig darauf warten, dass sie die leeren Stellen wieder füllte.

Jacey stand mit dem Rücken zu Liam am Fenster und schien sich in den Anblick des vollen Parkplatzes vertieft zu haben. Er konnte nur erahnen, was ihr dabei durch den Kopf gehen mochte.

Bret lag zusammengerollt und mit geschlossenen Augen auf dem durchgesessenen Sofa. Er lutschte schon wieder am Daumen.

Wie am Vortag waren die Kinder die Einzigen im Raum.

Und Liam wusste noch immer nicht, was er ihnen sagen sollte.

Er setzte sich zu Bret und zog ihm den Daumen aus dem Mund.

Jacey drehte sich um. Normalerweise legte sie großen Wert auf ihr Aussehen, doch nun war ihr langes schwarzes Haar strähnig, und sie trug noch den Jogging-Anzug mit der ausgebeulten Hose, in dem sie morgens aus ihrem Zimmer gekommen war. Einen Moment lang machte Liam sich Vorwürfe, weil er nicht darauf geachtet hatte, dass die Kinder sich ordentlich kleideten, doch dann sagte er sich, dass das zurzeit ohnehin keine Rolle spielte.

Seine Tochter sah ihn gespannt an.

»Sie schläft noch«, sagte Liam.

Jaceys Augen füllten sich mit Tränen. Sie wischte mit dem Ärmel ihrer Jacke darüber, ließ sich an Liams Seite nieder und lehnte ihren Kopf an seine Schulter.

Bret richtete sich auf. »Dürfen wir heute zu Mom?«

Liam schüttelte den Kopf. »Sie schläft sehr tief. Ich habe euch ja erklärt, dass man das als Koma bezeichnet. Das bedeutet, dass sie ganz still daliegt. Auf diese Weise versucht ihr Körper, sich selbst zu heilen. Es ist wie bei einer Grippe. Da schläft man auch die ganze Zeit, um wieder gesund zu werden.«

»Aber nicht Tag und Nacht«, sagte Bret.

»Wird sie wieder aufwachen?«, fragte Jacey. »Sag uns die Wahrheit, Dad.«

»Davon geht Dr. Penn aus, aber er kann nicht sagen, wann es geschieht. Das weiß im Moment niemand.«

Jacey zog die Brauen zusammen. Sie war in einem Arzthaushalt aufgewachsen und kannte die Geschichten von Menschen, die nie mehr aus dem Koma erwacht waren.

»Sie braucht jetzt unseren Glauben an sie«, fügte Liam

mit fester Stimme hinzu. »Sie muss spüren, wie sehr wir uns wünschen, dass sie wieder aufwacht. Aber wir müssen ihr Zeit lassen, bis sie so weit ist.«

»Warum kannst du sie nicht gesund machen?«, fragte Bret mürrisch.

Liam strich ihm über den Kopf. »Weil das im Moment niemand kann.«

»Sie ist wie Dornröschen, Bret«, sagte Jacey.

»Aber Dornröschen hat hundert Jahre geschlafen«, rief Bret zornig. »So lange halte ich es bestimmt nicht aus ohne Mom.«

Liam legte einen Arm um Brets Schultern und wünschte, er könnte die Furcht seiner Kinder irgendwie lindern.

❀

Der Parkplatz des Krankenhauses war ziemlich voll. Rosa musste sämtliche Reihen abfahren, bis sie noch eine freie Stelle fand.

Dann löste sie ihre verkrampften Hände vom Lenkrad und atmete ein paarmal tief durch. Sie war müde und verschwitzt, und Hunger hatte sie auch.

Sie rückte die kleine Marienfigur gerade, die an ihrem Armaturenbrett befestigt war, erinnerte die Muttergottes daran, dass sie im Moment ganz besonders auf ihren Beistand angewiesen war, und griff nach ihrer Handtasche.

Draußen reckte sie sich, dehnte ihre steif gewordenen Glieder und betrachtete das graue, kastenförmige Krankenhaus und die dürren Sträucher links und rechts des Eingangs. »Abweisend« war das Wort, das ihr dazu in den Sinn kam. Es gab nirgendwo etwas, das tröstlich wirkte. Vor der Tür standen ein paar Patienten in Bademänteln herum, die meisten davon alte Männer.

Rosa betrat die Eingangshalle und atmete die muffige Luft ein, in die sich der scharfe Geruch nach Desinfektionsmitteln mischte. An einer Wand standen Bänke, auf denen Patienten und Besucher saßen. In der Ecke gab es einen riesigen Gummibaum. Ein paar Kinder rannten lärmend umher und wurden gelegentlich zur Ordnung gerufen – ohne Erfolg.

Rosa trat an den Empfang und sagte der jungen Frau am Tresen, sie wolle zu ihrer Tochter, Mikaela Campbell.

Die Frau konsultierte eine Liste. »Sie können Ihre Tochter im Moment nicht besuchen, sie liegt auf der Intensivstation.« Sie zuckte bedauernd mit den Schultern.

»Ist mein Schwiegersohn im Haus?«, fragte Rosa. »Dr. Liam Campbell?«

Wieder wurde die Liste zu Rate gezogen. Die Frau nickte. »Soll ich ihn ausrufen?«

»Bitte.«

»Nehmen Sie so lange Platz.«

Es gab keine freien Sitzplätze mehr, doch das sagte Rosa nicht. Sie ging in Richtung der voll besetzten Bänke und wie immer, wenn sie sich beklommen fühlte, begann sie zu zählen. Diesmal war es die Anzahl der Schritte, die sie bis zu den Bänken brauchte.

Sie hörte den Namen ihres Schwiegersohns, der aus dem Lautsprecher ertönte und von den Wänden zurückgeworfen wurde. Nach einer Weile kam er über den Flur.

Er sah abgekämpft aus und wirkte kleiner, als hätte die Last seines Kummers ihn niedergedrückt. Doch er gehörte ohnehin zu den Männern, bei denen man erst auf den zweiten Blick erkannte, dass sie hochgewachsen waren – die man überhaupt erst auf den zweiten Blick wahrnahm. Liam war ein zurückhaltender Mensch, vielleicht lag es daran. Wie oft hatte Rosa sich zu ihm umgewandt, um ihm etwas zu sagen, und vergessen, dass sie hochschauen musste, wenn sie ihm dabei ins Gesicht sehen wollte. Auch seine innere Größe entdeckte man erst nach einer Weile, ebenso wie seine Fähigkeit, einen anderen Menschen rückhaltlos zu lieben. Rosa kannte keinen anderen Mann, der eine Frau so liebte wie Liam ihre Tochter.

Suchend blickte er sich um.

Rosa hob die Hand. »*Hola*, Liam.«

Er kam zu ihr. »Hallo, Rosa«, sagte er und schien nicht zu wissen, wohin mit seinen Händen. »Danke, dass du gekommen bist.«

Rosa registrierte den Schmerz in seinen Augen. Es waren schöne Augen von blassem Grün, doch sie hatten ihren Glanz verloren.

Erschrocken fasste sie Liams Arm. »Sie lebt doch noch, oder?«

Liam nickte.

Sein blondes Haar war zerzaust, er musste immer wieder mit den Fingern hindurchgefahren sein. Er begann: »Ich wünschte …« und schien dann nicht mehr weiter zu wissen.

Rosa klemmte sich ihre Handtasche unter den Arm. »Bring mich zu ihr, Liam.«

»Ich wünschte, ich könnte dir den Anblick ersparen.«

Für wie schwach hielt er sie denn? Sie war doch kein Kind.

Sie folgten dem Flur, nahmen einen Aufzug, folgten wieder einem Flur, bogen in den nächsten ab. Rosa verlor die Orientierung, lief einfach neben ihrem Schwiegersohn her, der seinen Schritt ihrem angepasst hatte. Er war nämlich auch ein rücksichtsvoller Mann.

Sie betraten die Intensivstation. Rosa begann wieder, ihre Schritte zu zählen.

Schließlich blieb Liam vor einer Tür stehen. Er legte eine Hand auf ihre Schulter, als wolle er sie beruhigen. Das hatte er noch nie getan. Rosa sah ihn dankbar an. Dass er sie trotz seiner eigenen Sorge zu trösten versuchte, rechnete sie ihm hoch an.

»Möchtest du allein zu ihr oder soll ich mitkommen?«

Rosa überlegte. Eigentlich wollte sie mit ihrer Tochter gern allein sein, doch für den Fall, dass sie Fragen hatte, wäre es besser, wenn er bei ihr war. »Wir gehen zusammen rein.«

Als Rosa ihre Tochter sah, presste sie sich erschrocken eine Hand auf den Mund. »*Dios mío*!«

Das Bett, in dem Mikaela lag, hatte ein Gitter, als wäre sie ein Kind oder eine Gefangene, und um sie herum zischten und piepten Geräte. Am schlimmsten aber war die vollkommene Reglosigkeit ihrer Tochter.

Vier Schritte waren es bis zu ihr. Und dann sah Rosa das verfärbte Gesicht und das zugeschwollene Auge.

Sie beugte sich über das Gitter und strich ihrer Tochter über die Wange, die sich heiß und hart anfühlte. »Mein armer Schatz«, sagte sie und zwang sich, ruhig zu klingen. »Das muss ja ein schlimmer Sturz gewesen sein.« Sie nahm Mikaelas Hand und streichelte sie. »Aber du wirst wieder gesund, das weiß ich.«

»Wir wissen noch gar nichts, Rosa«, sagte Liam. »Nicht mal, wie viel sie hören kann – ob sie überhaupt etwas hört – oder ob sie jemals wieder aufwacht.«

Rosa schluckte. Seine Worte machten ihr Angst. Aber sie

wusste, er hatte sie nicht ängstigen wollen, sondern als Arzt gesprochen. Wahrscheinlich brauchte er konkrete Indikatoren, bevor er glaubte, dass Mikaela wieder gesund werden würde. Sie hingegen hatte gelernt, dass es Wahrheiten gab, die der menschlichen Wahrnehmung verborgen blieben. »Erinnerst du dich noch an euren Urlaub auf Hawaii?«

Liam runzelte die Stirn. »Natürlich, er war ja erst letztes Jahr.«

»Jacey hat mir erzählt, dass sie dort versucht hat, Surfen zu lernen.«

»Das hat sie rasch wieder aufgegeben.«

»Ja, weil sie von einer Welle gepackt wurde, mit dem Kopf unter Wasser geriet und Panik bekam. Sie wurde herumgewirbelt und wusste nicht mehr, wo oben war und wo unten.«

Liam seufzte. »Worauf willst du hinaus, Rosa?«

»Dass es Mikaela nun ähnlich ergeht. Sie hat sich verirrt und weiß nicht, wo sie ist. Deshalb ist es an uns, ihr den Weg nach Hause zu zeigen. Dazu müssen wir mit ihr sprechen und von gemeinsamen Erlebnissen erzählen. Sie werden für sie wie Taschenlampen und Wegweiser sein.«

Liams Blick wurde weich. »Ich bin froh, dass du gekommen bist.«

»Dachtest du, ich könnte dich und die Kinder im Stich lassen?«

Er lächelte verkrampft und schüttelte den Kopf.

Das musste zu seinen Ängsten gehören, dachte Rosa. Dass er ohne seine Frau für den Rest seines Lebens allein sein würde. Zwar liebte Liam seine Kinder von ganzem Herzen, doch es gab Formen der Einsamkeit, gegen die nur ein geliebter Partner half. Rosa wusste das aus eigener Erfahrung.

Sie fragte sich, ob ihrer Tochter klar war, wie viel sie ihrem Mann bedeutete, oder ob in einem verborgenen Winkel ihres Herzens die Überreste alter, unglückseliger Gefühle weiterhin Blüten trieben und zu einem Dickicht gewuchert waren, das für diese neuere Liebe keinen Platz ließ.

❀

Rosa saß lange am Bett ihrer Tochter. Liam war zu seinen Kindern gegangen und hatte sie mit Mikaela allein gelassen. Als er zurückkehrte, stand Rosa auf und ließ sich den Weg zu ihren Enkelkindern beschreiben.

Sie verlief sich mehrmals, bevor sie den Wartebereich fand, wo die Kinder auf einem Sofa saßen. Jacey hatte einen Arm um Bret gelegt. Beide starrten ins Leere.

»*Hola*«, sagte Rosa.

Jacey sprang auf und umarmte sie.

Rosa wiegte sie in ihren Armen sanft hin und her. »Keine Angst, es wird alles wieder gut.« Sie gab Jacey einen Kuss auf die Stirn.

Bret war sitzengeblieben. Zu Rosas Erstaunen steckte er sich den Daumen in den Mund und schien wie ein Kleinkind daran zu nuckeln.

Sie löste sich von Jacey, setzte sich zu Bret und zog ihm sanft den Daumen aus dem Mund. »Bist du wieder ein Baby?«

Er weigerte sich, sie anzusehen. »Mom ist tot«, sagte er tonlos.

»Nein, das ist sie nicht. Ich war gerade bei ihr und kann bezeugen, dass sie lebt.« Rosa hielt die Hand fest, die mit dem Daumen wieder zum Mund wollte. »Du brauchst diese Hand, um für deine Mutter zu beten.« Sie faltete ihre Hände um seine. »Erinnerst du dich noch an das Gebet, das ich dir beigebracht habe?«

Bret nickte widerwillig.

Es war das Vaterunser, das Rosa seit ihrer Erstkommunion vor fünfzig Jahren jeden Abend vor dem Zubettgehen sprach.

»Mach die Augen zu.«

Bret gehorchte.

Rosa murmelte die Worte des Gebets und sah, wie sich auch Brets Lippen bewegten.

❀

Auf dem Rückweg vom Krankenhaus besorgte Liam für alle Pizza. Während des Essens war die Stimmung der Kinder noch immer gedämpft, doch Liam erkannte, wie froh sie waren, ihre Großmutter zu sehen.

Nach dem Essen verzog Jacey sich in Mikaelas Arbeitszimmer, um im Internet für ein Schulprojekt zu recherchieren.

Um halb zehn beschloss Liam, nach ihr zu sehen.

»Findest du alles, was du brauchst?«, fragte er und strich Jacey übers Haar. Sie schaute zu ihm hoch. Erleichtert stellte Liam fest, dass sie nicht geweint hatte. Ihr Gesicht war zwar blass, aber die Augen waren nicht mehr rot gerändert.

»Fast alles.«

»Wenn du magst, kannst du den PC in dein Zimmer stellen, solange Mom im Krankenhaus ist.«

Jacey schüttelte den Kopf. »Ich bin lieber hier, wo es nach Moms Parfum riecht.« Sie lachte leise. »Vorhin hatte ich vergessen, dass sie im Krankenhaus liegt, und habe jeden Augenblick damit gerechnet, dass sie an die Tür klopfen und ›Jacey, Zeit fürs Bett‹ sagen würde.«

»Genau das wollte ich gerade sagen.« Liam gab Jacey einen Kuss. »Mach nicht mehr so lange, okay?«

»Okay.«

Liam stieg die Treppe hinauf und öffnete die Tür zu Brets Kinderzimmer.

Bret lag im Bett, schlief aber noch nicht. Auf seinem Nachttisch brannte die kleine *Batman*-Lampe. Er starrte an die Decke, wo im Oberlicht ein Stück Sternenhimmel zu sehen war.

»Kannst du nicht schlafen?«

»Nein, Daddy«, sagte Bret und klang wieder wie ein Dreijähriger und nicht wie ein neunjähriger Junge, der schon in der Baseball-Little-League spielte.

Auf dem Weg zum Bett trat Liam mit einem lauten Knacken auf eine Spielzeugfigur. Er bückte sich und hob sie auf. »Mist, ich habe Han Solo plattgemacht.«

»Der war schon kaputt.«

Liam setzte sich auf die Bettkante und strich Bret eine Strähne aus dem Gesicht. »Du kannst wieder bei mir schlafen, wenn du magst.«

Bret schwieg.

»Früher bist du immer zu uns gekommen, wenn du schlecht geträumt hast.«

»Weiß ich.«

Nun hörte Bret sich wieder wie ein normaler Neunjähriger an, und Liam atmete auf. Er wünschte nur, er wüsste, wie er dem Jungen seine Angst nehmen und verhindern konnte, dass er auf frühere Entwicklungsstufen zurückfiel, wenn er sich nicht mehr anders zu helfen wusste.

Bret drehte sich auf die Seite und schaute Liam an. »Wenn ich in dem großen Bett liege, muss ich immer daran denken, dass Mom nicht da ist.«

Das ging Liam genauso. Er streichelte die Wange des Jungen. »Aber ich bin doch da, und solange Mom im Krankenhaus ist, kannst du nachts immer zu mir kommen. Ich bin sicher, dass Mom es umgekehrt genauso machen würde.«

Bret hob die Decke an. »Du kannst ja schon mal in mein Bett kommen.«

»Gute Idee.« Liam legte sich zu seinem Sohn und nahm ihn in den Arm.

Eine Zeit lang blickten sie stumm in den kleinen Ausschnitt Sternenhimmel über ihnen. Einmal war Liam sicher, dass Bret eingeschlafen war, doch als er vorsichtig aus dem Bett gleiten wollte, sagte der Junge: »Nicht weggehen.«

»Ich gehe nicht weg.«

»Ich kann einfach nicht einschlafen.«

»Soll ich dir etwas vorlesen? So wie früher?«

»Ja, vielleicht.«

»Soll ich dir etwas Bestimmtes vorlesen?«

Ein gequälter Seufzer. »Weiß nicht.«

Liam richtete sich auf. »Dann gehe ich jetzt nach unten und suche im Bücherregal etwas aus. Bin gleich wieder da, okay?«

»Aber du musst wiederkommen.«

»Natürlich komme ich wieder.«

Im Wohnzimmer ging Liam die Bücher in den Regalen durch. Schließlich fand er etwas, das Bret gefallen könnte. Es war *Der König von Narnia*, eins von Mikaelas Lieblingsbüchern.

Als er wieder in Brets Zimmer war, beäugte der Junge kritisch das Cover. »Ist das gruselig?«

»Nein.« Liam kroch wieder zu seinem Sohn ins Bett und begann vorzulesen. »Es waren einmal vier Kinder, die hießen Peter, Susan, Edmund und Lucy …«

Wenig später waren Vater und Sohn in einer magischen Welt, in der vier Geschwister aus einem großen geheimnisvollen Haus durch einen Kleiderschrank in die phantastische Welt von Narnia eintauchen und dort Faunen, Nymphen, Zentauren, sprechenden Tieren und einer bösen Hexe begegnen.

Irgendwann warf Liam einen Blick auf Brets Nachttischuhr und stellte fest, dass es schon kurz vor elf war. Er las das Kapitel noch zu Ende, dann klappte er das Buch leise zu. »Und jetzt versuchen wir zu schlafen, okay? Morgen lese ich dir weiter vor.«

»Glaubst du an Magie?«, fragt Bret und klang hellwach.

»Das tue ich jedes Mal, wenn ich dich, Jacey und Mom sehe. So wundervolle Menschen können nur durch Magie entstanden sein.«

Bret stieß ein schnaubendes Lachen aus. »Wir sind nicht durch Magie entstanden.«

»Okay, in Wirklichkeit vielleicht nicht, aber mir kommt es eben manchmal so vor.«

»Wie war es, als ich geboren wurde?«

Liam zwang sich zur Geduld. Diese Geschichte hatte er Bret bestimmt schon hundertmal erzählt. »Das war etwas ganz Besonderes. Deine Mutter hat geweint, als sie dich sah und gesagt, dass es auf der ganzen Welt kein schöneres Baby geben könne.«

Bret lächelte. »Aber du hast gesagt, dass ich aussehe wie ein verschrumpelter alter Mann.«

»Ein winziger, verschrumpelter alter Mann.«

»Aber wenn ich Hunger hatte, konnte ich so laut brüllen, dass sich alle die Ohren zugehalten haben.«

»Allerdings.«

»Dad, die Kinder, die durch den Kleiderschrank gegangen sind, kommen die zurück?«

»Ja. Sie verirren sich ein paarmal, aber sie finden immer wieder in die richtige Welt zurück.«

»Wird Mom das auch? Zurückfinden, meine ich.«

»Ja, das wird sie.«

»Dann ist ja gut.«

Liam drückte Bret einen Kuss auf die weiche Wange. Dabei fiel ihm ein, dass seine Frau vor Jahren einen »Zauberkuss« erfunden hatte, der angeblich bei Kindern Alpträume verhindern konnte.

»Ich kann dir einen Zauberkuss geben. Und dann testen wir, ob er genauso gut wirkt wie der von Mom.«

Bret schüttelte den Kopf. »Lieber nicht.«

Na schön, der Zauberkuss war offenbar ein Privileg, das nur Mikaela zustand. Und dieses Privileg wollte der Junge offenbar für seine Mutter reservieren, ganz so, als hätte sie sonst keinen Grund mehr, zu ihm zurückzukehren.

Bret kuschelte sich an ihn. »Ich muss immerzu an Mom denken.«

Liam strich ihm beruhigend über den Kopf. »Das ist ganz normal, Bret, das tue ich auch.«

Später, als Bret tief und fest schlief, trug Liam ihn in das große Ehebett und legte sich dort wieder zu ihm. Bevor er selbst eindämmerte, zogen Bilder an ihm vorüber, wunderschöne Erinnerungen an Dinge, die er, Mika und die Kinder gemeinsam unternommen hatten. Sie halfen ihm, an eine gemeinsame Zukunft zu glauben.

KAPITEL 5

Rosa zog in das Gäste-Cottage an der Seite des Haupthauses. Sie packte ihren Koffer aus und verstaute ihre wenigen Sachen. Sie hatte sich aus dem Haus ein paar Nahrungsmittel mitgenommen – Eistee, Obst und Kekse –, aber die meiste Zeit würde sie mit Liam und den Kindern essen.

Am nächsten Morgen – Liam war schon auf dem Weg zum Krankenhaus – machte sie den Kindern Frühstück. Ihr Plan war, sie anschließend in die Schule zu bringen, doch Jacey und Bret bettelten darum, noch einen Tag im Krankenhaus verbringen zu dürfen, in der Hoffnung, dass ihre Mutter aufwachte.

Rosa ließ sich breitschlagen, betonte jedoch, dass sie am nächsten Tag nicht mehr mit sich reden ließe. Kinder müssten in die Schule, und tagelang im Krankenhaus zu hocken, tue niemandem gut.

Nachdem sie aufgeräumt und abgewaschen hatte, machten sie sich auf den Weg ins Krankenhaus. Diesmal war der Wartebereich sehr voll; Jacey und Bret konnten gerade noch die letzten freien Stühle ergattern.

Rosa versprach ihnen, bald wieder zurück zu sein. Sie selbst nahm den Aufzug zur Intensivstation. Der Flur bis zu

Mikaelas Zimmer war mit Linoleum ausgelegt. Rosa senkte den Kopf und zählte wieder ihre Schritte.

Sie hatte Liam im Krankenzimmer erwartet, doch Mikaela war allein. Rosa setzte sich an ihr Bett und betrachtete die lauten Geräte, die ihr immer noch unheimlich waren. Sie nahm die Hand ihrer Tochter.

»Für mich wirst du immer mein kleines Mädchen sein, *si, mi hija*? Obwohl du selbst schon Kinder hast.« Sie strich mit ihrer freien Hand über Mikaelas Wange. Sie kam ihr weicher vor als am Tag zuvor, und auch weniger heiß. Die Schwellung ging offenbar zurück.

Sie zupfte Mikaelas Haare zurecht und strich sie glatt. »An diese Kurzhaarfrisur kann ich mich einfach nicht gewöhnen. Dein langes Haar war so schön. Bis auf deinen Rücken hat es gereicht. Es sah aus wie ein schwarzer Wasserfall.«

Sie erinnerte sich noch gut an den Tag, an dem ihre Tochter sich die langen Haare abgeschnitten hatte. Sie hatte gerade den Mann verlassen, mit dem sie drei Jahre verheiratet gewesen war. Julian True, ein Kerl, von dem Rosa nie viel gehalten hatte. In ihren Augen war er ein unzuverlässiger Blender gewesen, der tat, was er wollte, und abends spät oder gar nicht nach Hause kam. Zudem ließ er sich mit anderen Frauen ein und kümmerte sich weder um seine Ehefrau noch um sein Kind. Irgendwann hatte Mikaela eingesehen, dass er sich nicht ändern würde, und war gegangen. Und dann schnitt sie sich das Haar ab, das er so geliebt hatte. Als könne sie ihn auf die Weise bestrafen.

»Was für ein dummes Mädchen du warst.« Rosa blickte in Mikaelas geschundenes Gesicht. Wie lange ihre Tochter wegen dieses Mannes gelitten hatte. Unzählige Male hatte Rosa ihr gesagt, dass er es nicht wert sei. Wie die Mutter, so die

Tochter, ging es ihr durch den Kopf. Jede von ihnen hatte den falschen Mann geliebt.

Sie war sicher gewesen, dass ihre Tochter eines Tages über diesen Nichtsnutz hinwegkommen und sich die Haare wieder wachsen lassen würde.

Doch Mikaela trug das Haar noch immer so kurz wie ein Junge.

»Ich werde nicht mehr an ihn denken«, sagte Rosa entschlossen. »Das ist er nicht wert. Genauso, wie er es nicht wert war, dass du ihn geliebt hast. Ich wünsche mir jede einzelne Minute zurück, die wir an diesen Scheißkerl verschwendet haben.«

Rosa drückte einen Kuss auf Mikaelas Hand und legte sie zurück auf die Bettdecke. »Du warst einmal so strahlend, so lebenslustig. Wie oft du mich zum Lachen gebracht hast.

Und was du nicht alles vorhattest. Ich erinnere mich noch an die Fotos, die du aus Zeitschriften ausgeschnitten und in deinem Zimmer an die Wand gepinnt hast. Bilder aus aller Herren Länder. Du wolltest nach Europa reisen, nach Asien. Es hat mir Angst gemacht. Ich war stets der Meinung, dass ein Mensch, der große Träume hat, auch große Enttäuschungen erlebt, wenn aus den Träumen nichts wird.

Aber wenn ich dir das gesagt habe, hast du nur gelacht und geantwortet: ›Eine von uns beiden muss doch große Träume haben.‹ Und ich dachte, vielleicht hat sie recht.«

Doch dann war es so gekommen, wie Rosa befürchtet hatte. Die Träume ihrer Tochter zerplatzten, einer nach dem anderen. Aber wenigstens war Mikaela an ihrer Enttäuschung nicht zerbrochen, sie war höchstens realistischer geworden.

»Wir waren immer füreinander da«, sprach Rosa weiter. »Ich werde auch jetzt für dich da sein und Last Bend erst dann verlassen, wenn du wieder wach bist. Ich träume davon, wie du die Augen öffnest und dich aufsetzt – und ich werde alles dafür tun, damit das kein Traum bleibt. Hast du mich verstanden?«

Natürlich erhielt sie keine Antwort.

Mittags aß Rosa mit den Kindern in der Krankenhauskantine. Beide wirkten apathisch und stocherten nur in ihrem Essen. Rosa bot ihnen an, sie nach Hause zu fahren, doch davon wollten sie nichts wissen.

Als Rosa in Mikaelas Krankenzimmer zurückkehrte, traf sie dort auf Liam und einen zweiten Arzt namens Dr. Stephen Penn. Mikaela wurde in ihrem Bett auf den Flur hinaus gerollt.

Erschrocken griff Rosa nach Liams Arm.

»Sie wird von der Intensivstation in die Neurologie verlegt«, sagte er. »Das ist ein gutes Zeichen.«

❀

Am Nachmittag saß Liam mit seiner Schwiegermutter in dem neuen Krankenzimmer an Mikaelas Bett. Wenig später kam Stephen herein.

»Mikaelas Zustand hat sich stabilisiert«, sagte er. »Wie man sieht, haben wir das Atemgerät entfernt. Sie kann jetzt allein atmen.« Er lächelte. »Das ist eine gute Nachricht.«

»Und wie lautet die schlechte?«, fragte Liam.

Rosa sah ihn vorwurfsvoll an. »Warum bist du so pessimistisch? Sie kann allein atmen, das ist doch schon ein Fortschritt.«

»Der Meinung bin ich auch«, sagte Stephen. »Das Problem ist nach wie vor, dass wir nicht wissen, warum sie nicht aufwacht. Ihr fehlt nichts, und ihre Gehirnaktivität ist normal. Sie müsste längst zu sich gekommen sein.«

»Ist es denn schlimm, wenn sie noch ein wenig länger schläft?«, fragte Rosa.

Stephen zögerte, bevor er antwortete. »Es gibt Menschen, die jahrelang im Koma liegen, andere wachen überhaupt nicht mehr auf. Für den Komapatienten ist es meist weniger schlimm, doch für die Angehörigen ist der Zustand eine große Belastung.« Er zuckte mit den Schultern. »Ich wünschte, ich könnte Ihnen mehr sagen.«

»Danke, Stephen«, sagte Liam.

Sein Freund verabschiedete sich.

Liam schob das Fenster auf und schaute hinaus in das Grau des kalten Herbstnachmittags, das genau seinem Gemütszustand entsprach. Irgendwann hörte er, wie seine Schwiegermutter sagte, sie habe jetzt genug von der frischen Luft. Er entschuldigte sich und schloss das Fenster. Dann kehrte er zu seinem Stuhl zurück und strich sanft über Mikaelas Wange. »Im Herbst bist du eingeschlafen, mein Schatz, und jetzt wird es bald schon Winter. Wie lange müssen wir dich noch entbehren?« Vor seinem inneren Auge zogen die nächsten Wochen vorbei, die geschäftigen Tage und einsamen Nächte. Im November war Thanksgiving, im Dezember Weihnachten. Feiertage ohne Mikaela.

Er befahl sich, nicht so fatalistisch zu sein. Mikaela lag erst seit Kurzem im Koma, und es gab keinen Grund, jetzt schon die Hoffnung zu verlieren.

»Gib nicht auf, Liam«, sagte Rosa. »Mikaela wird aufwachen, vielleicht sogar schon bald.«

Als Liam am Vorabend mit seiner Schwiegermutter über Mikaelas Zustand gesprochen hatte, war er sehr behutsam gewesen und hatte erklärt, ein schlechter Ausgang sei zwar immer möglich, in Mikaelas Fall jedoch nicht zu erwarten. Wahrscheinlich hatte er sich dabei selbst gut zugeredet. Doch diesmal fehlte ihm die Kraft, sich etwas vorzumachen. Hirnschaden, Lähmung, sogar ein lebenslängliches Koma – das waren die Möglichkeiten, die er vor Augen hatte. Vielleicht wäre er am nächsten Tag schon wieder zuversichtlicher. Er ahnte, dass er in nächster Zeit stets zwischen Zuversicht und Hoffnungslosigkeit schwanken würde.

»Ich werde nie aufgeben, Rosa. Aber ich brauche etwas, woran ich meine Hoffnung festmachen kann. Und im Augenblick bekomme ich von Dr. Penn nicht sehr viel Aufmunterndes zu hören.«

»Du solltest glauben, dass Gott Mikaela helfen wird.«

Liam hob abwehrend die Hände. »Fang jetzt bitte nicht davon an.«

»Rede wenigstens mit Mikaela, wenn du schon nicht mit Gott sprechen möchtest. Wir müssen sie daran erinnern, dass sie ein Leben hat, und sie mit unserer Liebe zu uns zurückholen.«

Liam seufzte. »Und was ist, wenn uns das nicht gelingt?«

»Es wird uns gelingen.«

Liam beschloss, das Thema zu wechseln. Er schätzte seine Schwiegermutter, doch zwischen dem, woran sie beide glaubten, lagen Welten.

»Ich sollte nach den Kindern sehen.« Liam stand auf.

»Wir müssen mit ihr reden«, sprach Rosa unbeirrt weiter. »Ich habe mal gelesen, dass so etwas wichtig ist. Man muss über die Dinge sprechen, die im Leben des Komapatienten eine Rolle gespielt haben. Ich lasse nicht zu, dass meine Tochter den Rest ihres Lebens verschläft.«

»Darin zumindest sind wir uns einig.«

Liam hörte, wie er über den Krankenhauslautsprecher ausgerufen wurde. Verwundert verließ er das Zimmer.

❀

Stundenlang hatte Bret beinahe reglos im Wartebereich gesessen, doch dann spürte er, dass er seinen Zorn nicht mehr bändigen konnte. Er begann, gegen die Beine seines Stuhls zu treten, bis Jacey ihn böse anblickte und eine der wartenden Frauen sagte, er solle das lassen. Daraufhin warf er sich rücklings auf das eklige Sofa und machte sich so breit, dass niemand sonst darauf sitzen konnte. Doch Jacey schob seine Beine fort, ließ sich neben ihm nieder und sagte leise: »Bret, benimm dich.«

Als sie vom Mittagessen zurückkamen, war der Wartebereich leer. Bret war immer noch wütend. Er kippte die Spielsachen für kleine Kinder aus der Kiste und riss einer Plastikgiraffe den Kopf ab. Anschließend nahm er die Zeitschriften vom Tisch und stopfte sie in den Papierkorb.

Jacey fragte fassungslos: »Bret, spinnst du?« Sie legte die Zeitschriften zurück und versuchte, sie wieder glattzustreichen.

Aber Bret war es leid, in diesem Wartebereich zu hocken, wo sich niemand um ihn kümmerte – nicht einmal Jacey, denn am Nachmittag kamen ihre Freunde und gingen mit ihr in die Cafeteria des Krankenhauses. Niemand fragte, ob er mitkommen wolle. Niemanden schien es zu interessieren, dass er nun mutterseelenallein war. Auch sein Vater und seine Großmutter hatten ihn vergessen.

Dann und wann schauten ein paar Krankenschwestern

vorbei. Jedes Mal sagten sie: »Du bist ja ganz allein«, und sahen ihn mitleidig an. Er hätte schreien können.

Er holte den Zeichenblock und die Wachsmalstifte hervor, die Jacey am Morgen für ihn in eine Tüte gepackt hatte, und beschmierte eine Seite nach der anderen mit wüsten Strichen und Kringeln.

Danach war er immer noch wütend. Übel war ihm auch. Und er hatte Hunger.

Er sah sich um, nahm die Buntstifte und stand auf. Dann schrieb er mit dem roten in großen Buchstaben »Scheiße« an die Wand. Er drehte sich nicht einmal um, um sicherzugehen, dass er noch immer allein war. Es war ihm egal. Sollten die Leute doch sehen, was er tat. Mit dem blauen Stift schrieb er noch größer »Ich hasse euch« und dann »Das ist ein beschissenes Krankenhaus«. Danach fiel ihm nichts mehr ein. Als er sich umwandte, war wieder eine Krankenschwester da. Sie hatte Comichefte dabei und legte sie auf den Tisch. »Die sind für dich«, sagte sie. »Aber anscheinend bist du mit anderen Dingen beschäftigt.«

Bret wartete darauf, dass sie ihn ausschimpfte, doch sie ging einfach weg. Gleich darauf hörte er, wie sein Vater über Lautsprecher ausgerufen wurde. Wahrscheinlich wollte die Schwester Bret verpetzen.

Er steckte Stifte und Zeichenblock zurück in die Tüte und warf die Giraffe samt Kopf wieder in die Spielzeugkiste. Dann setzte er sich aufs Sofa und wartete auf seinen Vater.

»Bret.«

Da war er schon.

Bret spürte, wie Hitze in seine Wangen schoss. Es kostete ihn Überwindung, sich zu seinem Vater umzudrehen.

Dad hatte Sprühreiniger und einen Schwamm dabei.

Er setzte sich zu Bret.

»Ich weiß selber, dass man Wände nicht beschmieren darf«, sagte Bret. Er wollte nicht weinen, doch seine Kehle war so eng, dass es ihm schwerfiel, Luft zu holen. »Es tut mir leid.«

Dad legte einen Arm um ihn. »Und mir tut es leid, dass wir dich allein gelassen haben. Deine Großmutter und ich haben die Zeit vergessen.«

Bret ließ den Kopf hängen. »Nur kleine Kinder krakeln auf Wände.«

»Es gibt Schlimmeres.« Dad drückte ihn an sich. »Mom liegt nicht mehr auf der Intensivstation. Das bedeutet, dass es ihr ein bisschen besser geht. Ich weiß, dass du zu ihr möchtest, aber ihr Gesicht ist voller blauer Flecke, und sie liegt ganz still da. Vielleicht wartest du mit deinem Besuch noch ein wenig.«

Bret erinnerte sich an das offene Auge seiner Mutter, das ihn angestarrt hatte, und ihn überlief ein Schauder. »Und wenn sie doch tot ist?«

»Sie ist nicht tot, das schwöre ich dir.«

Bret fuhr sich mit der Hand über die Augen. »Ich könnte sie vielleicht ganz kurz besuchen.« Doch dann dachte er wieder an das gruselige offene Auge und schüttelte den Kopf. »Nein, ich warte lieber.«

Eine Zeit lang saßen sie einfach da. Bret spürte den warmen Körper seines Vaters und den Arm, der schützend um ihn lag. Nach einer Weile fühlte er sich besser. Sein Blick fiel auf den Schwamm, der in Dads Schoß lag.

»Ich muss die Wände wieder sauber machen, oder?«

»Super Idee.« Sein Vater wuschelte ihm durch die Haare.

Mit einem Seufzer raffte Bret sich auf, griff nach dem Schwamm und dem Sprühreiniger und machte sich ans Werk.

Gleich darauf stand Dad an seiner Seite, zog einen zweiten Schwamm aus der Hosentasche und sagte: »Geteiltes Leid ist halbes Leid.«

❀

Rosa fuhr die Kinder nach Hause, um ihnen Abendbrot zu machen. Liam hatte ihnen versprochen, später nachzukommen. Er wollte noch eine Weile allein bei seiner Frau sitzen.

Inzwischen lag Mikaela auf der Seite, zwei Krankenschwestern hatten sie gedreht. »Ich habe Judy gebeten, nach den Pferden zu sehen«, erzählte Liam ihr. »Ich bin sicher, sie weiß, was sie tun muss, sie hat oft genug ausgeholfen. Soweit ich das beurteilen kann, sehen die Pferde gut aus. Sogar die Stute, die bei ihrer Ankunft so wacklig auf den Beinen war, scheint wieder fit zu sein. Sie hat den Holzzaun angeknabbert, und Scotty hat es ihr sofort nachgemacht.«

Liam hob den Pappkarton, den er von zu Hause mitgebracht hatte, auf seinen Schoß. »Ich habe ein paar Dinge für dich.« Er nahm eine Tüte mit getrockneten Blüten heraus. »Das ist Potpourri aus dem Drogeriemarkt – die Verkäuferin hat mir erzählt, dass du diese Sorte am liebsten magst.« Er holte eine Glasschale aus dem Karton und schüttete die getrockneten Blüten hinein. Ein zarter Duft nach Vanille, Bergamotte und Orange verteilte sich im Raum. Liam platzierte die Schale auf dem Nachttisch.

Auf den Tisch am Fenster stellte er den Kassettenrekorder. »Ich habe deine Lieblingskassetten mitgebracht. Madonna, Springsteen, Prince, die Eurythmics.« Liam kehrte zum Bett zurück. »Und hier die Krönung.« Es war ein Pullover von Bret. Liam legte ihn unter Mikaelas Wange. Der Pullover roch nach dem Jungen, und wenn etwas zu Mikaela durchdringen konnte, dann gewiss der Geruch eines ihrer Kinder.

Bilder aus der Vergangenheit stiegen in Liam auf. Er dachte an den Tag, als er Mikaela kennengelernt hatte. Sein Vater hatte im Alter an Alzheimer gelitten. Als Liams Mutter starb, hatte die Krankheit bereits begonnen, die Persönlichkeit seines Vaters zu verändern.

Zuletzt, als der geistige Zerfall immer mehr zunahm, wurde Ian Campbell in das Krankenhaus verlegt, das seinen Namen trug.

Mikaela arbeitete dort als Krankenschwester. Sie war elf Jahre jünger als Liam und eine der schönsten Frauen, denen er jemals begegnet war.

»Als ich dich gesehen habe, wollte ich unbedingt mit dir reden. So wie jetzt auch. Du hast am Bett meines Vaters gesessen, weißt du noch? Und ich brachte kein Wort heraus, konnte nur dastehen wie ein Klotz, dich anschauen und zuhören, wie du mit meinem Vater sprachst.«

Liam nahm Mikaelas Hand. »Ich habe alles noch ganz genau vor mir. Wie du dich umgedreht und mich angeblickt hast. Ich habe meinen Namen genannt und wie der letzte Depp hinzugefügt, dass ich Ian Campbells Sohn sei. Als wärst du nicht von selbst darauf gekommen.«

Liam küsste die Hand seiner Frau. »Es war Frühling, und auf der Fensterbank stand eine Hyazinthe in voller Blüte – seltsam, dass ich sogar das noch vor mir sehe. Wir haben uns ein wenig unterhalten, über was, weiß ich nicht mehr. Ich hatte den Eindruck, dass dich etwas Schwermütiges umgab, und überlegte, wie ich dich zum Lachen oder wenigstens zum Lächeln bringen konnte. Wahrscheinlich habe ich nur idiotisches Zeug gelabert. Aber irgendwann hast du gelächelt, vermutlich aus Mitleid.

Und dann hast du mich gefragt, ob ich mit meinem Vater spräche. Ich zuckte mit den Schultern. Zu dem Zeitpunkt war mein Vater kaum noch zu erreichen. Davon abgesehen hatten wir ohnehin nie viel miteinander geredet.

›Sie müssen mit ihm sprechen‹, hast du gesagt. ›Es ist nicht wichtig, was Sie ihm erzählen, oder ob er es versteht. Machen Sie ihm bewusst, dass Sie bei ihm sind. Er muss spüren, dass jemand Anteil an seinem Leben nimmt.‹

Die Idee war für mich neu. Weder mein Vater noch meine Mutter hatten an meinem Leben großartig Anteil genommen, und vom Leben meines Vaters war kaum noch etwas übrig, an dem man Anteil nehmen konnte.

Aber da ich dir gefallen wollte, sagte ich, ich wolle es versuchen.

Damit hast du mir meinen Vater nähergebracht, weißt du das? Er war eine überlebensgroße Figur, die jedermanns Aufmerksamkeit auf sich zog, aber richtig gekannt hat ihn vermutlich nur meine Mutter. Doch gegen Ende seiner Krankheit war er bloß noch ein gebrechlicher alter Mann. Ich habe mit ihm geredet, über sein Leben, über mein Leben, und dabei seine Hand gehalten, so wie ich jetzt deine halte. Es gab diese wundervollen Momente, in denen er mich erkannte und mich anlächelte, weil es ihn freute, dass ich bei ihm war. Am Tag, bevor er starb, griff er von sich aus nach meiner Hand, war mit einem Mal ganz klar und sagte, er sei stolz auf mich. Das habe ich dir zu verdanken, Mikaela. Ich weiß nicht, ob ich dir das jemals so deutlich gesagt habe.«

Liam beugte sich über das Gitter und küsste seine Frau auf

die Wange. »Ich werde immer auf dich warten, Mika, ganz gleich, wie lange du brauchst, um zu uns zurückzukommen.«

TEIL II

Den Reisenden in der Nacht
leuchten die Sterne.

WILLIAM CARTWRIGHT

KAPITEL 6

Seit drei Wochen war Mikaelas Zustand nun unverändert. Trotzdem ging das Leben weiter, das hatten Liam und die Kinder mittlerweile gelernt. Tag für Tag drängte sich der Alltag in ihre trauernde Mitte, ließen sich die Anforderungen von Arbeit und Schule nicht länger aufschieben. Die Welt drehte sich weiter. Thanksgiving kam und ging, und in der letzten Novemberwoche fiel der erste Schnee.

Inzwischen wusste Liam auch, wie man vortäuschte, weiterzumachen, während man innerlich verharrte, wie man reden konnte, ohne großartig darüber nachzudenken, wie man einfach funktionierte.

So reihte sich ein Tag an den anderen. Die Kinder gingen zur Schule, Rosa machte den Haushalt und kochte. Abends strickte sie für den Winter Schals, Handschuhe und Socken, so viele, dass Liam sich fragte, wer das alles tragen sollte.

Er stellte jemanden ein, der sich um die Pferde kümmerte, bezahlte Rechnungen, sah seine Patienten. Allerdings hatte er seine Praxis nur noch bis mittags geöffnet.

Nachmittags fuhr er ins Krankenhaus. Dann saß er an Mikaelas Bett, hielt ihre Hand und sprach mit ihr, bis es Zeit zum Abendessen war.

An den meisten Tagen kam Rosa dazu oder Jacey erschien nach der Schule, dann warteten sie gemeinsam darauf, dass Mikaela die Augen aufschlug.

Bret fehlte der Mut, seine Mutter zu besuchen, und Liam drängte ihn nicht. Wenn der Junge so weit war, würde er es sagen.

An dem Tag, als der erste Schnee fiel, stand Liam mittags am Fenster seines Sprechzimmers und schaute zu, wie die Hecke des Nachbarhauses weiß bestäubt wurde.

In der Grundschule schräg gegenüber würde es bald zum Schulschluss läuten. Die Kinder würden wie eine wilde Horde herausgestürmt kommen. Am Nachmittag konnten sie wahrscheinlich schon Schlitten fahren, vom Waldrand bis hinunter zum Angel Lake.

Am nächsten Morgen würden die Kinder wach werden und aus dem Fenster schauen in der Hoffnung, dass so viel Schnee lag, dass der Schulunterricht ausfiel. Die Eltern würden die Morgennachrichten hören und beten, dass die Straßen geräumt wurden und der Verkehr nicht zum Erliegen kam. Vielleicht würde die Verkäuferin in der Bäckerei am Nachmittag wieder kostenlos heißen Kakao ausschenken. Womöglich würde die Feuerwehr den großen Platz am Ende der Main Street mit Wasser besprühen und für die Schlittschuhläufer eine Eisbahn schaffen.

Wie hypnotisiert sah Liam dem Schneetreiben zu, und für einen Moment vergaß er die Realität. Er verspürte den Drang, seine Frau anzurufen und sie zu fragen, ob sie sehe, wie heftig es schneite. Dann wusste er wieder, dass das nicht möglich war. Aber Mikaela hatte den Winter geliebt. Es gefiel ihr, wenn sich zarte Schneeflocken auf ihr Gesicht setzten, sogar den Geschmack von Schnee mochte sie. Sie baute mit den Kindern Schneemänner, ging mit ihnen rodeln und Schlittschuh laufen. Kälte machte ihr nichts aus.

Liam kehrte zu seinem Schreibtisch zurück, legte die Patientenakten aufeinander und klopfte sie bündig. Gleich würde Carol hereinkommen und ihn an die Uhrzeit erinnern. Als wüsste er nicht, wie spät es war, als hätte er auf diesen Augenblick, vor dem ihm graute, nicht seit dem Morgen gewartet.

Es klopfte. Carol steckte den Kopf durch die Tür. »Es ist halb zwei, Liam. Die letzte Patientin ist schon gegangen.«

Liam rang sich ein Lächeln ab. »Vielen Dank, Carol, ich bin gleich so weit.«

»Jemand aus Ihrer Nachbarschaft hat angerufen und lässt Ihnen ausrichten, dass sie bei Ihrer Schwiegermutter eine Lasagne abgegeben hat. Ihr Name war Midge oder so ähnlich.«

»Madge wahrscheinlich. Danke, Carol.«

»Sie müssen auch etwas essen.«

»Mach ich.«

Carol musterte Liam besorgt. »Tja, wenn nichts mehr ist, gehe ich.«

»In Ordnung, Carol, bis morgen.«

Die Tür schloss sich leise.

Es gab noch etwas, das Liam gelernt hatte. Die Bewohner von Last Bend wussten nicht, wie sie ihm und den Kindern helfen sollten, das Einzige, was ihnen einfiel, war, ihnen etwas zu kochen oder zu backen. Es war wie ein Fluch, ständig stand zu Hause irgendein Gericht im Kühlschrank oder auf dem Tisch, für das er sich telefonisch bedanken und anschließend erzählen musste, dass Mikaelas Zustand weiterhin unverändert war. In Wahrheit hasste er die fremden Essen und rührte sie nicht an. Sie erinnerten ihn nur daran, dass seine Frau im Koma lag und niemand wusste, für wie lange.

Liam stand auf, legte den weißen Kittel ab und streifte seine Winterjacke über. Auf dem Weg hinaus warf er einen Blick in das leere Wartezimmer, in dem Carol die Zeitschriften auf dem Tisch in der Mitte wie zwei Fächer angeordnet hatte.

Auf der Fahrt zum Krankenhaus kam er an dem Schild vorbei, auf dem stand: *Willkommen in Last Bend, Heimat der Grizzlies, dem Meister der dritten Football-Liga*. Über der Straße hing ein Transparent, das zu den »Gletschertagen« einlud, dem Winterfest von Last Bend.

Liam registrierte die Wörter »Demnächst« und den Aufruf »Machen Sie mit!«. Er würde demnächst nirgendwo mitmachen. Nicht ohne Mikaela.

Er stellte seinen Wagen auf dem Parkplatz am Krankenhaus ab. Es standen nur wenige Autos da, vielleicht waren einige Zufahrtsstraßen wegen des Schneefalls gesperrt. Liam griff nach dem Fotoalbum und der Tragetasche. Seine Winterjacke ließ er im Auto. Für die kurze Strecke zum Eingang war sein Flanellhemd warm genug.

Die Eingangstür schob sich auf. In der Empfangshalle waren ein paar Frauen dabei, die Wände mit weihnachtlichen Tannengirlanden zu schmücken.

Liam musste sich zwingen, die Halle zu durchqueren. In diesem Krankenhaus führte er kleinere Operationen durch und er hatte hier einige Belegbetten. Das Gebäude war ihm beinah so vertraut wie sein Zuhause, doch nun konnte er es nur noch mit seinem Leid in Verbindung bringen.

Er nickte den Schwestern zu, die er auf seinem Weg traf. Wie so oft in den vergangenen Wochen wichen sie seinem Blick aus.

Sie glaubten nicht mehr, dass Mikaela je wieder aufwachen würde. Liam konnte sich vorstellen, wie sie darüber sprachen. Wie sie Mutmaßungen anstellten, dass, falls sie doch aufwachte, sie nicht mehr derselbe Mensch wäre, gelähmt oder hirngeschädigt – ein Pflegefall.

Liam passierte die Schwesternstation der Neurologie und nickte der Oberschwester zu. Zu seinem Erstaunen lächelte sie ihm aufmunternd zu. Vielleicht gehörte sie zu den wenigen Menschen, die ebenso wie er damit rechneten, dass Mikaela wachwerden und wieder genesen würde.

An der Tür zu Mikaelas Zimmer sammelte Liam seine Kräfte. Dann holte er tief Luft und trat ein. Die Vorhänge waren schon wieder zugezogen. Ganz gleich, wie oft er die Schwestern bat, sie offen zu lassen, wann immer er herkam, waren sie geschlossen. Mit einer gereizten Handbewegung schob er sie zurück und ließ das Sonnenlicht herein.

Dann setzte er sich an Mikaelas Bett. Wie immer fiel es ihm im ersten Moment schwer, sie anzuschauen. Und wenn er sie dann doch ansah, verkrampfte sich sein Herz vor Kummer. Sie lag wieder auf der Seite, eine Haarsträhne war über ihr linkes Auge gefallen und an ihrem Augenwinkel haften geblieben. Liam strich die Strähne zurück. Er betrachtete seine Frau, vergewisserte sich, dass sich ihre Brust noch hob und senkte. Es war das einzige Lebenszeichen, an das er sich klammern konnte. Ihr Haar war frisch gewaschen, an manchen Stellen schien es noch feucht zu sein. »Wie gut man sich um dich kümmert«, murmelte er und streichelte ihre Wange. Die Schwestern achteten auf Mikaela, sie war eine von ihnen gewesen. Sogar die normalen Krankenhausnachthemden, die vom vielen Waschen hart waren, hatten sie irgendwann durch weichere ersetzt.

Liam lehnte sich zurück. Ihm war, als hätte der Plastikstuhl sich inzwischen seiner Körperform angepasst, jedenfalls war er nicht mehr so unbequem wie zu Anfang.

Er küsste seine Frau. »Hallo, Mika, da bin ich wieder.«

Dann saß er eine Zeit lang da und sah sie an, immer in der gespannten Erwartung, sie würde plötzlich die Augen aufschlagen.

Schließlich stand er auf, holte die neue Mischung getrockneter Blüten aus der Tragetasche und tauschte sie in der Glasschale gegen die alte aus. Diesmal war es eine Mischung, die nach Zimt, Anis und Nelken roch. Mikaela sollte riechen, dass Weihnachten vor der Tür stand.

Anschließend schob er wieder einen Pullover unter ihre Wange, diesmal einen, in dem Jaceys Parfum hing.

Das Sortiment Musikkassetten hatte er mittlerweile um »The Complete Greatest Hits« der Eagles erweitert. »Hotel Caifornia« gehörte zu Mikaelas Lieblingssongs. Mitunter ließ er auch die Musik aus »Das Phantom der Oper« laufen. Das Musical hatten sie zusammen in Vancouver gesehen.

»Was darf's denn heute sein?«, fragte er. »Möchtest du vielleicht die Filmmusik der *Rocky Horror Picture Show* hören?« Keine Antwort. Natürlich. »Gut, dann suche ich mir selbst etwas aus.« Er legte »The Ultimate Collection« von Barbra Streisand ein und drückte auf Play. Anscheinend hatte er die Kassette beim letzten Mal nicht zurückgespult, sie begann mitten im Lied »I've Dreamed of You«. Er stellte den Zimmerspringbrunnen an. Mikaela liebte das Plätschern von Wasser.

»Jetzt wird geturnt, Mika.« Er nahm ihren Fuß und bewegte ihn so, wie die Physiotherapeutin es ihm gezeigt hatte. Dann kam der andere Fuß an die Reihe. Anschließend holte er die Körperlotion aus dem kleinen Bad und massierte sie in Mikaelas Füße und Waden.

Danach bearbeitete er ihre Hände, begann mit dem Daumen der linken Hand und ging dann einen Finger nach dem anderen durch.

Biegen, strecken, biegen, strecken …

Ihm fiel ein, dass er weiter mit ihr sprechen musste, das sei das Wichtigste, hatte Stephen gesagt. »Soll ich dir das Neueste erzählen? Jimmy war heute in der Praxis. Das ist der Kleinste von den McCrackens. Beim letzten Mal hatte er einen Knopf verschluckt, diesmal war ihm eine Murmel in der Nase stecken geblieben …«

Liam zwang sich, weiterzureden. Selbst, wenn sie ihn nicht hören konnte, er durfte nichts unversucht lassen. »Mrs. Jacobsen war auch wieder da. Ihr fehlt nichts, sie braucht nur jemanden zum Reden. Seit ihre Kinder fortgezogen sind, ist sie einsam. Sie will mir einen Kuchen backen, dabei wissen wir zu Hause kaum noch wohin mit dem ganzen Essen.«

Im Hintergrund stimmte Barbra Streisand »People« an, ein Lied darüber, dass es etwas Gutes war, wenn man im Leben andere Menschen brauchte.

Liam nahm Mikaelas Hand und küsste sie. »Zu dem Lied haben wir zusammen getanzt, weißt du noch? Es war auf der Goldenen Hochzeit von – ach, ich weiß nicht mehr, von wem. Ich habe mitgesungen. Sehr schön mitgesungen, wie ich fand. Gut, vielleicht hatte ich etwas getrunken, kann ja mal vorkommen. Du hast dich vor Lachen gebogen.

Und einmal haben wir am vierten Juli zusammen getanzt. Du trugst einen Jeansrock und eine Bluse mit Fransen, daran erinnere ich mich genau. Ich weiß auch noch, wie die anderen Männer dich angestarrt haben. Als der Tanz zu Ende war, habe ich dich geküsst, so lange, bis du dich lachend aus meinen Armen befreit und gesagt hast, wir könnten uns doch nicht wie Teenager benehmen. Aber es hat dir gefallen, das habe ich an deinen funkelnden Augen gesehen.«

So verbrachte Liam die Nachmittage und Abende. Als wäre Mikaela eine welkende Pflanze und seine Worte das Wasser und der Dünger, die sie brauchte, um sich wiederaufzurichten. Er redete und redete, verlor den Faden und fand ihn wieder. Und die ganze Zeit wartete er auf eine Reaktion – eine winzige Regung, ein Blinzeln, ein Zucken der Hand –, die ihm verriet, dass er die Dunkelheit durchdrang, in der seine Frau verharrte.

»Heute ist unser zehnter Hochzeitstag, Mika. Wahrscheinlich hast du gedacht, ich hätte ihn vergessen.« Er griff nach dem Fotoalbum, um seiner Frau die Fotos von ihrem letzten Hochzeitstag zu zeigen, doch dann zog er die Hand zurück. Sie waren zum Skifahren in den Selkirk Mountains in Idaho gewesen und hatten ein glückliches, unbeschwertes Wochenende ohne die Kinder verlebt. Diese Fotos mochte er sich nicht zumuten. Zu groß war der Kontrast zwischen der sprühenden Lebensfreude, die sie damals ausgestrahlt hatte, und dem, was seit dem Sturz aus ihr geworden war.

Doch im Grunde waren alle Fotos, die Mikaela zeigten, für ihn wie scharfe Klingen, die seine Wunden neu aufrissen, wenn er sie betrachtete. Dann sah er, wie sie ein Pferd ritt, Ski fuhr, mit den Kindern herumalberte oder einfach irgendwo saß und in ein Gespräch vertieft war, und seine Brust zog sich schmerzhaft zusammen. Alle Fotos waren Erinnerungen an das, was nicht mehr war.

Liam zog einen Umschlag aus seiner Hosentasche hervor. Vor zwei Monaten hatte er ihn in Geschenkpapier eingeschlagen und in seinem Sprechzimmer hinten in der Schreibtischschublade versteckt. Er hatte lange überlegt, was er seiner Frau zum zehnten Hochzeitstag schenken sollte. Und er war so aufgeregt gewesen, als ihm die zündende Idee kam. Er öffnete den Umschlag und zog die Flugtickets heraus.

»Ich habe uns Tickets nach Paris gekauft, Mika. Am 29. Dezember ist der Hinflug, am 6. Januar fliegen wir zurück. Silvester feiern wir in Paris. An Neujahr –« Liams Stimme brach.

Seit Jahren hatten sie von einer Reise nach Paris gesprochen und davon geträumt, in der Stadt der Liebe Silvester zu feiern. Sie wollten sich in einem schicken Hotel einquartieren, in einem vornehmen Restaurant essen und die Sehenswürdigkeiten besuchen. Mikaela hatte von den berühmten Cafés geschwärmt, dem »Café de Flore«, dem »Les Deux Magots«, wo sie sitzen und die eleganten Pariser Frauen vorbeiflanieren sehen wollte.

Warum hatte es so lange gedauert, bis er diese Traumreise organisiert hatte? Sie besaßen genug Geld, die Zeit hätten sie erübrigen können, und ihre Freunde hatten ihnen oft genug angeboten, in der Zeit auf die Kinder aufzupassen. Aber sie hatten den Alltag dazwischenkommen lassen.

Mal hatte Mika im Reitverein von Last Bend zu tun, dann war sie gerade dabei, ein Pferd aufzupäppeln. Oder Jacey hatte ein wichtiges Volleyballspiel, wollte zum Skifahren oder trug bei einer Schulaufführung etwas vor. Oder Bret hatte ein Baseballspiel. Und wenn es nichts dergleichen gewesen war, hatte Liam geglaubt, sich in der Praxis nicht freimachen zu können.

Er und Mika hatten die Angel ausgeworfen, um Träume zu fangen, die sie verwirklichen wollten, und hatten nicht gemerkt, dass sie verpasste Gelegenheiten an Land zogen.

Sie hatten auch nicht erfasst, wie kostbar ihre gemeinsame Zeit war, gerade so, als gäbe es einen unerschöpflichen Vorrat davon. Weder er noch Mikaela wären je auf den Gedanken gekommen, dass ein kurzer Sprung mit einem Pferd diesen Vorrat auf einen Schlag vernichten konnte. Das Unglück traf immer nur die anderen.

Im Hintergrund verklang gerade »Somewhere«, *Irgendwo*, von Barbra Streisand.

»Du bist auch irgendwo«, sagte Liam, »ich weiß, dass es so ist. Ich wünschte nur, du würdest dich allmählich auf den Heimweg machen.«

Er schob das Gitter des Betts hinunter und legte sich vorsichtig zu seiner Frau. Behutsam schob er einen Arm unter ihren Kopf und zog sie an sich, ohne die Kanüle des Tropfs zu berühren. Ihr Körper war schlaff, und obwohl sie nur wenig abgenommen hatte, fühlte sie sich federleicht an.

Liam küsste Mikaelas Wange. »Hilf mir, Mika. Nimm meine Hand oder blinzle wenigstens ein bisschen. Tu irgendetwas, damit ich weiß, dass meine Worte dich erreichen.«

Er sprach noch eine Weile über dies und jenes. Doch irgendwann verstummte er und lauschte nur noch ihrem Atem.

❀

»Dad?«

Liam fuhr zusammen. Einen Moment lang glaubte er, Mikaela habe etwas gesagt, doch sie regte sich nicht, und ihre Augen waren geschlossen. Dann sah er Jacey im Zimmer stehen. Sie hielt eine kleine Torte in den Händen.

»Hallo, Jacey.« Unbeholfen kletterte Liam aus dem Bett und zog das Gitter wieder hoch.

Jacey stellte die Torte auf den Tisch. Wie so oft trug sie einen übergroßen Pullover, Jeans und Doc Martens. Ihr Gesicht war von der kalten Luft draußen gerötet. Sie strich ihr Haar zurück und lächelte bemüht. »Heute ist euer zehnter Hochzeitstag. Ihr habt eure Hochzeitstage immer so schön gefeiert, und da dachte ich, du solltest wenigstens die übliche Torte …« Ihre Stimme verebbte, und sie schaute zu Boden.

»Du hast recht«, sagte Liam und zog seine Tochter an sich. »Mom möchte bestimmt, dass wir Torte essen und den Tag feiern.«

Jacey wirkte erleichtert und rückte den Tisch ans Bett. Liam betrachtete die Torte, die die wunderbare Suzie in der einzigen Konditorei des Ortes jedes Jahr für sie kreierte. Woraus genau sie gemacht war, konnte Liam nicht sagen. Er wusste nur, dass sie rosafarben, süß und sahnig war. Allerdings stand früher immer in verschnörkelter rosaroter Schrift »Alles Gute zum Hochzeitstag« darauf. Liam stellte sich vor, wie lange Suzie in diesem Jahr darüber gegrübelt haben musste, was sie auf die Torte schreiben sollte. Und als ihr nichts Schönes eingefallen war, hatte sie es ganz bleiben lassen. Liam konnte das verstehen, er hätte an ihrer Stelle auch nicht gewusst, was er auf die Torte schreiben sollte.

Jacey beugte sich über ihre Mutter und küsste ihre Wange. »Hallo, Mom. Ich wünsche dir alles Liebe zum Hochzeitstag.« Zärtlich strich sie über Mikaelas Haar. »Ist es zu fassen, dass, seit wir Liam geheiratet haben, schon zehn Jahre vergangen sind?«

Jacey drehte sich um und schenkte Liam ein verschmitztes Lächeln. Für einen Moment sah Liam sie wieder als die Sechsjährige vor sich, die ihn mit einem Mund voller Zahnlücken angelächelt hatte, als er ihre Mutter heiratete. Wie stolz es ihn gemacht hatte, als sie das erste Mal zu ihm gelaufen kam, nachdem sie sich wehgetan hatte und er wusste, dass er nun ihr Vertrauen gewonnen hatte. »Mach das wieder heil«, würde sie von da an immer sagen und ihm einen verstauchten Finger oder ein aufgeschrammtes Knie zeigen. Wie glücklich er war, als sie ihm zum ersten Mal einen Kuss auf die Wange gab. Er wünschte, er könnte auch jetzt alles für sie heil machen, einfach nur mit einem herzförmigen Pflaster oder einem Dauerlutscher.

»Wie geht es Mom heute?«, fragte Jacey.

Liam zuckte die Schultern. »Wie immer.«

Jacey fuhr mit dem Finger am Tortenrand entlang und hielt ihrer Mutter einen dicken Klecks rosafarbene Sahnecreme unter die Nase. »Riechst du das, Mom? Das ist eure berühmte Hochzeitstagtorte. Mit echter Vanille und viel Cognac. So wie du es gemocht hast.« Jacey errötete. »Wie du es magst«, verbesserte sie sich. Sie wischte den Klecks mit einem Papiertaschentuch ab.

Liam zog einen zweiten Stuhl ans Bett. »Wie war die Schule?«

»Auch wie immer.« Jacey ließ sich auf den Stuhl fallen. »Wir haben eine Mathearbeit geschrieben.«

Liam lachte. »Ich wette, du kriegst eine Eins.«

»Logo.« Jacey begann, an ihrer Unterlippe zu knabbern – eine Angewohnheit, die sie sich von ihrer Mutter abgeschaut hatte.

»Ist was?«, fragte Liam.

»Nein, wieso?«

Liam ließ ihr Zeit.

»Dad?«

Also doch. Liam verbiss sich ein Lächeln. »Ja, Jacey?«

»Bald findet in der Schule der Winterball statt. Und Mark und ich hatten vor, zusammen hinzugehen.«

»Dann tut das. Oder hast du Angst, ich hätte etwas dagegen?«

»Nein, natürlich nicht, aber –«

Liam wandte sich zu ihr um. »Was aber?«

Jacey senkte den Blick. »Mom und ich hatten über den Ball gesprochen. Wir wollten nach Bellingham fahren und ein Kleid für mich aussuchen.« Jacey hob den Kopf. »Mom war nie auf einem Schulball und wollte, dass ich auf meinem ersten besonders schön aussehe.«

Liam hätte gewettet, dass Mikaela früher nicht einen einzigen Schulball ausgelassen hatte. Warum hatte er nicht gewusst, dass es anders gewesen war? Wie wenig er überhaupt über ihre Schulzeit wusste. Aber Mikaela war zurückhaltend, wenn es um die Zeit vor ihrem Kennenlernen ging, und wich seinen Fragen danach stets aus. »Fahr mit deiner Großmutter nach Bellingham. Ich bin sicher, dass es ihr große Freude machen wird, dein Kleid mit dir auszusuchen.«

»Meinst du denn, ich soll an dem Ball teilnehmen?«

»Ja, natürlich«, sagte Liam mit fester Stimme. »Wenn du es nicht tust, wird deine Mutter sauer sein, wenn sie aufwacht. Und uns beiden Vorwürfe machen.«

»Falls sie jemals aufwacht«, antwortete Jacey leise.

Liam wollte Jacey in den Arm nehmen, sie trösten und ihr versprechen, dass ihre Mutter auf jeden Fall aufwachen würde. Doch inzwischen hatte er das so oft getan, dass die Worte sogar in seinen eigenen Ohren hohl klangen. Im Grunde brauchte er selbst jemanden, der ihn in den Arm nahm und dem er seine Sorgen anvertrauen konnte. *Ich habe Angst,* wollte er dieser Person sagen. *Was mache ich, wenn*

Mikaela nie mehr aufwacht? Was ist, wenn sie aufwacht und mich nicht mehr erkennt? Wenn sie für immer ein Pflegefall ist? Doch es gab niemandem, mit dem er so offen reden konnte. Stattdessen war es seine Aufgabe, die Hoffnung der Kinder aufrecht zu erhalten.

Er nahm Jaceys Hand und drückte sie. »Es gibt keinen Grund zu verzweifeln, Jacey. Wir müssen deiner Mutter helfen, indem wir an sie glauben. Ich weiß, dass es nicht einfach ist, aber wir müssen stark bleiben und dürfen nicht aufgeben.«

Jacey zuckte hilflos mit den Schultern. »Vielleicht bin ich nicht stark genug.«

»Doch, das bist du, ich weiß es.«

Jacey entzog ihm ihre Hand. »Das sagst du nur so. Obwohl du selbst nicht immer stark bist. Gestern Abend habe ich gehört, wie du mit Grandma über Mom gesprochen hast. Du hast gesagt, dass Dr. Penn noch immer nicht herausgefunden hat, warum Mom nicht aufwacht. Und in der Nacht bin ich wachgeworden und in die Küche gegangen, um mir ein Glas Wasser zu holen. Da hast du im dunklen Wohnzimmer gesessen und geweint.«

Was sollte er darauf antworten? Am gestrigen Abend hatte er einen seiner Tiefpunkte gehabt, und die Schutzhülle, mit der er sich umgab, war von ihm abgefallen. Er hatte an den Hochzeitstag gedacht, an sein Geschenk, das nun nutzlos war, an die vielen Tage, die er noch am Bett seiner stummen, reglosen Frau verbringen würde. Vor dem Unfall hatte er sich ans Klavier gesetzt, wenn ihm etwas zu schaffen machte, und seine Lieblingsstücke gespielt – die Klaviersonaten von Beethoven und Brahms. Seit dem Unfall war es, als hätte er eine innere Sperre, die es ihm unmöglich machte, auch nur einen Finger auf die Tasten zu legen. Vielleicht sollte er sich zum Klavierspielen zwingen. Wahrscheinlich war auch den Kindern aufgefallen, dass er nicht mehr spielte, nicht einmal mehr Musik hörte, und das hatte sie zusätzlich bedrückt und verunsichert.

Ja, vielleicht sollte er wieder spielen, die Musik war oft genug sein Ventil gewesen. Damals in der Bronx hatte er sich nach einem langen, zermürbenden Tag bei seinen HIV-Patienten ans Klavier gesetzt und sich abreagiert, bis die Leute in den Wohnungen über und unter ihm wütend an Decke oder Fußboden klopften. Auch in den schweren Tagen, als sein Vater im Krankenhaus war und dort gebückt und verwirrt durch die Gänge schlurfte, hatte er abends gespielt, um auf andere Gedanken zu kommen. Doch nun, da er den Trost der Musik am nötigsten brauchte, waren seine Hände wie gelähmt.

»Es ist nicht ein Tag wie der andere«, sagte er schließlich. »Manchmal wird es auch mir zu viel und ich verspüre Ungeduld oder Furcht. Doch das sind nur kleine Aussetzer, die nichts daran ändern, dass ich am Bett deiner Mutter warten werde, bis sie wieder aufwacht. Ganz gleich, wie lange es dauert.«

In Jaceys Augen schimmerten plötzlich Tränen. »Ich muss immer daran denken, wie oft ich eklig zu ihr war. Wie viele hässliche Dinge ich ihr an den Kopf geworfen habe, wenn ich wütend auf sie war. Manchmal habe ich gesehen, wie weh ihr das tat, und mich trotzdem so benommen. Ich wünschte, ich könnte ihr sagen, wie leid es mir tut.«

»Sie hat dich trotzdem lieb, Jacey.« Liam streichelte die Hand seiner Tochter. »Deine Mutter würde für dich durchs Feuer gehen, egal, was du irgendwann mal zu ihr gesagt hast. Für dich und für Bret. Und wenn sie aufwacht, wird sie die

Fotos von dir und Mark auf dem Schulball sehen wollen. Möchtest du ihr dann sagen, du hättest nicht daran teilgenommen, weil sie im Koma lag?«

Jacey schüttelte den Kopf.

»Kannst du dir ihre Reaktion vorstellen?«

Jacey nickte und wischte sich die Tränen ab. »Aber ich möchte mir trotzdem kein Kleid mit Grandma kaufen gehen. Der Tag in Bellingham sollte nur Mom und mir gehören.«

Insgeheim dachte Liam, dass Rosa in punkto Ballkleid wahrscheinlich ohnehin ein ebenso schlechter Ersatz wäre wie er selbst. Rosa würde nach dem billigsten Kleid Ausschau halten, und er selbst hatte von Mode keine Ahnung. »Hast du denn mal bei den Kleidern deiner Mutter geschaut, ob da etwas Passendes dabei ist? Ich erinnere mich, dass sie sich im letzten Jahr ein Kleid für den Polizeiball von Last Bend gekauft hat. Sie ist dafür bis nach Seattle gefahren.«

»Meinst du das lavendelblaue Kleid?« Jaceys Gesicht leuchtete auf. »Glaubst du, das darf ich mir ausleihen?«

»Klar, warum denn nicht?«

Jacey lachte. »Wenn Mom aufwacht und deswegen ausrastet, sage ich ihr, dass du es mir erlaubt hast.« Sie schielte Liam von der Seite an. »Darf ich auch zu einer Kosmetikerin gehen und mich für den Ball schminken lassen?«

»Kann Grandma dir dabei nicht helfen?«

Jacey brach in schallendes Gelächter aus. »Dann könnte ich auch dich fragen.«

Es tat Liam gut, seine Tochter so herzhaft lachen zu hören. Er drehte sich zu Mikaela um. »Wie du siehst, bin ich inzwischen zum Modeberater aufgestiegen. Dabei waren Schlaghosen modern, als ich mir zum letzten Mal allein etwas zum Anziehen gekauft habe.«

»Die sind jetzt wieder modern«, sagte Jacey.

»Außerdem habe ich Jacey gestattet, in deinem lavendelblauen Kleid zum Ball zu gehen«, fuhr Liam fort. »Wenn du nicht bald aufwachst, werde ich ihr auch erlauben, sich tätowieren zu lassen.«

Jacey nahm die Hand ihrer Mutter und erzählte ihr, wie es in der Schule gewesen war, was es in der Kantine zum Mittagessen gegeben hatte und was dieser oder jener Lehrer gesagt hatte. So war es immer, ganz gleich, ob Liam, Jacey oder Rosa am Bett saßen. Jeder sprach mit Mikaela und hoffte, ein Wort oder eine Berührung könnte zu ihr durchdringen und sie aus ihrer Erstarrung befreien.

Jacey war inmitten einer Schulgeschichte, als das Telefon auf Mikaelas Nachttisch klingelte.

Liam fuhr zusammen. Die Vorstellung, dass jemand versuchen könnte, Mikaela telefonisch zu erreichen, hatte etwas Gespenstisches.

Schließlich griff er nach dem Hörer.

Es war ein Anruf von Brets Klassenlehrerin.

»Ich komme sofort.« Liam legte auf und stöhnte. »Bret hat wieder Ärger gemacht. Ich muss in seine Schule. Möchtest du mitkommen?«

Jacey schüttelte den Kopf. »Ich bleibe noch ein bisschen bei Mom.«

Liam stand auf und küsste seine Frau. »Ich muss fort, Mika, und mich wieder mal für Bret entschuldigen, der sich seit Neuestem immer öfter daneben benimmt.« Er streichelte Mikaelas Wange. »Morgen komme ich wieder.«

Bret saß im Behandlungszimmer der Schulkrankenschwester, schaute zu Boden und hasste alles. So fühlte er sich nun jeden Tag, und manchmal wurde es so schlimm, dass er Dinge tat, die er früher niemals gemacht hätte. Zum Beispiel sich mit anderen Jungen prügeln. Heute war Bill McAllister an der Reihe gewesen. Bret betastete sein Auge. Bill hatte ihm die Faust in Gesicht gedonnert, seine ganze rechte Gesichtshälfte tat weh.

Die Schulkrankenschwester, Mrs. DeNormandie, wuschelte ihm durchs Haar. »Warum legst du dich nicht auf die Liege?«

Bret antwortete nicht.

»Mrs. Town hat deinen Vater angerufen. Er kommt gleich.«

Na super.

»Komm, Bret, leg dich hin.« Mrs. DeNormandie hatte eine Eispackung in der Hand, die sie ihm hinhielt.

Bret dachte nicht daran, sich hinzulegen, und die Eispackung wollte er auch nicht. Er wandte den Kopf ab.

»Gut, dann nicht.« Mrs. DeNormandie legte die Packung auf einen kleinen Tisch.

Bret dachte zurück an den Grund, aus dem er auf Bill eingedroschen hatte. Bill hatte sich über seine Lunchbox lustig gemacht, auf dem das weiße Kanninchen aus *Alice im Wunderland* abgebildet war, und gesagt, das sei eine Lunchbox für kleine Kinder. Diese Lunchbox hatte Mom Bret geschenkt, als er in die Schule kam. Bret hatte sie ganz hinten aus dem Schrank in seinem Zimmer hervorgekramt. Katie hatte auch darüber gelacht. Die würde er sich am nächsten Tag vornehmen. Und dann hatte Bill gesagt …

Wieder befühlte Bret sein Auge. Die Haut drum herum fühlte sich heiß an. Widerwillig griff er nach der Eispackung und drückte sie auf sein Gesicht. Er hörte Mrs. DeNormandie hin- und hergehen und Sachen aufräumen. Sie öffnete Türen und machte sie wieder zu. So klang es auch zu Hause, wenn seine Mutter Ordnung machte.

Nein, an Mom durfte er nicht denken.

Wenn er es tat, zog sich seine Brust zusammen, und er bekam kaum noch Luft. In solchen Momenten fiel ihm ein, wie Mom immer einen Arm um ihn legte, wenn sie zusammen fernsahen. Wie sie ihm regelmäßig seine Lieblingsessen kochte und »Bravo, Bret«, brüllte, wenn er den Ball beim Baseball traf. Dass sie ihm immer zuhörte. Und wie sie sich jedes Mal kaputtlachte, wenn er ihr einen Witz erzählte. Bis vor Kurzem hatte er bei solchen Erinnerungen immer weinen müssen. Das hatte aufgehört, inzwischen war es, als wäre alles in ihm hart und starr geworden. Auch in seinem Kopf war etwas anders geworden. Manchmal setzte dort alles aus. Das konnte mitten im Unterricht geschehen oder einfach, wenn er mit Leuten redete. Er merkte es daran, dass Lehrer oder Freunde ihn dann komisch ansahen und an seiner Schulter rüttelten. Wenn er wieder ganz bei sich war, schämte er sich, weil er einen Aussetzer gehabt hatte.

So hatte es heute auch angefangen.

Er stand auf dem Schulhof, blickte auf die schneebedeckten Bäume und erinnerte sich daran, wie seine Mutter früher mit ihm rodeln gegangen war. Und direkt vor ihrem Haus hatten Mom, Jacey und er immer einen Schneemann gebaut. Plötzlich sah er Mom ganz deutlich vor sich, und alles ringsum verschwand.

Mit einem Mal war Bill da, deutete auf Brets Lunchbox und rief: »Das ist ja eine Lunchbox für kleine Kinder.« Er drehte sich lachend zu den anderen aus ihrer Klasse um. »Oje, guckt mal, der kleine Bret pennt wieder im Stehen.«

Bret hörte, wie Shari zu Bill sagte: »Lass Bret in Ruhe. Mrs. Kurek hat uns erklärt, dass wir besonders nett zu ihm sein müssen.«

»Ach, richtig«, erwiderte Bill. »Entschuldige, Bret, ich hatte vergessen, dass deine Mutter jetzt ein Zombie ist.«

Bret stieß einen Schrei aus, stürzte sich auf Bill und schlug auf ihn ein, immer wieder, bis Mr. Monie angerannt kam, in seine Trillerpfeife blies und sie voneinander trennte. Ob Mr. Monie etwas zu ihm gesagt hatte, wusste Bret nicht mehr. Er erinnerte sich nur noch, dass er und Bill ins Krankenzimmer gebracht wurden. Bill heulte. Bret hatte ihm einen Schneidezahn ausgeschlagen. Wenig später kamen seine Eltern, sahen Bret verächtlich an, und nahmen Bill mit nach Hause.

Bret hörte, wie die Tür aufging.

Sein Vater kam herein. Er war so groß, dass er im Türrahmen den Kopf einziehen musste. »Hallo, Bret«, sagte er und seufzte dann schwer.

Bret erschrak beim Anblick seines Vater. Sein Dad stand gebeugt, als trüge er eine Last auf dem Rücken. Blass war er auch, und sein Haar war viel zu lang. Wahrscheinlich, weil Mom nicht da war, um ihm zu sagen, dass er zum Friseur gehen sollte. Er nahm seine Brille ab, putzte sie umständlich mit einem Taschentuch und setzte sie wieder auf. Dann nickte er Mrs. DeNormandie zu und ließ sich vor Bret auf einem Hocker nieder.

»Soll ich Sie einen Moment allein lassen?«, fragte Mrs. DeNormandie.

Dad lächelte gequält und nickte.

Mrs. DeNormandie verschwand.

Bret ließ den Kopf hängen und wartete darauf, dass sein Vater ihm Vorwürfe machte.

»Wie fühlt sich das Auge an?«, fragte Dad mit müder Stimme.

Bret schämte sich. Dafür, dass er Aussetzer hatte, dass er Bill verprügelt hatte, und weil er seinem Vater Kummer machte. »Es tut nicht weh«, log er und legte die Eispackung weg.

»Das wundert mich«, sagte Dad.

»Ist aber so.«

»Sieh mich an, Bret.«

Bret schüttelte den Kopf.

»Bret, du bist doch kein Feigling, oder?«

»Nein.« Bret zwang sich, seinen Vater anzusehen.

»Das ist jetzt das dritte Mal, dass du dich mit jemandem geprügelt hast. Langsam müsstest du eigentlich gemerkt haben, dass es wehtut. Nicht nur dir, sondern auch dem anderen. Oder findest du Schlägereien gut?«

Bret schüttelte den Kopf.

»Es ist auch keine Art, Probleme zu lösen, Bret, ich dachte, das wüsstest du. Wer hat denn diesmal angefangen?«

Bret schluckte. »Ich.«

Dad zog die Brauen hoch. »Das ist neu.«

»Ich war wütend.« Bret studierte die Miene seines Vaters und suchte nach Anzeichen der Enttäuschung. Er fand keine.

Dad strich ihm die Haare aus dem Gesicht und berührte ganz sacht die Schwellung an Brets Auge. »Das wird ein dickes Veilchen. Schlimmer als beim letzten Mal. Wenn wir zu Hause sind, legst du dich hin.«

»Okay.«

»Kannst du mir sagen, warum du dich mit Bill McAllister geschlagen hast?«

»Er war gemein.«

Dad lachte auf. »Und du nicht?«

»Doch, aber er hat gesagt, Mom wäre ein Zombie.«

Sein Vater zuckte zusammen. »Das ist – das ist in der Tat heftig«, sagte er. Er schwieg eine Zeit lang. Dann streichelte er Brets Wange. »Kein Wunder, dass du ausgerastet bist. Aber du weißt ja, dass deine Mutter nur im Koma liegt und irgendwann wieder aufwacht. Vielleicht möchtest du doch mal mitkommen und sie im Krankenhaus besuchen?«

Bret schüttelte den Kopf. »Ich möchte sie nicht sehen.«

»Okay, wie du meinst.« Dad stand auf. »Lass uns gehen.« Er reichte Bret seine Winterjacke. Auf dem Weg aus der Schule legte er eine Hand auf Brets Schulter. Zum Glück waren nirgendwo mehr Schüler zu sehen. Bret wollte nicht, dass sich herumsprach, dass sein Vater wegen seiner Prügelei in die Schule gerufen worden war. Auf dem Parkplatz fasste Dad ihn am Arm, wenn sie über vereiste Stellen liefen, bis Bret seine Hand abschüttelte und sagte: »Ich kann allein gehen.«

»Deine Hände sind eiskalt«, sagte Dad. »Wo sind deine Handschuhe?«

»Verloren.«

Dad fuhr mit Bret in das Bekleidungsgeschäft von Last Bend. »Was für Handschuhe möchtest du haben?«, fragte er.

»Mir egal«, sagte Bret und dachte, dass seine Mutter immer gewusst hatte, welche Sachen ihm gefallen würden. Sein Vater kaufte zwei Paar Fäustlinge, die einen rot, die anderen gelb.

Auf der Fahrt nach Hause stellte Dad das Autoradio an. Doch dann wurde ein fröhliches Weihnachtslied gespielt, und er stellte es rasch wieder aus.

Bret sah zu, wie Schnee auf die Windschutzscheibe fiel. Für einen Moment verschwamm die Außenwelt, dann schoben die Scheibenwischer den Schnee fort. Hin und her bewegten sie sich, als gäben sie den Takt für seinen Herzschlag vor.

Auf den Straßen war kaum etwas los, sogar die Parkplätze an den Geschäften waren so gut wie leer.

Sie kamen am Sportgeschäft vorbei. Dort gab es Ski, Schlitten und Schlittschuhe. Vor dem Geschäft standen ein paar Autos.

Dad deutete auf das Geschäft. »Da klingeln wahrscheinlich die Kassen.«

Bret schwieg. Was interessierte ihn irgendein Sportgeschäft?

»Niemand hätte damit gerechnet, dass es jetzt schon so viel schneit.«

Als Bret auch darauf nichts erwiderte, verstummte sein Vater.

Dann ließen sie den Ortskern von Last Bend hinter sich, und aus der geteerten Straße wurde ein unbefestigter Weg, auf dessen makelloser Schneedecke noch keine anderen Fahrspuren zu erkennen waren. Dad schaltete auf Vierradantrieb.

Bret wünschte, sein Vater hätte nichts von einem Krankenhausbesuch gesagt. Nun hatte er kaum noch etwas anderes im Kopf. Dabei hatte er es gerade erst geschafft, nicht immerzu an den Unglückstag denken zu müssen. Er hatte die Erinnerung daran satt. Ganz schlimm wurde es abends, wenn sein Vater noch einmal bei ihm am Bett gewesen war und nach einem letzten »Schlaf gut« verschwand. Dann kam die Erinnerung aus ihrer Ecke und fiel über ihn her. Manchmal wurde er wütend, weil seine Mutter nicht auf ihn gehört hatte, als er rief, sie solle das Hindernis nicht nehmen. Dann wieder hasste er sich, weil er nicht vom Zaun gesprungen war, um den Ast noch rechtzeitig aus dem Weg zu ziehen.

Bret sah seinen Vater von der Seite an. »Schwörst du, dass Mom wieder wach wird?«

Sein Vater stieß einen tiefen Seufzer aus. »Das kann ich nicht, Bret. Aber ich glaube es von ganzem Herzen. Das musst du auch tun. Deine Mutter muss spüren, dass wir an ihr Aufwachen glauben.«

»Tue ich doch«, sagte Bret.

Sein Vater warf ihm einen kurzen Blick zu, und Bret wünschte, er hätte es nicht so rasch und missmutig gesagt. Nun wusste Dad, dass er gelogen hatte.

Bret lehnte den Kopf gegen das Seitenfenster und schloss die Augen. Warum verstand sein Vater nicht, wie ihm zumute war? Er wollte Mom nicht im Krankenhaus besuchen, wo sie nur stumm daliegen und nicht mit ihm reden würde. Stattdessen wollte er daran denken, wie sie vorher gewesen war. Manchmal sah er sie sogar vor sich – das kurze dunkle Haar, ihr Lächeln, die Art, wie sie sich bewegte. Auf den Bildern, die er aus seinem Gedächtnis abrief, war sie wunderschön, hatte weder blaue Flecken im Gesicht noch ein starres Auge.

Sogar ihre Stimme hatte er noch genau im Ohr, hörte, wie sie lachte, oder ihm von ihren Pferden erzählte. Und wenn er nachts von ihr träumte, fragte sie immer: »Na, alles klar, mein Schatz?«

Bret hatte mal gehört, dass Träume eine tiefere Bedeutung hätten. Vielleicht sollten seine Träume von Mom ihm zeigen, dass sie an dem Ort, wo sie war, an ihn dachte. Aber Träume waren nicht die Realität, das wusste er mit seinen neun Jahren natürlich längst. Sie waren wie Märchen oder Comics. Und jeder wusste, dass man nur im Comic Dinge wie den Sturz aus einem Flugzeug überlebte, im wahren Leben nicht.

Genau wie man im richtigen Leben an einer vergifteten Apfelhälfte starb, statt nur scheintot dazuliegen, das giftige Stück Apfel irgendwann auszuspucken und wieder quicklebendig zu sein.

Mütter, die vom Pferd stürzten, mit dem Kopf gegen einen Holzzaun knallten und wochenlang im Koma lagen, die sprachen nur in Träumen. Im richtigen Leben wachten sie nie mehr auf.

KAPITEL 7

Am nächsten Tag holte Liam Bret nachmittags von der Schule ab. Auf dem Heimweg hielt er am Postamt von Last Bend und nahm Briefe und Werbung aus ihrem Postfach. Im Wagen ging er alles durch. Noch immer war das Meiste für Mikaela. Rechnungen des Futtermittelgeschäfts, Schecks der Pferdebesitzer, deren Tiere bei ihnen einen Stallplatz hatten, Postkarten von weit entfernt lebenden Freundinnen, die noch nicht wussten, dass Mikaela im Koma lag. Flyer von Bekleidungsgeschäften, die für den Winterschlussverkauf warben.

Früher hätte er die Flyer Mikaela gegeben und dazu gesagt: »Für mich bitte keine Schnäppchen, ich brauche nichts.« Sie hätte nur gelacht, und einige Tage später hätte er neue Schuhe, Pullover, Unterwäsche und Hemden gehabt, und Mikaela hätte ihm vorgerechnet, wie viel sie gespart hatten.

»Dad, warum stehen wir hier?«, fragte Bret genervt.

»Entschuldige.« Liam startete den Motor. »Ich war mit den Gedanken woanders.« Er legte die Post in die Schale zwischen den Vordersitzen und fuhr los.

Die Straßen von Last Bend waren geräumt worden, doch der Weg zu ihrem Haus, den einst Liams Vater geplant und abgeholzt hatte, lag noch immer unter einer dicken weißen Decke. Auch die tief hängenden Äste der Douglasfichten und Zedern am Wegrand waren schwer vom Schnee. Sie kamen an Farmen vorbei, die in der weißen Weite etwas verloren aussahen, Briefkästen am Straßenrand, an denen kleine Eiszapfen hingen, Zaunpfähle und Strommasten mit Schneehauben.

»Wollen wir einen Schneemann bauen?«, fragte Liam. Er überlegte, wo Mikaela ihre ganzen Wintersachen verstaut haben könnte. Die Jacken, Mützen und Socken hatte Rosa gefunden, doch Liam hätte schwören können, dass sie jeder mehr als einen Winterpullover besaßen. In dem Moment fiel ihm auch noch ein, dass er nicht wusste, wo der Weihnachtsschmuck war. Er beschloss, in den nächsten Tagen auf den Dachboden zu gehen und nachzusehen, ob Mikaela die Sachen dort untergebracht hatte.

Liam warf Bret einen Seitenblick zu. Der Junge hatte ihm noch nicht geantwortet. »Möchtest du keinen Schneemann bauen?«

Bret zuckte mit den Schultern. »Von mir aus.«

»Wir können auch rodeln gehen, wenn du magst. Und anschließend heiße Schokolade trinken.«

Bret schwieg.

Dann eben nicht, dachte Liam. Sie wussten beide, dass sie eigentlich keine Lust darauf hatten, warum sollten sie sich also unnötig quälen. Seit Mikaela im Krankenhaus lag, sprachen sie lediglich davon, etwas gemeinsam zu unternehmen, ohne auch nur einen einzigen Plan in die Tat umzusetzen.

Im Haus steuerte Bret wortlos sein Zimmer an.

Am Abend aßen sie zu viert in der Küche. Rosa erzählte irgendetwas, doch niemand hörte ihr zu, und schließlich gab sie es auf und verfiel ebenfalls in Schweigen.

Nach dem Essen wusch Liam mit Rosa ab. Die Kinder sahen eine Zeit lang fern. Dann erklärte Jacey, sie müsse telefonieren und verzog sich auf ihr Zimmer. Bret stellte den Fernseher aus und wollte in seinem Zimmer Computer spielen. Als Liam fragte, ob er mitspielen dürfe, schüttelte Bret den Kopf.

Rosa sah dem Jungen nach und seufzte schwer.

Liam setzte sich an sein Klavier, starrte auf die Tasten und wünschte, ihm käme ein Musikstück in den Sinn, das er spielen könnte. Stattdessen verlor er sich in den immer gleichen Gedanken.

Er hörte, wie Rosa sich auf dem Sofa niederließ und zu stricken begann.

Vorher hatte sie in der Küche und im Flur die Lichter ausgeschaltet, um Strom zu sparen. Liam hatte ihr mehrfach vorgerechnet, dass der Strom bei ihnen kaum etwas kostete, doch Rosa blieb stur. Sie schaltete nur eine kleine Lampe an, die sie zum Stricken brauchte.

Mika dagegen hatte es gestört, wenn es im Haus zu dunkel war.

Bret kam wieder herunter und fragte seine Großmutter, ob sie mit ihm kniffeln würde. Liam verbiss es sich, Bret darauf hinzuweisen, dass er sich langsam bettfertig machen müsste.

Rosa und Bret setzten sich an den Esstisch. Es war ein stilles Spiel, ganz anders als früher, wenn Bret den Würfelbecher auf den Tisch geknallt, die Punkte laut gezählt und alle fünf Minuten »Ich gewinne!«, gerufen hatte.

Liam beobachtete die beiden beim Spielen. Sie waren ein seltsames Paar, der blasse Junge mit dem Bluterguss im Gesicht, und die zarte, ernstblickende Frau mit den dunklen Augen.

Rosa schien Liams Blick zu spüren und sah zu ihm hinüber. »Möchtest du mitspielen?«

Liam schüttelte den Kopf. »Wer von euch gewinnt denn?«

Rosa lachte und zerzauste Bret die Haare. »Dieser kleine Gauner versucht zu schummeln. Er glaubt, meine alten Augen wären so schlecht, dass ich die Punkte auf den Würfeln nicht mehr richtig erkennen kann.«

Bret lächelte kurz und sah Liam an. »Wenn du willst, kannst du mitspielen«, sagte er gnädig.

»Ein andermal«, sagte Liam, setzte sich wieder ans Klavier und begann, in seinen Noten zu blättern.

Er hörte, wie Bret immer öfter gähnen musste. Wenig später verabschiedete der Junge sich mit einem gemurmelten »Gute Nacht«, und stieg die Treppe hinauf in sein Zimmer.

Rosa räumte das Spiel fort, setzte sich aufs Sofa und griff wieder nach ihrem Strickzeug. »Die Kinder sind noch stiller als sonst«, sagte sie. »Weißt du, woran das liegt?«

Liam zuckte mit den Schultern. »Ich nehme an, dass Bret sich wegen der Prügelei in der Schule schämt. Und … nun ja, außerdem wissen er und Jacey, dass Mikaela und ich gestern unseren zehnten Hochzeitstag hatten.« Er schluckte schwer. »Ich hatte Flugtickets nach Paris gekauft.«

»Für wann?«

»Für Silvester.«

»Vielleicht ist Mikaela bis dahin aufgewacht.«

»Klar doch«, sagte Liam mit einem müden Lächeln. »Möglich ist alles.«

Rosa gab missbilligende Laute von sich. »Sei nicht so«, sagte sie streng. »Sarkasmus steht dir nicht.« Ihre Miene wurde weicher. »Vielleicht solltest du auch eine Runde mit mir kniffeln.«

Liam lachte. »Danke, sehr nett, aber ich glaube, ich lege mich schlafen.«

»Okay. Bevor ich zu Bett gehe, mache ich hier unten alle Lichter aus.«

Unter Rosas besorgtem Blick schenkte Liam sich noch einen Schlummertrunk in Form eines doppelten Whiskeys ein. Er nahm einen Schluck, spürte das leichte Brennen im Rachen und dann die wohltuende Wärme, die sich in seinem Magen ausbreitete. Er wünschte seiner Schwiegermutter eine gute Nacht und stieg mit dem Glas in der Hand die Treppe hinauf. Aus Jaceys Zimmer drang noch Musik, etwas, das seine Tochter als »House« bezeichnete, von einem Computer erzeugte Rhythmen, die Liam das Gefühl gaben, ein uralter Mann zu sein.

Liam betrat das Schlafzimmer, schaltete seine Nachttischlampe ein und betrachtete das Durcheinander – das ungemachte Bett, die Kleidungsstücke des Vortags auf dem Boden, das Whiskeyglas vom vergangenen Abend auf dem Nachttisch. Er hatte Rosa verboten, für sie die Putzfrau zu spielen, also begann er, selbst ein bisschen Ordnung zu schaffen. Den Teppich würde er am nächsten Tag saugen. Er trat an die Balkontür und schaute in den wirbelnden Schnee, der sich vom Nachthimmel abhob. Mit einem Mal sah er im Geist Mikaela an seiner Seite. Sie trug das weich fallende pfirsichfarbene Nachthemd, das er so schön fand, und schaute mit ihm in das Schneetreiben hinaus. Liam schloss die Augen und lehnte seine Stirn an das kalte Glas der Tür.

❀

Als Liam am nächsten Tag aus dem Krankenhaus zurückkehrte, fiel ihm ein, dass er Jacey versprochen hatte, das lavendelblaue Kleid für den Winterball herauszusuchen.

Er trat an den begehbaren Kleiderschrank seiner Frau. Seit dem Tag des Unfalls, als er für sie die Sachen zusammengepackt hatte, die sie im Krankenhaus bisher nicht gebraucht hatte, hatte er die Tür des Schranks nicht mehr geöffnet.

Auch jetzt musste er sich überwinden, sie aufzuschieben. Er knipste die kleine Deckenlampe an. Der Spiegel an der Wand gegenüber fing sein Bild ein. Es zeigte einen hochgewachsenen, schlanken Mann mit zu langem Haar, müdem Gesicht und verknitterter Hose.

Liam wandte den Blick ab und versuchte herauszufinden, nach welcher Methode Mikaela ihre Kleider aufgehängt hatte. Offenbar hatte sie sich nach den Farben gerichtet. Doch unter den blauen Kleidungsstücken fand er das gesuchte Kleid nicht. Dann entdeckte er ganz am Ende der Kleiderstange die Schutzhüllen, unter denen sich die festlichen Kleider seiner Frau befanden. Er nahm das erste heraus. Es war grün und verströmte noch ganz zart den Duft von Mikaelas Parfum. Liam drückte den weichen Stoff an sein Gesicht und atmete den Geruch mit geschlossenen Augen ein. Dann riss er sich zusammen und zog den Reißverschluss der nächsten Hülle auf.

Diesmal stieß er auf einen weißen Kissenbezug, der an einem Hosenbügel befestigt war.

Verwundert nahm er den Bezug vom Bügel. Der Stoff kam ihm teuer vor und fühlte sich seidig an, anders als ihre Bettwäsche, die aus einfacherem Material bestand. In eine Ecke des Bezugs war ein silbrig schimmerndes Monogramm gestickt. MLT.

MLT? Wofür sollte das stehen? Vielleicht M für Mikaela und L für ihren Mädchennamen Luna? Aber wofür stand dann das T?

Liam verspürte einen Stich in der Magengrube. Das T musste etwas mit dem früheren Leben seiner Frau zu tun haben. Mit einem Leben, von dem er nichts wusste. Über das sie nie sprach.

Er wollte den Bezug zurückhängen, ihn wieder unter der Hülle verbergen und vergessen, dass er ihn je gesehen hatte. Doch dann fühlte er, dass etwas darin steckte. Er strich über den glatten Stoff und tastete den Inhalt ab.

So viele Fragen hatten sich in den Jahren seiner Ehe in ihm angesammelt. Doch jedes Mal, wenn er es gewagt hatte, Mikaela auch nur eine von ihnen zu stellen, war sie traurig geworden. Im Geist hörte er ihre Stimme. »Lass die Vergangenheit ruhen, Liam, sie spielt keine Rolle mehr.« Und dann schaute sie durch ihn hindurch in die Ferne.

Warum hatte er sich immer wieder abwimmeln lassen? Natürlich spielte die Vergangenheit eine Rolle, sie gehörte schließlich untrennbar zu einem Menschen, war prägend gewesen in dessen Entwicklung. Aber Liam war ein rücksichtsvoller Mann. Es lag ihm nicht, andere zu bedrängen. Aber das war nicht alles. Wenn er ehrlich war, gab es noch einen Grund für seine Rücksichtnahme. Denn irgendwann hatte er begonnen, sich vor den Antworten, die Mikaela ihm geben könnte, zu fürchten. Er wollte nichts entdecken, das ihr gemeinsames Glück gefährden könnte.

Wieder betrachtete er den Kissenbezug mit dem Monogramm.

Er schloss die Schranktür, setzte sich auf das Ehebett und legte den Bezug samt Inhalt auf seinen Schoß. Eine Zeit lang starrte er nur darauf und wog die Gefahr ab, die Folgen dessen, was er herausfinden könnte. Er erinnerte sich an den Mythos von der Büchse der Pandora. Vielleicht gab es Geheimnisse, die besser unentdeckt blieben. Geschehenes konnte man nicht mehr rückgängig machen und gelüftete Geheimnisse nicht mehr vergessen.

Andererseits wusste Liam, dass er seine Frau über alles liebte und es nichts gab, was daran etwas ändern konnte. Und würde er sie nicht besser verstehen, wenn er wüsste, was an ihrer Vergangenheit so belastend war, dass sie nicht darüber sprechen wollte?

Er nahm den Kissenzug, öffnete die Knöpfe und schüttete den Inhalt heraus. Fotos, Zeitungsausschnitte und offiziell aussehende Unterlagen verteilten sich über die Bettdecke. Als letztes fiel ein goldener Ring mit einem riesengroßen Diamanten heraus.

Liam starrte darauf, bis er vor seinen Augen verschwamm. Er schaute auf seinen Ehering, dessen Pendant Mikaela trug. Es war ein schmales schmuckloses Goldband. »Bitte keine Diamanten«, hatte Mikaela gesagt, als sie ihre Ringe aussuchten. »Sie wirken so protzig.« Und er dachte, wie liebenswert es war, dass sie sich nichts aus teuren Edelsteinen machte.

Doch offenbar hatte es einmal eine Zeit gegeben, in der jemand anders ihr durchaus einen wertvollen Diamanten hatte kaufen dürfen.

Liam legte den Ring auf den Nachttisch und wandte sich den Fotos zu, die verstreut auf der Bettdecke lagen. Sein Blick fiel auf eines, das Mikaela in einem weißen Kleid zeigte. Nein, nicht einfach in einem weißen Kleid, sondern in einem aufwendigen Brautkleid. Der Mann an ihrer Seite wurde von einem angehefteten Zeitungsausschnitt verdeckt.

Liam wollte das Foto hervorziehen, doch seine Hände zitterten plötzlich so stark, dass er mehrmals tief durchatmen musste, um sich zu fassen.

Schließlich schob er den Zeitungsausschnitt zur Seite, nahm das Foto in die Hand und spürte, wie ihn eine Emotion überkam, die er nicht richtig benennen konnte. Er wusste nur, dass es ein schreckliches Gefühl war, denn so hatte er seine Frau noch nie gesehen. Sie trug das dunkle Haar lang und hatte es zu einer Hochsteckfrisur aufgetürmt, die von einer glitzernden Tiara gekrönt wurde. Ihre leicht schräg stehenden Augen waren dunkel umrandet und hatten etwas Katzenhaftes an sich. Die Mikaela, die Liam kannte, benutzte kein Augen-Make-up. Sie benutzte auch keinen Lippenstift, wohingegen die Frau auf dem Foto ihre Lippen auf aufreizende Weise betont hatte.

Sein Blick wanderte zu dem weißen ärmellosen Kleid. Der Stoff schmiegte sich an Mikaelas Körper und schien zu schimmern. Liam führte das Foto dichter an seine Augen. Es sah aus, als wären in den Kleiderstoff zahllose Perlen eingearbeitet, wahrscheinlich waren sie es, die den Schimmer erzeugten. Das Ganze hatte jedenfalls nichts mit dem schlichten cremefarbenen Kostüm gemein, das Mikaela bei ihrer Hochzeit mit ihm getragen hatte.

Der Anblick des edlen Kleides verwirrte und schmerzte ihn, doch das Schlimmste war die Art, wie Mikaela den Mann an ihrer Seite anlächelte. Es war ein Lächeln tiefen Glücks und großer, leidenschaftlicher Liebe – eines, das sie Liam noch nie geschenkt hatte.

Liam schloss die Augen und sammelte sich, bevor er es wagte, den Bräutigam näher zu betrachten. Wieder glaubte er, seinen Augen nicht trauen zu können. Dieses Gesicht hatte er schon oft gesehen, es gehörte zu den bekanntesten im Land.

Der Bräutigam war Julian True.

»Das kann nicht sein«, murmelte er, obwohl er bereits wusste, dass kein Zweifel bestand.

Wie es aussah, war seine Frau einmal mit Julian True verheiratet gewesen, einem der berühmtesten Schauspieler Hollywoods.

KAPITEL 8

Dad!«, hörte Liam seine Tochter rufen. »Das Essen ist fertig.«

Noch immer ganz benommen stand Liam auf. Er warf einen letzten Blick auf das Hochzeitsfoto und wünschte, es würde sich einfach auflösen und alles, was er gesehen hatte, wäre eine optische Täuschung gewesen.

Mit schweren Schritten ging er zur Tür.

Auf dem Weg die Treppe hinunter stützte er sich auf das Geländer. Vor dem Esszimmer holte er tief Luft und musste sich zwingen hineinzugehen.

Bret saß bereits an dem großen Holztisch, den Liams Vater gefertigt hatte. Auch die Stühle hatte Ian Campbell getischlert. Es waren solide Möbelstücke, dazu gedacht, mehrere Generationen zu überdauern.

Jacey war dabei, den Tisch zu decken. Sie sah auf, als Liam eintrat, und glich dabei Mikaela so sehr, dass sich Liams Herz verkrampfte.

Rosa brachte eine Schüssel gemischten Salat aus der Küche und nahm ihren gewohnten Platz ein. Sie betrachtete Liam mit gerunzelter Stirn und fragte: »Warum stehst du da wie angewachsen?«

Wie ferngesteuert ließ Liam sich am Tisch nieder. Er tat sich etwas vom Salat auf, schenkte sich ein Glas Wasser ein und war dabei mit den Gedanken meilenweit entfernt. Einmal ertappte er sich dabei, wie er einfach dasaß und auf den leeren Stuhl am Tisch starrte.

Als Liam bewusst wurde, dass Rosa und Jacey ihn besorgt musterten, rang er sich ein Lächeln ab und tat, als wäre es ein ganz normales Abendessen – oder zumindest so normal wie es all ihre Mahlzeiten seit Mikaelas Unfall waren. Doch er verspürte eine so tiefe Müdigkeit, dass er am liebsten wortlos aufgestanden und zu Bett gegangen wäre.

»Dad, schläfst du?«

Liam zuckte zusammen und begegnete Jaceys Blick. »Entschuldige, hast du was gesagt?«

Jacey verdrehte die Augen. »Ja, ich habe gefragt, ob du das Kleid gefunden hast.«

Liam schüttelte den Kopf. »Ich suche es dir nach dem Essen heraus.«

»Danke, Dad.«

Dad. Wie weh ihm das Wort mit einem Mal tat. Und wie sehr er sich einmal darüber gefreut hatte.

Jacey hatte von Anfang an nie Schwierigkeiten gehabt, ihn so zu nennen, und dafür war er ihr immer dankbar gewesen. Als er sie kennenlernte, war sie vier Jahre alt gewesen, ein kleines Mädchen mit pechschwarzen Zöpfen und so großen Ohren, dass man befürchten konnte, der Rest ihres Körpers werde beim Wachsen unmöglich mithalten können.

Als wäre es gestern gewesen, erinnerte er sich noch genau an den Tag, als Mikaela mit Jacey in seine Praxis gekommen war. Seit dem Tod seines Vaters war beinah ein halbes Jahr vergangen, und in der ganzen Zeit hatte Liam vergeblich nach einem Vorwand gesucht, Mikaela anzurufen.

An jenem Tag hatte Jacey hohes Fieber und ihr Gesicht glühte förmlich. Sie weinte und krümmte sich vor Schmerzen. Als Liam ihren Bauch abtasten wollte, schrie sie und schlug seine Hand fort. Und plötzlich wurde sie schlaff wie eine Stoffpuppe.

Mikaela rüttelte an Liams Arm. »Warum helfen Sie ihr nicht?«

»Jacey muss ins Krankenhaus.« Er fuhr selbst, raste viel zu schnell durch die Straßen. Mikaela hielt Jacey in den Armen und war vor Angst leichenblass.

Im Krankenhaus wurde festgestellt, dass Jacey eine akute Blinddarmentzündung hatte. Liam blieb während der ganzen Operation bei ihr. Sein Gesicht war das letzte, was sie sah, bevor die Narkose zu wirken begann, und das erste, was sie erblickte, als sie nach der OP aufwachte. Jeden Tag besuchte Liam die kleine Patientin im Krankenhaus. Und zwei Tage nach ihrer OP, am vierten Juli, dem amerikanischen Unabhängigkeitstag, sah er sich mit ihr und ihrer Mutter am Fenster des Krankenzimmers das Feuerwerk von Last Bend an.

In dieser Zeit hatte er oft mit Mikaela in der Cafeteria des Krankenhauses gesessen und darauf bestanden, dass sie etwas zu sich nahm. Am ersten Abend nach der OP bestellte er ihr ein Sandwich, von dem sie jedoch nur ein paar Bissen aß. Plötzlich entluden sich ihre Angst und die Anspannung des Tages in einem Weinkrampf.

Liam griff nach ihrer Hand. »Jacey wird es schon morgen besser gehen, das verspreche ich.«

Mikaela wischte sich die Tränen mit einer Serviette ab

und sah ihn mit ihren schönen braunen Augen an. »Ich vertraue Ihnen.«

So hatte es angefangen.

Und nun nannte Jacey ihn bereits seit so langer Zeit »Dad«, dass er kaum noch daran dachte, dass es irgendwo einen Mann gab, der ihr leiblicher Vater war. Doch Mikaela hatte diesen Mann nicht einen Tag lang vergessen, davon war Liam nun felsenfest überzeugt.

»Dad!«

Liam fuhr zusammen. Bret sah ihn mit zusammengezogenen Brauen an. »Ich habe dich gefragt, ob du mich morgen zum Basketball fährst.«

»Ja, mach ich.«

Bret aß weiter. Jacey sagte etwas zu Bret. Liam bekam es nicht mit. Er versuchte, sich auf das Gespräch der Kinder zu konzentrieren, doch es gelang ihm nicht. *Mikaela war einmal mit Julian True verheiratet und hat ihn anscheinend abgöttisch geliebt*, war das Einzige, was er denken konnte.

Einmal schaute er von seinem Teller auf und begegnete Rosas forschendem Blick.

»Was ist?«, fragte Liam.

Rosa zuckte zusammen.

Liam tat es sofort leid, dass er so schroff gewesen war, doch ihm fehlte die Kraft, sich zu entschuldigen. »Hattest du etwas gesagt?«, fragte er ein wenig sanfter.

Rosa schüttelte den Kopf. »*No*, aber ich könnte so einiges sagen.«

Liam seufzte. Das hatte ihm gerade noch gefehlt. »Vielleicht später, wenn die Kinder im Bett sind.«

Nach dem Essen öffnete Liam noch einmal Mikaelas Kleiderschrank. Das gesuchte Kleid hing ganz hinten auf der Stange. Er brachte es in Jaceys Zimmer. Jacey stürzte sich mit einem glücklichen Aufschrei darauf.

Sie gab Liam einen Kuss auf die Wange. »Danke, Dad.«

Sie hielt das Kleid vor sich und fragte: »Glaubst du, das steht mir?«

»Natürlich«, sagte Liam und zwang sich zu lächeln.

Jacey drehte sich hin und her und studierte sich in ihrem großen Spiegel.

»Schlaf gut«, sagte Liam und verließ das Zimmer. Jacey war das Abbild ihrer Mutter, und im Moment konnte er ihren Anblick nicht ertragen.

Er wünschte, er wäre allein im Haus. Wünschte, er könnte sich ans Klavier setzen, wieder spielen wie früher und sich mithilfe der Musik ablenken und beruhigen.

Liam ging nach unten und setzte sich auf den Klavierschemel. Er liebte Mikaela zu sehr, das war ihm von Anfang an bewusst gewesen. Oder sie liebte ihn nicht genug, was fast aufs Selbe herauskam. Es war ein Ungleichgewicht, an dem nichts zu ändern war. Man konnte niemanden zwingen, einen anderen mehr oder weniger zu lieben.

Liam schloss die Augen und erinnerte sich an die Zeiten, in denen er glücklich gewesen war. Wie oft hatte er abends hier gesessen und für Mikaela gespielt. Manchmal hatte sie sich dann zum ihm gesetzt und sich an ihn gelehnt.

»Wie wär's mit einem Trinkgeld?«, hatte er dann gefragt.

Und sie küsste ihn und flüsterte: »Das kriegst du, wenn wir im Bett sind.«

Liam öffnete die Augen. Das Wohnzimmer war leer. Und still.

Bisher hatte er nie großartig über die Stille nachgedacht, doch nun wusste er, dass sie nicht wirklich existierte, solange die Stimmen und Geräusche der Vergangenheit darauf warteten, hervorzukommen und die Menschen zu quälen.

Er schlug eine Taste an und erzeugte ein hohes, metallisches Geräusch. Er ließ es in rascher Abfolge erklingen.

MLT. Mikaela. Pling. *Luna.* Pling. *True.* Pling.

»Hör bitte auf, Liam.« Rosa war aus der Küche gekommen. »Was sollen diese schauderhaften Töne?«

Liam wollte nicht mit seiner Schwiegermutter reden. Wenn er es tat, würde er sie fragen, ob Mikaela ihn jemals geliebt habe, und die Antwort darauf könnte niederschmetternd sein.

»Was hast du?« Rosa ließ sich auf dem Sofa nieder.

Im schwachen Licht der Deckenlampe sah sie sehr zerbrechlich aus. Ihre faltige Haut wirkte fast durchsichtig. Ein Netz aus winzigen blauen Äderchen überzog ihre Wangen. »Ich kann mir vorstellen, wie schwer dir der Hochzeitstag gefallen sein muss, aber nun ist er vorbei, Liam. Du verunsicherst die Kinder, wenn sie merken, wie bedrückt du bist.«

»Das weiß ich.«

»Jacey hat ein Video ausgeliehen, das dich zum Lachen bringen soll. Der Film heißt *Dumm und Dümmer.* Wenn du magst, können wir ihn zusammen schauen.«

Liam lachte rau auf. Die Idee, ein solcher Klamaukfilm würde seine Stimmung verbessern, war absurd.

»Danke, Rosa, aber heute Abend nicht.«

Rosa seufzte. »Warum sagst du mir nicht, was dich beschäftigt? Irgendetwas stimmt doch nicht mit dir.«

Liam setzte sich zu ihr. »Du hast gesagt, meine Liebe werde Mikaela dabei helfen, aufzuwachen, doch sie schläft seit vier

Wochen tief und fest, egal, was ich tue. Vielleicht bin ich einfach enttäuscht.«

»Du darfst jetzt nicht aufgeben.«

Liam vergrub sein Gesicht in den Händen. »Ich kann einfach nicht mehr.«

Ihm war, als wäre nicht nur Mikaela in der Dunkelheit versunken, sondern auch er selbst.

»Natürlich kannst du noch«, sagte Rosa bestimmt. »Du bist stark. Der stärkste Mann, den ich kenne.«

Sie würde sich wundern, wenn sie wüsste, wie nahe ich dem Zusammenbruch bin. Liam hob den Kopf. Die Augen seiner Schwiegermutter waren voller Mitgefühl. *Hat deine Tochter mich jemals geliebt*, wollte er fragen. *Oder war ich nur der armselige Ersatz für Julian True?*

Schwerfällig stand er auf. Sein Blick fiel auf sein Spiegelbild in der Fensterscheibe. Die Schatten unter seinen Augen sahen aus wie von einem Pinsel gemalt. Auch die Falten in seinen Augenwinkeln waren wie dunkle Striche.

Mikaela hatte sie als Lachfalten bezeichnet.

Liam versuchte sich zu erinnern, wann er zum letzten Mal aus vollem Hals gelacht hatte.

Er starrte auf sein Spiegelbild und sah, wie sich das Bild eines schönen, strahlenden Mannes darüber schob. Julian True.

»Ich fahre noch mal ins Krankenhaus.«

Rosa zog die Brauen zusammen. »Doch nicht mehr um diese Uhrzeit?«

»Ich muss zu Mikaela.«

❀

Im Krankenhaus war es ruhig, die Lichter waren gedämpft. Die einzige Ausnahme bildete die hell erleuchtete Notaufnahme, wo im Wartebereich alle Stühle besetzt waren.

Liam durchquerte mehrere Flure auf dem Weg zur Neurologie. Als er an der Schwesternstation vorbeikam, nickte die diensthabende Schwester ihm nur zu und sagte nichts zu dem späten Besuch. Als Arzt genoss Liam gewisse Privilegien.

In Mikaelas Zimmer war es wie immer. Sie lag mit geschlossenen Augen im Bett und regte sich nicht.

Liam schaltete die kleine Nachttischlampe ein und ließ sich auf dem Stuhl neben dem Bett nieder. Er fühlte sich ein wenig hilflos – das Ritual, bei dem er Kissen ausschüttelte, Potpourri auffüllte und neue Musikkassetten einlegte, konnte er diesmal nicht praktizieren, sich nicht dahinter verstecken.

Liam betrachtete seine Frau. Nun lag sie schon seit Wochen im Koma und war trotzdem noch immer eine Schönheit. Er nahm ihre Hand und spürte ihre Wärme. »Erinnerst du dich noch an den Tag, als wir uns begegnet sind? Für mich war es Liebe auf den ersten Blick. Für dich natürlich nicht, jeder außer mir hätte das sofort gemerkt.«

Immerhin hatte er damals gespürt, dass sie etwas Einschneidendes hinter sich hatte. Er erkannte es an ihrem Blick, der schwermütig wurde, wann immer sie sich unbeobachtet glaubte. Und er – Idiot, der er war – dachte, er könnte ihr die Schwermut nehmen. Seine Liebe würde alles, was sie jemals erlitten hatte, heilen. Und irgendwann würde Mikaela seine Gefühle erwidern. Was für ein Dummkopf er gewesen war, sich so etwas einzureden. Er hatte so gut wie nichts über Mikaela gewusst, damit hatte er sich zufriedengegeben. Dass sie ihm nichts über sich erzählen wollte, wenn er sie darum bat, hatte er einfach hingenommen. Woher also hätte er wissen sollen, dass sie einmal mit Julian True verheiratet gewesen war? Er las keine Klatschmagazine.

Liams Gedanken wanderten zurück zu der Zeit nach Jaceys Operation. Mikaela hatte sich von ihm zurückgezogen. Liam war überzeugt gewesen, dass die Sorge um Jacey sie ausgelaugt hatte, und dass sie einfach nur ein bisschen Abstand und Ruhe benötigte. Eines Tages würde sie ihn vielleicht wieder brauchen, und dann würde er zur Stelle sein. Immer wieder war er auf Mikaela zugegangen. *Auf mich kannst du bauen*, wollte er ihr vermitteln. *Ich bin immer für dich da.*

Wenn er ganz ehrlich mit sich war, hatte er gewusst, warum sie schließlich die Arme nach ihm ausstreckte, ihn küsste und in sein Bett kam. Sie war wie ein heimatloser Vogel gewesen, dem er ein Nest geboten hatte. Und auf ihre Weise war sie auch glücklich geworden, dessen war er sich sicher.

Liam legte Mikaelas Hand zurück und überließ sich seinen Erinnerungen. Er dachte an ihren ersten Kuss. Das war an einem warmen Sommertag an den Angel Falls gewesen. Er sah ihr Gesicht noch deutlich vor sich. Sie war fröhlich gewesen, hatte gelacht – etwas, das sie erst bei ihm wieder richtig gelernt hatte.

Und dann der Tag, an dem Bret auf die Welt kam. Mit dem frisch entbundenen Baby im Arm trat Liam an Mikaelas Wochenbett und konnte sein Glück kaum fassen. Und sie sagte: *Ich hatte ganz vergessen, wie gut das Leben sein kann.*

Im Geist sah er sich selbst, als er sie fragte, ob sie ihn heiraten wolle. Das war noch vor Brets Geburt, am selben Tag, an dem der Öltanker *Exxon Valdez* vor Alaska auf Grund lief und eine Umweltkatastrophe auslöste – ein solches Unglück am glücklichsten Tag seines Lebens. Vielleicht hätte er es als Omen nehmen sollen.

Auch damals waren sie an den Angel Falls gewesen, hatten dort ein Picknick gemacht. Sie lagen eng umschlungen auf der Decke, und er küsste sie. Mikaela strich ihm zärtlich über die Wange und sagte, sie sei schwanger.

Er geriet dermaßen aus dem Häuschen, dass er nicht wusste, was er zuerst tun sollte – vor Freude lachen, Mikaela küssen oder sie fragen, ob sie ihn heiraten wolle. Er nahm ihre Hand, das Herz schlug ihm bis zum Hals, und dann fragte er sie.

Sie schwieg eine Weile, Liam wagte kaum zu atmen. Dann sagte sie: *Ich war schon einmal verheiratet*, und fing an zu weinen.

Liam wischte ihre Tränen ab. *Das macht doch nichts.*

Vielleicht doch. Sie holte tief Luft. *Ich habe diesen Mann über alles geliebt, und ich glaube, dass ich ihn immer lieben werde. Er ist die Liebe meines Lebens, die ich verloren habe.*

Einen Moment lang dachte Liam, sein Herz bliebe stehen. Als es wieder einsetzte, tat ihm jeder Schlag weh.

Ich verstehe, sagte er. Mehr brachte er nicht hervor.

Mikaela sah ihm forschend in die Augen. Wahrscheinlich erkannte sie, wie sehr er litt, und dass ihre Offenbarung an seinen Gefühlen trotzdem nichts ändern würde.

Ich wollte, dass du es weißt, sagte sie. *Ich werde über diesen Mann und meine Ehe mit ihm nie mehr mit dir sprechen, Liam, und ich möchte auch nicht, dass du von dir aus versuchst, etwas darüber zu erfahren. Wenn du das akzeptieren kannst, ist es gut.*

»Du wusstest, dass ich in alles eingewilligt hätte, stimmt's, Mika? Ich war vierzig Jahre alt und sehnte mich nach einem bisschen Glück im Leben.

Als wir uns kennenlernten, hatte ich die Hoffnung, von jemandem geliebt zu werden, längst aufgegeben. Ich war im Schatten eines Mannes groß geworden, der mich kaum wahrnahm. Und meine Mutter hatte nur Augen für ihn. Niemand, der mich und meinen Vater kannte, gab mir je eine richtige Chance. Ian Campbell war der Diamant und ich eine Imitation aus Glas.

Du hast meinen Vater nur als alten kranken Mann erlebt, hast nie mitbekommen, wie er früher war. Ich dachte, in dir fände ich endlich jemanden, der ihn und mich nicht vergleichen kann. Nie wäre ich auf den Gedanken gekommen, dass du längst deinen eigenen Diamanten hattest und ich immer nur die billige Imitation sein würde.«

Als er Mikaela bat, ihn zu heiraten, verriet er ihr nicht, wie lange er sich schon danach sehnte, geliebt zu werden. Solche Selbstoffenbarungen lagen ihm nicht. Und als er hörte, dass ein anderer ihre große Liebe war, schluckte er seine Enttäuschung hinunter. *Ich liebe dich,* antwortete er. *Und wenn du nur einen Bruchteil meiner Liebe erwiderst, ist es genug.*

Mikaela streichelte seine Wange. Ob sie ihm geglaubt hatte, wusste Liam nicht. Doch was er gesagt hatte, war die Wahrheit gewesen. *Ich werde dich nie belügen,* sagte sie. *Ich werde dir auch nie untreu sein. Ich werde dir eine so gute Ehefrau sein, wie ich es vermag.*

Ich liebe dich, Mika, hatte er erwidert. Wie ein Mantra hatte er diesen Satz über die Jahre wiederholt.

Irgendwann hatte Mikaela es auch zu ihm gesagt, und er hatte geglaubt, er hätte es geschafft.

Und wenn ihm manchmal Zweifel an ihrer Liebe kamen, sagte er sich, die seine müsse eben für sie beide ausreichen.

Im Laufe der Zeit war ihre Ehe eine unerschütterliche Instanz geworden, und ihr Familienleben war glücklich gewesen. Den Gedanken an Mikaelas ersten Mann hatte er verdrängt.

Er hatte seiner Frau etwas bedeutet, das wusste Liam; auf ihre Weise hatte sie ihn vielleicht sogar wirklich geliebt. Doch nun, da er wusste, wie sie einen Mann ansah, dem sie mit Leib und Seele gehörte, genügte ihm das nicht mehr.

»Ich wünschte, du hättest dich mir anvertraut«, sagte er. Dann schüttelte er den Kopf. Das war falsch, er hatte nichts dergleichen gewollt. Sie hatten eine Abmachung gehabt, an die beide sich aus gutem Grund gehalten hatten. Doch nun war alles anders.

»Ich habe den Kissenbezug in deinem Schrank gefunden. Die Zeitungsausschnitte, die Fotos und den Ring. Ich weiß, mit wem du verheiratet warst.«

Wieder nahm Liam Mikaelas Hand. »Jetzt kann ich mir auch denken, warum du weder über ihn noch über deine Ehe sprechen wolltest. Du hättest mir gestehen müssen, wie glücklich du warst – viel glücklicher als mit mir. Und du wusstest, wie tief es mich verletzen würde. Es tut jetzt schon weh, obwohl ich nur einen Teil erahne.«

Liam rückte näher an seine Frau heran und studierte ihr Gesicht. »Was hast du für mich empfunden, Mika? Die Frage macht mich noch verrückt. Wahrscheinlich war ich einfach dumm. Dumm und blind. Sonst hätte ich an deinem Blick erkannt, dass ich unzureichend war und du mich ständig mit einem anderen verglichen hast. Dabei hätte ich es doch ohne Schwierigkeiten erkennen müssen, in der Hinsicht habe ich ja genügend Erfahrung. Ich konnte neben meinem Vater nicht bestehen und neben Julian True genauso wenig.«

Mikaela blinzelte.

Liam fuhr zusammen. »Mika«, flüsterte er erschrocken. »Hast du gerade geblinzelt?« Wie gebannt starrte er auf das Gesicht seiner Frau. »Mika, kannst du mich hören? Bitte, blinzele noch mal, wenn du mich hören kannst.« Nichts geschah.

Er richtete sich auf und drückte auf den Klingelknopf an der Wand.

Die Nachtschwester kam, eine ältere Frau namens Sarah. Mit unsteter Hand deutete Liam auf Mikaela. »Sie hat geblinzelt.«

Sarah trat an das Bett und beugte sich über Mikaela. »Mikaela, kannst du mich hören?«

Liams Herzschlag spielte verrückt.

Mikaela lag so reglos da wie immer. In ihrem Gesicht tat sich nichts.

»Komm schon, Mika.« Liam fasste den Arm seiner Frau und rüttelte daran. »Blinzele, wenn du mich hören kannst.«

Sarah legte ihm eine Hand auf die Schulter. »Beruhigen Sie sich, Dr. Campbell, vielleicht war es nur ein Reflex.« Sie überprüfte die Geräte und zuckte mit den Schultern. »An den Geräten liegt es nicht, die sind in Ordnung. Vielleicht haben Sie sich –« Die Schwester brach ab und errötete.

»Nein, ich habe es mir nicht eingebildet«, entgegnete Liam. »Ich habe deutlich gesehen, wie meine Frau geblinzelt hat.«

»Soll ich Dr. Penn holen? Er ist noch im Haus.«

Liam nickte. Er konnte den Blick nicht von Mikaela wenden, immer in der Hoffnung, sie würde noch einmal eine Regung zeigen.

Schließlich kam Stephen. Er warf Liam einen besorgten Blick zu und bat ihn, die Hand seiner Frau loszulassen.

Er kontrollierte Mikaelas Vitalfunktionen und prüfte, ob sie auf Schmerzreize reagierte. »Es ist alles wie gehabt«, sagte er mit einem Seufzer. »Geh nach Hause, Liam, du reibst dich hier nur auf.«

Liam schüttelte den Kopf.

Stephen drückte seine Schulter und verabschiedete sich.

Liam stand auf und legte die Kassette »Tapestry« von Carole King ein. Er wollte den Song »I feel the earth move under my feet« hören, der ihm wie kein anderer zu der Situation zu passen schien.

Danach begann Liam, wieder mit Mikaela zu sprechen. Er streichelte ihre Wange, ihre Hände und flehte sie an, noch einmal zu blinzeln oder ihm irgendein anderes Zeichen zu geben. Doch es passierte nichts. Zu guter Letzt, als Liam heiser war und kaum noch einen Ton hervorbrachte, ließ er Mikaela los und lehnte sich zurück. Und dann bat er Gott um Hilfe.

Doch tief in seinem Herzen wusste er, dass es nicht Gott war, der Mikaela helfen konnte. Nicht Gott hatte dafür gesorgt, dass sie blinzelte, sondern der Name Julian True. Nach all der Zeit, die seine Frau nun schon im Koma lag, hatten zwei Worte genügt, um ihr eine Reaktion zu entlocken.

Nein, nicht irgendwelche Worte, sondern der Name des Manns, der ihr alles bedeutet hatte.

Julian True.

❀

Sie treibt in einem Meer aus Grau und Schwarz. Es riecht nach etwas ... Sie glaubt, dass es Blumen sind. Sie hört Musik, die ihr bekannt vorkommt.

Sie möchte sich zu der Musik bewegen, aber sie hat weder Arme noch Beine. Sie möchte etwas sehen, aber sie hat auch keine Augen.

Nun ist die Musik verstummt, und sie hört nur noch den Schlag ihres Herzens. Es schlägt schnell, wie das eines Vogels. In ihrem Mund ist der bittere Geschmack der Angst.

»Ich wünschte, du hättest dich mir anvertraut.«

Diese Stimme kannte sie. Sie war ihr lieb geworden. Das war irgendwo – irgendwann – in einem Vorher. Aber wo ist das Jetzt? Sie spürt nur ihre Angst und Hilflosigkeit. Und die Sehnsucht nach etwas.

»Julian True.«

Julian. Der Name sinkt tief in ihr Herz, lässt es noch schneller schlagen. Sie möchte nach diesem Namen greifen, ihn an sich drücken.

Julian. Aus der Dunkelheit, die sie umgibt, löst sich etwas und kommt näher. Es ist ein Wort, das untrennbar mit Julian verknüpft ist.

Es ist das Wort Liebe.

KAPITEL 9

Nachdem die Kinder sich auf den Weg zur Schule gemacht hatten, wusch Rosa das Geschirr ab und wunderte sich, dass ihr Schwiegersohn noch nicht zum Frühstück erschienen war. Normalerweise war er morgens als Erster auf den Beinen.

Als das Telefon klingelte, legte sie das Küchenhandtuch über ihre Schulter, trat unten an die Treppe und rief Liams Namen.

In dem Moment schaltete sich der Anrufbeantworter ein. Rosa hörte die Ansage, die ihre Tochter gemacht hatte. Beim ersten Mal war sie zusammengefahren und hatte gedacht, Mikaela wäre am Telefon.

»Rosa?«, erklang Liams Stimme. »Bist du da? Bitte, nimm den Hörer ab und melde dich.«

Verwirrt drehte Rosa sich um, kehrte in die Küche zurück und nahm den Hörer vom Wandtelefon. »Liam?«

»Ja, ich bin's. Sind die Kinder auf dem Weg in die Schule?«

»*Si, claro*. Der Bus ist gerade abgefahren.«

»Gut, dann komm bitte ins Krankenhaus.«

Rosas Herz begann, aufgeregt zu pochen. »Ist Mikaela aufgewacht?«

»Nein, aber ich möchte, dass du kommst. Bitte, beeil dich.«

»Okay, ich fahre sofort los.«

Das Freizeichen ertönte. Liam hatte sich nicht einmal verabschiedet.

Einen Moment lang starrte Rosa das Telefon an, dann legte sie kopfschüttelnd auf.

Noch immer ziemlich perplex, ging sie in ihr Cottage, schlüpfte in ihre Stiefel und streifte ihren Mantel über. Dann suchte sie ihre Handtasche und die Autoschlüssel zusammen. Während der ganzen Zeit fragte sie sich, warum Liam sie so dringend ins Krankenhaus gebeten hatte.

Auf der Fahrt dorthin fing es wieder an zu schneien. Rosa drosselte ihr Tempo und stellte die Scheibenwischer an. Der Anruf ging ihr nicht aus dem Sinn. Liam hatte sich seltsam angehört – ungeduldig und gereizt. Allerdings war er, seit Mikaela im Koma lag, ohnehin nicht mehr der besonnene und ausgeglichene Mann, den sie von früher kannte.

Sie stellte den Wagen auf dem Besucherparkplatz ab. Beim Aussteigen verrutschte ihr Mantel, und sie sah, dass sie das Küchenhandtuch noch über der Schulter trug. Auch die Haare hatte sie sich nicht frisiert, sie hingen in dünnen grauen Strähnen herab. Verärgert setzte sie sich wieder und warf das Handtuch auf den Rücksitz. Um nicht auszusehen wie eine Vogelscheuche, flocht sie sich das Haar im Nacken zu einem Zopf und befestigte es mit einem einfachen Gummiband, das sie im Handschuhfach fand. Das musste genügen.

Vor der Tür zu Mikaelas Krankenzimmer blieb Rosa noch einmal stehen und flehte die Jungfrau Maria um ihren Beistand an. Dann klopfte sie und trat ein.

Im Zimmer hatte sich nichts verändert, außer dass Mikaela an diesem Morgen auf dem Rücken lag.

Liam saß auf dem Stuhl an Mikaelas Bett. Bei Rosas Eintreten drehte er sich zu ihr um.

Rosa fiel auf, dass er noch dieselbe Kleidung trug wie am Vorabend. Und die dunklen Schatten unter seinen Augen waren noch tiefer geworden.

»Hast du hier geschlafen?«, fragte Rosa entsetzt. »Warum bist du nicht nach Hause –« Sie brach ab, als sie seinen frostigen Blick sah. »Liam, was hast du?«

»Sagt dir der Name Julian True etwas?«

Rosa spürte, wie ihr die Farbe aus dem Gesicht wich. Sie machte ein paar unsichere Schritte und ließ sich auf den freien Besucherstuhl sinken. »Was hast du gesagt?«

»Du hast mich sehr gut verstanden, Rosa.«

Sie fuhr sich mit der Hand über ihren Zopf. »Wie kommst du auf –?« Sie stand auf, nahm die Karaffe Wasser vom Tisch und schenkte sich ein Glas ein. Sie trank es in einem Zug leer. Dann holte sie tief Luft und fragte: »Wie kommst du plötzlich auf diesen Namen?«

Liams Blick war noch immer so kalt, wie Rosa es bei ihm noch nicht gesehen hatte. Es machte ihr Angst.

»In Mikaelas Schrank habe ich ein Foto von ihr und True als Brautpaar gefunden«, antwortete er schroff. »Und Zeitungsartikel über die Hochzeit. Ebenso einen Ring mit einem riesigen Diamanten.« Er schwieg kurz und schien sich zu sammeln. »Den Namen Julian True kenne ich natürlich, jeder kennt ihn, ich wusste nur nicht, dass er der erste Ehemann meiner Frau war.«

Rosa schaute zu Boden, sie konnte seinen eisigen Blick nicht mehr ertragen. »Ich bin sicher, dass Mikaela für dich auch nicht die erste Frau war.«

Liam lachte spöttisch. »Nein, aber ich war vorher nicht mit

einem Hollywoodstar verheiratet und habe das verschwiegen.«

»Mikaela hat dir gesagt, dass sie schon einmal verheiratet war. Warum ist es wichtig, wer der Ehemann war?« Rosa hob den Kopf. »Vergiss alles, was du gesehen hast. Es ist eine alte Geschichte, die nicht mehr aufgewärmt werden muss.«

»Warum auch, sie ist ja nie kalt geworden«, entgegnete Liam bitter. »Und rate, woher ich das weiß.«

Rosa zuckte mit den Schultern.

»Ich habe hier an Mikaelas Bett gesessen und den Namen Julian True ausgesprochen. Und was glaubst du, was daraufhin passiert ist?«

Rosa seufzte. »Bitte, mach es nicht so spannend, Liam. Erzähl es mir einfach.«

»Deine Tochter hat geblinzelt, stell dir das vor. Sie hat den Zaubernamen gehört und geblinzelt. Wochenlang liegt sie da und regt sich nicht, doch dann fällt der Name Julian True und plötzlich reagiert sie. Was sagst du dazu?«

Rosa verschlug es die Sprache. Als sie sich wieder gefasst hatte, fragte sie: »Bist du dir sicher, dass sie geblinzelt hat?«

Liam schloss entnervt die Augen. »Ja, Rosa, ich habe nicht phantasiert, sondern es ganz deutlich gesehen.«

»Schon gut, ich glaube dir.« Bedrückt sah Rosa, wie ihr Schwiegersohn in sich zusammenfiel, sein Zorn ihn verließ und er wieder zutiefst erschöpft wirkte.

»Seit Mikaela hier liegt, habe ich mit ihr gesprochen, ihre Hand gehalten und sie geküsst. Ich habe die Musikkassetten laufen lassen, die sie am liebsten hört, und sie mit den Düften umgeben, die sie mag. Ich habe ihr gesagt, wie sehr wir sie lieben. Du hast immer behauptet, unsere Liebe werde zu ihr durchdringen und sie zu uns zurückholen. Aber du hast dich geirrt. Ich hätte einfach nur den richtigen Männernamen aussprechen müssen.«

Rosa betrachtete ihre schlafende Tochter und nahm ihre Hand. »Kannst du uns hören, *mi hija*? Bitte, blinzle, wenn du es kannst.«

»Vergiss es«, sagte Liam. »Sie hört uns nur, wenn wir ihr das richtige Stichwort geben.«

»Nein«, entgegnete Rosa fest. »Entweder sie hört uns, oder sie tut es nicht. Ich kann mir nicht vorstellen, dass sie nur einen einzigen Namen mitbekommt.«

»Doch, Rosa. Es ist schließlich der Name des Mannes, der einmal ihr Ein und Alles war – oder noch ist.«

Rosa ließ Mikaelas Hand los. »Hör auf, dich zu quälen, Liam, das führt doch zu nichts.«

»Ich möchte, dass du mit Mikaela über diesen Mann sprichst. Erinnere sie an die Zeit, in der sie mit ihm glücklich war, und daran, wie sehr sie ihn geliebt hat. Vielleicht kommt sie dann wieder zu sich.«

Rosa sah Liam prüfend an. »Und was machst du, wenn sie seinetwegen aufwacht?«

Liam fuhr sich mit den Fingern durchs Haar, eine nervöse Geste, die er sich seit Kurzem angewöhnt hatte. »Das weiß ich erst, wenn es so weit ist.«

Rosa wünschte, sie könnte es ihrem Schwiegersohn leichter machen. Er war ein wunderbarer Mensch, tausendmal besser als dieser Taugenichts, an den ihre Tochter ihr Herz verloren hatte.

»Es geht um Mikaelas Leben«, sagte er. »Nur das spielt im Moment eine Rolle.«

»Also gut«, sagte Rosa. »Ich werde mit ihr über ihre Zeit mit True sprechen. Aber vergiss nicht, dass sie dich geheiratet hat, und dass ein Mensch durchaus mehr als einmal im Leben lieben kann.«

Liam zuckte mit den Schultern. Dann lehnte er sich zurück und schlug die Beine übereinander.

Rosa sah ihn abwartend an. »Du musst gehen, oder willst du hier sitzen und mir zuhören?«

»Genau das will ich.«

»Es könnte wehtun, Liam.«

»Es tut bereits weh, Rosa. Abgesehen davon finde ich, dass es für mich höchste Zeit ist, meine Frau besser kennenzulernen.«

❀

Rosa berührte das Goldkreuz an ihrer Halskette und bat die Jungfrau Maria stumm, ihr die richtigen Worte einzugeben.

Sie hatte es lange vermieden, sich an »damals« zu erinnern. Damals, das war die Zeit, als Julian True in das Leben ihrer Tochter trat und es komplett auf den Kopf stellte.

Seitdem waren so viele Jahre vergangen, fast hatte Rosa gehofft, ihre Erinnerungen daran wären verblasst. Aber leider war ihr alles noch so präsent, als wäre es gestern gewesen.

Sie sah die Mikaela von damals wieder vor sich, eine junge Frau von zwanzig Jahren, mit karamellbraunen Augen und langem schwarzem Haar. Sie wohnten in Sunville, einem kleinen Ort im Süden Kaliforniens, gleich an der Grenze zu Mexiko. Es war eine trostlose Gegend, in der mexikanische Wanderarbeiter in primitiven, viel zu kleinen Unterkünften hausten. Die Amerikaner, denen die Obstplantagen und Felder gehörten, auf denen sie für Billiglöhne arbeiteten, lebten außerhalb Sunvilles. Sie hatten schöne, große Häuser mit Swimmingpools.

Mikaela, eine unehelich geborene Halbmexikanerin, war in beiden Welten nicht willkommen. Als sie an einem kleinen College im Süden Kaliforniens ihr Grundstudium abgeschlossen hatte, träumte sie davon, zum Hauptstudium von einer der Ivy-League-Universitäten angenommen zu werden, vielleicht sogar ein Jahr im Ausland zu studieren, am liebsten an der Sorbonne in Paris. Anschließend wollte sie die Welt bereisen. Rosa aber wusste, dass so etwas für Leute wie sie unmöglich war. Und manchmal hatte sie den Verdacht, im Grunde ihres Herzens ahnte auch Mikaela, dass daraus nichts werden würde.

Es waren die Träume eines einsamen Menschen, denn eine Außenseiterin wie Mikaela hatte niemanden, mit dem sie darüber reden konnte. Sie hatte nur Rosa, die nichts weiter kannte als das mexikanische Dorf, in dem sie groß geworden war, und Sunville, wo sie als Kellnerin arbeitete.

Wie lange hatte Mikaela gehofft, ihr Vater würde sie anerkennen. Als das nicht geschah, begann sie, ihn zu hassen. Ihn, seine Ehefrau und seine blonden, hellhäutigen Kinder.

Und weil sie für diesen Hass kein anderes Ventil fand, fing sie an, ihren Gefühlen auf den Wänden öffentlicher Toiletten und auf Hausmauern mit Graffiti Ausdruck zu verleihen. Zum Glück ging diese Phase vorüber. Danach wurde aus Mikaela eine stille und freudlose junge Frau.

Sie hörte auf, von einem Studium an einer namhaften Universität zu träumen. Als die Western Washington University in Bellingham ihr ein Stipendium zur Ausbildung als Krankenschwester anbot, sagte sie zu.

Ihre Träume hatten sich als Trugbilder erwiesen, und nun suchte sie nur noch einen Ort, wo sie nicht länger das uneheliche Kind einer mexikanischen Kellnerin sein musste.

Bis zum Beginn des Studiums an der Western Washington arbeiteten Mikaela und Rosa zusammen in derselben Imbissstube. Die erste Begegnung mit Julian True fand dort an einem heißen Sommernachmittag statt.

❀

Rosa sah zu, wie verbissen ihre Tochter einen der Tische wischte.

»Mikaela«, sagte sie. »Hör auf, den Tisch zu malträtieren. Er wird nicht sauberer.«

»Es ist kein Gast da.« Verdrossen ließ Mikaela den Lappen fallen. »Was soll ich denn sonst machen, als Tische zu putzen?«

Irgendwo über ihnen ertönte ein Brummen. Es klang wie ein Hubschrauber.

Auch Joe, der in der Küche arbeitete, blickte auf, wischte sich den Schweiß von der Stirn und fragte: »Was ist da draußen los?«

Rosa schaute aus dem Fenster. Außer den bröckelnden Fassaden der Häuser gegenüber und aufgewehtem Staub war nichts zu sehen. Sie und Mikaela traten hinaus auf die Straße, beschirmten die Augen mit der Hand und richteten ihren Blick in die Höhe.

Der Hubschrauber schwebte tief über den Dächern. Dann drehte er ab und verschwand hinter einer der großen Lagerhallen am Rand von Sunville. Als das Brummen verklungen war, hörte man nur noch das immerwährende Zirpen der Grillen.

Als Nächstes näherte sich ein Wagen, ein großes schnittiges Modell mit dunkel getönten Fensterscheiben. Er sah teuer aus, war jetzt jedoch von einer feinen Staubschicht bedeckt.

Rosa zupfte an der Nylonuniform, die an ihrem Körper klebte, und kehrte in die Imbissstube zurück. Um sich Kühlung zu verschaffen, stellte sie sich unter den großen Deckenventilator und reckte ihr Gesicht in den Luftstrom. Mikaela blieb draußen. Dann rief sie plötzlich: »Komm, *mamá*, das musst du sehen. Es ist wie im Kino.«

Rosa trat ans Fenster. Der große, teure Wagen hatte vor dem Supermarkt angehalten. Die Leute, die vorbeikamen, blieben stehen und starrten den Wagen an.

Zuerst öffnete sich die Fahrertür. Ein bulliger Mann stieg aus, rieb sich den Rücken und streckte sich.

Dann ging die hintere Tür auf. Ein hochgewachsener Mann mit Sonnenbrille kam heraus und schaute sich um.

Jemand rief: »Das ist ja Julian True!«

Er war es tatsächlich.

Ganz lässig stand er da, mit der natürlichen Art eines Menschen, der es gewöhnt war, angestarrt zu werden. Er war schlank und muskulös, das schulterlange Haar sonnengebleicht. Seine Kleidung war nichts besonderes – Jeans, T-Shirt und Cowboystiefel –, aber an ihm sah sie phantastisch aus.

Doch wahrscheinlich war es sein Gesicht, das die Leute in seinen Bann zog, dachte Rosa. Es war ein äußerst reizvolles Gesicht, mit markanten Wangenknochen, vollen Lippen und hellblauen Augen. Um den Mund das Lächeln eines Frauenhelden. Die Frauen, die sich in so einen Mann verliebten, taten Rosa leid.

Aus dem Supermarkt und aus den Häusern kamen noch mehr Leute gelaufen. Einige hatten Zettel und Stifte in den Händen.

Sie umringten True, drängten sich an ihn, berührten ihn. Sie riefen ihre Wünsche. *Bitte ein Autogramm, hier, auf meinen Bon. Hier, auf mein T-Shirt. Auf meine Hand, mein Papiertaschentuch, meine Zigarettenschachtel.*

Rosa wollte ihre Tochter fragen, ob sie jemals etwas so Verrücktes gesehen hatte. Sie trat vom Fenster an die Tür und wusste, dass sie sich jedes Wort sparen konnte. Mikaela stand da wie verhext. Dann wandte sie sich um, machte einige Schritte in den Gastraum hinein und schaute sich im Imbiss um. Rosa verfolgte den Blick ihrer Tochter. Er glitt vom rissigen Linoleum des Fußbodens zu den verdreckten Stromkabeln, die auf den Scheuerleisten befestigt waren, und dann hinauf zu der Decke, die von unzähligen Zigaretten vergilbt worden war. Rosa nahm an, dass ihre Tochter versuchte, den Imbiss mit den Augen des eben eingetroffenen Hollywoodstars zu sehen, und dass ihr der Anblick peinlich war.

Rosa kehrte an den Tresen zurück und wusch weiter Gläser ab. Mikaela seufzte schwer und begann, die Zuckerspender aufzufüllen.

Sie hörten Schritte. Und dann war True da. Stand mitten im Raum, über ihm der sich mühsam drehende Deckenventilator.

Mikaela errötete und stellte einen Zuckerspender so ungeschickt zurück, dass er zu Boden fiel.

True hob ihn auf und überreichte ihn Mikaela mit dem Lächeln eines geborenen Verführers. Er nahm seine Sonnenbrille ab und musterte Mikaela. Dann zeichnete sich in seinem Gesicht Erstaunen ab, als hätte er in seinem Leben noch nie eine Frau wie Mikaela gesehen.

Die Röte in Mikaelas Gesicht vertiefte sich.

»Was können wir für Sie tun?«, fragte Rosa.

True warf einen Blick durch die Fensterscheibe nach draußen. »Gleich wird es hier vor Leuten nur so wimmeln«, sagte er mit seiner berühmten rauchigen Stimme und ließ sich an einem der Tische nieder. »Wir sind stundenlang durch die Wüste gefahren, und ich hätte gern noch für einen kurzen Moment meine Ruhe.« Er beugte sich zu Mikaela vor. »Ich hatte gehofft, eine schöne junge Frau wie du könnte mir eine Erfrischung bringen?«

So hatte es angefangen.

❀

Nun hörte Rosa, wie Liam unruhig sein Gewicht verlagerte und ihren Namen sagte. Sie hatte zu lange in der Vergangenheit verweilt. Einen Moment lang schloss sie die Augen und konzentrierte sich. Bei dem, was sie vorhatte, musste sie ihre Worte mit Bedacht wählen.

Rosa nahm die Hand ihrer Tochter. »*Hola, mi hija.* Ich bin es, deine Mutter.« Sie begann, die Hand zu streicheln. »Erinnerst du dich noch an den Tag, als du Julian kennengelernt hast? Julian True. Den Mann aus Hollywood.«

Mikaela stieß einen kleinen Seufzer aus, und ihre Lider zuckten.

Es raubte Rosa den Atem. Dann spürte sie, wie Hoffnung in ihr aufkeimte und sie ein solches Dankbarkeitsgefühl durchströmte, dass sie gar nicht anders konnte, als zu lächeln.

»Es war ein heißer Tag, und wir waren bei der Arbeit. Plötzlich hörten wir einen Hubschrauber. Darin saß ein Kamerateam, wie wir später erfuhren. Dann kam ein Wagen und hielt vor dem Supermarkt. Bis heute weiß ich nicht, was True in unserem Nest zu suchen hatte. Vielleicht hatte er einfach nur Durst und brauchte eine Pause. Er trat zu uns in die Imbissstube.

Weißt du noch, wie True dich angeschaut hat? Als wärst du die einzige Frau auf der Welt. Er war ein auffallend attraktiver Mann, selbst ich habe das erkannt, obwohl ich schon seit einer Weile kein Auge mehr für junge Männer hatte.

Dann habe ich deinen Blick gesehen und gewusst, was die Stunde geschlagen hatte. Du hast dich für Aschenputtel gehalten, und nun war dein Prinz gekommen.

Wenn du wüsstest, wie du gestrahlt hast, als er dich als schöne junge Frau bezeichnete. Dann hat er dich nach deinem Namen gefragt. Mikaela war ihm wohl zu mexikanisch, auf typisch amerikanische Art musste er dich sogleich umtaufen. Er hat dich Kayla genannt, was ich von Anfang an fürchterlich fand. Kayla mit dem nachtschwarzen Haar. Kayla mit den karamellfarbenen Augen. Der Mann war nicht auf den Mund gefallen, das musste man ihm lassen.

Du hast mir erzählt, wie euer erster Kuss für dich war. Als würdest du durch die Lüfte fliegen. *Das ist gefährlich*, antwortete ich. Doch das war dir egal.«

Rosa strich ihrer Tochter über die Wange. »Ich habe mitangesehen, wie du dich in ihn verliebt hast, in diesen Mann mit dem Gesicht eines gefallenen Engels. Was ich dazu zu sagen hatte, spielte keine Rolle. Ich wusste, dass der Anfang eurer Beziehung ein Feuerwerk sein würde. Und dass er weiterziehen würde, sobald die Raketen abgebrannt waren.

Ich wusste, dass es für dich mit viel Kummer enden würde, der dich dein Leben lang begleiten würde.

Ab und zu wagte ich noch einen Einwand und redete dir ins Gewissen. *Er tut dir nicht gut*, sagte ich. Du hast nur gelacht.«

Rosa lehnte sich in ihrem Stuhl zurück. »Du dachtest, ich wäre zu alt, um dich zu verstehen. Aber jede Frau, die einmal geliebt hat, hätte dich verstanden, ganz gleich, wie alt sie ist.«

Rosa betrachtete ihre Tochter. »Du hattest mir versprochen, nicht die gleichen Fehler zu machen wie ich und dich nicht mit dem falschen Mann einzulassen. Ich weiß auch, dass du dieses Versprechen halten wolltest. Aber als du ihn gesehen hast, war alles andere vergessen.«

KAPITEL 10

Jedes Wort, das Rosa sagte, tat Liam weh. Jede Facette, die sie erwähnte, wurde Teil eines Bildes, das ihn noch lange Zeit verfolgen würde. Wenn Rosa eine Pause machte, war Liam im Geist in jener armseligen Imbissstube und spürte, wie die junge Mikaela von dem Mann, der ihre große Liebe werden sollte, in den Bann gezogen wurde.

Wie hätte Mikaela sich einem solchen Mann auch entziehen können? Wahrscheinlich hatte er sich nicht einmal anstrengen müssen, um sie zu erobern.

Wieder fragte Liam sich, warum er zugelassen hatte, dass Mikaela ihm nichts über ihre Vergangenheit erzählte. Dabei ging es ihm gar nicht mehr um True, in dem Punkt konnte er ihr Schweigen vielleicht sogar nachvollziehen. Aber warum hatte sie ihm nichts über ihre Kindheit erzählt, über ihre Schulzeit? Warum hatte sie sogar Kleinigkeiten für sich behalten, etwa, womit sie sich als Mädchen ihre Zeit vertrieben hatte. Er hatte nicht einmal gewusst, dass sie mit ihrer Mutter in einem Imbiss gearbeitet hatte. Ihr ganzes Leben, bevor sie sich kennenlernten, war für ihn ein Buch mit sieben Siegeln.

Doch es war nicht nur Mikaelas Schuld, sondern auch die

seine, gestand er sich jetzt ein. In seinem Wahn hatte er sich eingeredet, sie sei eben seine Traumfrau, und der Rest sei zweitrangig. Dabei hatte er vergessen, sich zu fragen, wovon sie träumte und wonach sie sich sehnte.

Aus Angst vor der Wahrheit hatte er sich mit seinen eigenen Gefühlen zufriedengegeben, sich eingelullt in die dumpfe Bequemlichkeit unausgesprochener Worte, ungestellter Fragen.

Doch nun war der Vorhang vor Mikaelas Vergangenheit gelüftet worden, und er musste mit dem fertigwerden, was dahinter zum Vorschein gekommen war.

Liam wurde die Stille im Raum bewusst. Rosa hatte aufgehört zu reden. Er wandte ihr zu.

»Ich habe seinen Namen mehrmals erwähnt«, sagte sie. »Und Mikaela hat nicht ein einziges Mal geblinzelt.«

»Ihre Lider haben gezuckt, Rosa, wir haben es beide gesehen.« Liam studierte das Gesicht seiner Frau, die ihm plötzlich wie eine Fremde vorkam – eine Frau namens Kayla, die einmal mit einem Hollywoodstar verheiratet gewesen war. »Ich habe einen Fehler gemacht. Ich wusste, dass sie etwas vor mir verbirgt, und habe es dabei belassen. Zum einen aus Liebe, zum anderen aus Feigheit. Ich wünschte nur, Mikaela hätte mir von sich aus mehr über ihr Leben erzählt. Es musste ja nicht die ganze Geschichte ihrer Ehe mit True sein. Sie hätte von ihrer Jugend in Kalifornien sprechen können. Von eurem gemeinsamen Leben.«

Rosa seufzte. »Das verstehst du nicht. Du bist sorgenfrei aufgewachsen, du hast studiert und bist Arzt geworden. Du weißt nicht, dass es Dinge im Leben gibt, über die man nicht gern spricht, die man am liebsten vergessen möchte. Mikaela und ich waren so arm, wie du es dir kaum vorstellen kannst.

Die Träume, die Mikaela als junges Mädchen hatte, hätte sie niemals verwirklichen können. Bei uns hat niemand studiert, und ihr Vater, der Mikaela hätte helfen können, hat sich nie für sie interessiert. Warum hätte sie darüber reden wollen?«

Rosa schenkte sich ein weiteres Glas Wasser ein und nahm einen Schluck. »Du weißt auch nichts über mich, Liam. Und warum? Weil auch ich nicht gern über meine Vergangenheit rede.«

Daraufhin schwiegen beide, bis Liam sagte: »Dann erzähl mir von dir.«

Rosa stellte ihr Glas ab. »Ach, du liebe Zeit. Da wüsste ich ja kaum, wo ich anfangen sollte.«

»Such dir etwas aus.«

»Also gut.« Rosas Blick ging in die Ferne. »Mein Vater starb, als ich elf Jahre war. Das war noch in Mexiko. Bis heute weiß ich nicht, woran er starb. Möglicherweise an einer Krankheit, für die es Medikamente gab. Nur dass wir uns keine Medikamente leisten konnten. Vier Jahre später war ich in Kalifornien, um mir bei der Obsternte ein paar Dollar zu verdienen. Ich erinnere mich an die Baracke, in die ich mit anderen Wanderarbeiterinnen eingepfercht war, und an den Gestank, eine Mischung aus Schweiß, Kloake und vergorenem Obst. Wir hatten kein fließendes Wasser und wohnten zu zehnt in einem Raum, der nicht größer war als dieses Krankenzimmer. Ich weiß noch, wie es sich anfühlte, auf den alten klumpigen Matratzen am Boden zu schlafen. Und wie einsam ich trotz der vielen Menschen um mich herum war.

Dann lernte ich einen Mann kennen, der für mich zum Inbegriff der Hoffnung wurde. Er war verheiratet. Dort, wo ich aufgewachsen war, galt das Zusammensein mit einem verheirateten Mann als Sünde. Doch das war mir einerlei. Ich habe ihn geliebt. Anscheinend gibt es immer Frauen, die den falschen Mann lieben.«

Rosa beugte sich zu ihrer Tochter hinab. »Das hast du dir entweder von mir abgeschaut, oder es war einfach unser beider Schicksal.«

Sie setzte sich wieder auf und sah Liam an. »So viel wolltest du wahrscheinlich gar nicht über mich wissen.« Ihr Blick wurde streng. »Mitleid möchte ich nicht.«

»Warum sollte ich dich bemitleiden? Weil du arm warst oder weil der Mann, den du geliebt hast, verheiratet war?«

Rosa zuckte mit den Schultern. »Beides war nicht sehr schön.«

»Nein, aber du bist eine Kämpfernatur und hast dich von deiner Armut nicht unterkriegen lassen. Das bewundere ich. Und wenn es um unglückliche Lieben geht, kann ich inzwischen mitreden.«

»Mikaela hat dich geheiratet, sie ist keine unglückliche Liebe.«

Liam stieß ein freudloses Lachen aus. »Deine Tochter ist bei mir geblieben, weiter nichts. Und mit der Zeit habe ich vergessen, was sie mir ganz zu Anfang über ihre erste Ehe gesagt hat. Oder sagen wir, ich habe es verdrängt, weil ich mit ihr, Jacey und Bret glücklich war.« Er zuckte mit den Schultern. »Gut, vielleicht war auch Mikaela dann und wann glücklich, vor allem aber fühlte sie sich bei mir geborgen.«

»Das ist nicht wahr, Liam. Mikaela hat mehr als das empfunden, sonst wäre sie nicht geblieben.«

Liam betrachtete seine Frau. »Ich war ein Idiot. Ich habe jemanden geliebt, den ich gar nicht kannte.«

Rosa missfiel die Kälte in seiner Stimme, doch sie sagte nichts dazu.

Liam berührte mit den Fingerspitzen Mikaelas Arm, nicht zärtlich wie sonst, sondern so, wie man eine Fremde antippt. »Wach endlich auf, Mika. Es reicht jetzt, und wir haben eine Menge zu bereden.«

»Bitte, sei nicht so«, sagte Rosa. »Vielleicht hat sie doch nicht geblinzelt, und es war nur dein Wunschdenken.«

Liam seufzte. »Rosa, ich bitte dich. Du hast selbst gesehen, wie ihre Lider gezuckt haben.« Er beugte sich über Mikaela. »Julian True, Julian True, Julian True.«

»Liam, bitte lass das.«

»Dann sprich du weiter mit ihr. Wir waren an dem Punkt, als Mikaela – beziehungsweise Kayla – dabei war, sich in True zu verlieben.«

»Was ist, wenn sie tatsächlich alles hört?«, fragte Rosa. »Die Geschichte ist auch für Mikaela schmerzlich. Ich möchte nicht, dass sie sich noch mehr von uns entfernt.«

»Ich glaube nicht, dass Mikaela zurzeit in der Lage ist, solche Entscheidungen zu treffen. Sprich einfach weiter mit ihr.«

❀

Es kostete Rosa Überwindung, den Faden wiederaufzunehmen, und die ganze Geschichte vor den Ohren ihres Schwiegersohns noch einmal aufzurollen. Aber wenn es bedeutete, dass ihre Tochter erneut ein Lebenszeichen von sich gab, blieb ihr wohl nichts anderes übrig.

»Aus der anfänglichen Verliebtheit wurde Liebe, wahnsinnige Liebe, jedenfalls bei dir. True hat dich im Sturm erobert und du warst ihm ausgeliefert, wie es wohl jede junge Frau ohne Erfahrung gewesen wäre. Und als du außer ihm nichts mehr im Kopf hattest, verließ er dich. War ebenso schnell fort, wie er aufgetaucht war. Genau, wie ich es erwartet hatte.«

Rosa sah ihre Tochter wieder vor sich. Plötzlich war sie ein Aschenputtel, das der Prinz schon nach dem ersten Tanz stehengelassen hatte. Als Mutter hatte sie beim Schmerz ihrer Tochter mitgelitten.

»Du wolltest es nicht glauben. Jeden Tag hast du auf ihn gewartet, nachts sicherlich auch. Wenn draußen am Imbiss ein Auto vorbeifuhr, bist du zum Fenster gestürzt und jedes Mal mit hängenden Schultern zurückgekehrt.«

In ihrer Tochter hatte Rosa ihr eigenes Spiegelbild gesehen. Und hätte Mikaela auf sie gehört, hätte sie ihr sagen können, dass sie sich mit ihrer Abhängigkeit klein machte und, wenn sie sich nicht davon befreite, immer kleiner werden würde.

Mikaela ging mit gesenktem Kopf durch die Straßen, saß wie ein Häufchen Elend in der Wohnung oder verkroch sich in ihrem Zimmer. Sie war im Begriff, das Wenige an Selbstvertrauen, das sie besaß, endgültig zu verlieren. Rosa konnte nur zusehen, sie hatte nichts in der Hand, um ihrer Tochter zu helfen.

Manchmal versuchte sie es mit Worten. *Du klammerst dich an deinen Schmerz*, sagte sie. *Aber wenn du möchtest, dass er aufhört, musst du ihn loslassen.*

Mikaela schüttelte den Kopf. *Mein Schmerz wird nie aufhören.*

In ihrer Hilflosigkeit erzählte Rosa ihrer Tochter Geschichten von großen Lieben, die mit der Zeit vergangen waren. Mikaela zählte ihr Geschichten auf, in denen die große Liebe nie geendet hatte.

»Du hast nur noch ein Schattendasein geführt. Es war schrecklich, das mitansehen zu müssen, sich immerzu Sorgen um dich zu machen und nichts dagegen tun zu können. Doch dann geschah das große Wunder – der Märchenprinz kehrte zurück.«

Rosa hatte fest geglaubt, für True sei Mikaela nicht mehr als eine kurze Affäre gewesen, die er längst vergessen hatte. Es war an einem späten Abend, die Imbissstube hatte bereits geschlossen. Sie lud gerade den Geschirrspüler in der Küche ein und war so müde, dass sie sich kaum noch auf den Beinen halten konnte. Mikaela räumte im Gastraum auf.

Zu ihrem Erstaunen hörte Rosa, wie Münzen in die Jukebox gesteckt wurden. Sie fragte sich, was in ihre Tochter gefahren war. Soweit sie wusste, hatte Mikaela bei der Arbeit noch nie Schallplatten gehört. Dann setzte die Musik ein. Sie sagte Rosa nichts, außer dass es ein Instrumentalstück mit zu vielen Geigen war.

Rosa öffnete die Tür zum Gastraum. Die Deckenlampen waren schon ausgeschaltet, nur der bläuliche Schein der Neonreklame außen am Imbiss fiel durch die Fenster herein.

Doch auch in dem spärlichen Licht erkannte sie True. Und Mikaela, wie sie ihm reglos gegenüberstand.

True schloss Mikaela in die Arme, und Rosa wusste, um mit diesem Mann zusammen sein zu können, hätte ihre Tochter ihre Seele verkauft.

»Er machte dir einen Heiratsantrag, und du warst im siebten Himmel. Ich war darüber weniger glücklich. True war wie die Sonne, die einen verbrennt, wenn man ihr zu nahe kommt, aber das behielt ich für mich. Du hättest mir ohnehin nicht zugehört. Es zählte nur, was er sagte. Er holte dich aus Sunville heraus und zeigte dir die Welt, nach der du dich so gesehnt hattest. Er machte jemanden aus dir.

Deine Fotos wurden in Zeitschriften abgebildet. Du warst die Frau, die Julian True zu seiner Ehefrau erkoren hatte. Auf den Fotos warst du stark geschminkt, sorgfältig frisiert und teuer gekleidet. Wenn ich eines sah, musste ich oft zweimal hinsehen, um dich zu erkennen. Ach Gott, und wenn ich erst an deine Hochzeit denke. Was für ein Aufwand das war. Ich kam mir vor wie auf einem anderen Planeten. Wir hatten uns immer das Hochzeitskleid ausgemalt, das ich eines Tages für dich nähen würde, aber so ein Kleid wäre natürlich nicht mehr gut genug gewesen. Du warst zu Kayla geworden, und Kayla trug das sündhaft teure Kleid eines berühmten Modehauses.«

Rosa verstummte und hing ihren Gedanken nach. Schließlich wandte sie sich Liam zu. »Von der Zeit nach der Hochzeit weiß ich so gut wie nichts. Manchmal habe ich mir eine Zeitschrift gekauft und den neuesten Klatsch über die beiden gelesen. Da hieß es, True würde trinken und habe Affären. Mikaela hat nie etwas Derartiges erwähnt. Sie hat Jacey bekommen und, wenn wir ausnahmsweise mal telefoniert haben, hat sie mir von der Kleinen erzählt. An dem Tag, als Jacey ein Jahr alt wurde, rief Mikaela mich an und sagte, sie und True hätten sich getrennt. Sie klang müde und niedergeschlagen. Damals war sie vierundzwanzig und hörte sich an wie eine Frau, die ihr Leben bereits hinter sich hat. Das Zusammensein mit True hatte sie ausgelaugt.« Sie sah Liam an. »Das ist die ganze Geschichte.«

Liam seufzte schwer.

Rosa hätte ihn am liebsten in die Arme genommen, doch

dazu standen sie sich nicht nahe genug. »Es ist schon lange her, Liam, vergiss das nicht.«

»Für Mikaela fühlt es sich wahrscheinlich an, als wäre es gestern gewesen.« Liam richtete den Blick auf seine Frau. »Gib uns ein Zeichen, das uns hoffen lässt, Mika. Zeig uns, dass du noch da bist. Deine Mutter, Jacey, Bret und ich, wir warten auf dich. Du fehlst uns. Denk an … denk von mir aus an Julian und komm zurück.«

❀

Sie treibt in den dunklen Wellen, hält sich mit Mühe über Wasser. Etwas Helles schwimmt an der Oberfläche auf sie zu, kommt mal näher, gleitet dann wieder fort. Und manchmal rauscht das Wasser so laut, dass sie nichts anderes hören kann. Sie strengt ihre Ohren an, wartet auf die Rufe der Wasservögel. Aber da ist nur das Rauschen und ansonsten eine tiefe Stille.

Wenn sie sich entspannt, kann sie sich von dem Wasser tragen lassen. Das ist friedlich und tut ihr gut.

Nun riecht sie etwas Würziges – Zimt, Nelke und Orange –, es erinnert sie an schöne Tage. Doch da ist noch etwas, ein lieber, vertrauter Duft. Es ist der Duft einer Frau, die sie kennt, auch wenn ihr der Name nicht einfällt. Sie versucht, sich darauf zu konzentrieren, aber ihr kommen nur Gedankenfetzen, die sich zu keinem Bild zusammenfügen.

»Gib uns ein Zeichen, das uns hoffen lässt, Mika. Zeig uns, dass du da bist.«

Das ist die Stimme, die sie am häufigsten hört. Sie ist ihr vertraut und gleichzeitig fremd. Sie stellt ihr Fragen, die sie nicht beantworten kann, verwendet Wörter, die sie nicht immer versteht.

Dann sagt die Stimme »Julian«.

Sie merkt auf und will mehr hören. Will das, was zu »Julian« gehört, in sich berühren, doch der Weg zu ihrem Inneren ist versperrt.

Sie möchte so gern die Augen öffnen.

»Du fehlst uns.«

Den Satz hat sie verstanden, und er tut ihr weh. Fehlen. Das bedeutet, sich nach etwas zu sehnen, das man nicht mehr hat. Das Gefühl kennt sie.

Lieber Gott, bitte hilf mir!

Sie wartet auf eine Antwort. Als keine kommt, hat sie das Gefühl, im dunklen Wasser zu versinken. Und sie ist zu müde, um sich an der Oberfläche zu halten und zu schwimmen. Sie wünscht sich, jemand würde sie tragen, doch da ist niemand. Sie ist ganz allein.

❀

Rosa war vor einer Weile gegangen, um den Kindern etwas zu essen zu machen. Liam saß noch immer bei Mikaela und stellte mit einem Mal fest, dass ihr Tränen über das Gesicht liefen.

»Du weinst?«, flüsterte er erschrocken und zog ein Taschentuch hervor. »Mika, bitte wein doch nicht.« Er tupfte seiner Frau sanft die Tränen ab.

Sie reagierte nicht, doch noch immer quollen dicke Tränen aus ihren Augenwinkeln und erzeugten feuchte Flecke auf ihrem Kopfkissen. Liam drückte auf die Klingel. Als die Krankenschwester kam, trug er ihr auf, Dr. Penn zu holen.

Er streichelte Mikaelas nasse Wangen und flüsterte: »Bitte Mika, bitte, komm zu uns zurück.«

Dann stand Stephen an seiner Seite.

»Siehst du, wie sie weint?«, fragte Liam aufgeregt.

»Das ist kaum zu übersehen.«

Mikaelas Tränen versiegten.

Stephen legte Mikaelas Füße frei, hob einen davon an und stach mit einer Stecknadel hinein.

Mikaela stieß etwas wie ein Ächzen aus, und der Fuß zuckte zurück.

Stephen deckte ihre Beine wieder zu. »Das Koma ist nicht mehr so tief. Was noch nichts heißen muss, das weißt du selbst. Trotzdem.« Er betrachtete Mikaela mit gerunzelter Stirn. »Irgendetwas muss zu ihr durchgedrungen sein.« Er klopfte Liam auf die Schulter. »Ich weiß nicht, über was du mit ihr sprichst, aber es scheint genau das Richtige zu sein.«

Bret hatte festgestellt, dass sein Vater und seine Großmutter es ihm durchgehen ließen, wenn er nach dem Abendessen auf dem Nintendo Mario Kart spielte.

Eines Abends, Bret hatte wieder einmal die Zeit vergessen, kam Dad in sein Kinderzimmer.

Bret sah kurz auf, doch das reichte bereits, um den Fahrer in seinem Rennspiel gegen den Vordermann prallen zu lassen. Verärgert starrte er auf die Karambolage auf seinem Bildschirm.

Dad setzte sich zu ihm. »Willst du mitspielen?«, fragte Bret, obwohl er wusste, dass sein Vater nicht deshalb gekommen war.

Mit einem Seufzer griff Dad nach dem zweiten Spielecontroller. »Aber nur ganz kurz.«

Eine Zeit lang rasten sie um die Wette. Dad war bei Rennspielen nicht besonders gut, es machte wenig Spaß, ihn wieder und wieder zu überrunden.

Schließlich legte Dad den Controller zur Seite. »Du hast gewonnen, Super Mario.«

Bret verdrehte die Augen. »Ich habe mit Donkey Kong gespielt, nicht mit Mario.«

Sein Vater rieb sich müde über die Stirn und stand auf. »Zeit, schlafen zu gehen. Hast du dir die Zähne geputzt?«

Bret überlegte kurz, ob er lügen sollte, entschied sich aber dagegen. »Noch nicht.«

»Dann mach das bitte.«

Mit leidender Miene ging Bret ins Bad. Als er zurückkam, hatte Dad sich auf seinem Bett ausgestreckt und die Augen geschlossen. Doch er schlief nicht. Als Bret sich zu ihm legen wollte, sagte er: »Zieh deinen Schlafanzug an.«

Bret gehorchte murrend. Vor ein paar Tagen war es ihm gelungen, in seiner Kleidung zu schlafen und damit am nächsten Tag wieder zur Schule zu gehen. Seitdem passte Dad besser auf.

Als er im Schlafanzug ins Bett stieg, fragte sein Vater: »Wann hast du zum letzten Mal geduscht?«

»Gestern Abend. Grandma wollte das.«

»Morgen Abend duschst du wieder, okay?«

»Ja, ja. Liest du mir noch etwas vor?«

Dad nahm *Der König von Narnia* vom Nachttisch. Bret kuschelte sich an ihn. Doch statt ihm vorzulesen, sagte Dad: »Komm morgen mit mir ins Krankenhaus, Bret. Ich glaube, es würde deiner Mutter guttun.«

Bret versteifte sich. Hatte Dad vergessen, wie sehr er sich vor dem Besuch fürchtete?

»Tu es Mom zuliebe. Sie soll spüren, dass du bei ihr bist.«

Bret überlegte kurz – und schämte sich dann. Er hatte nur an sich gedacht, nicht daran, was Mom vielleicht brauchte. Er spürte, wie ihm die Tränen kamen, und versuchte, sie fortzublinzeln.

Sein Vater drehte sich zu ihm. »Du musst keine Angst mehr haben. Mom liegt in einem ganz normalen Krankenzimmer und sieht aus wie jemand, der schläft.« Er wischte Brets Tränen ab.

»Und warum durfte ich nicht gleich zu ihr?«

»Weil ihr Gesicht anfangs voller Blutergüsse war. Ich dachte, es wäre besser, wenn du das nicht siehst. Vielleicht war das falsch.« Dad zog ein Taschentuch aus seiner Hosentasche und reichte es Bret. »Es mag sein, dass ihr Anblick dich traurig stimmt und du weinen musst, aber das ist nicht schlimm und muss dir dann nicht peinlich sein.«

»Es ist mir auch jetzt nicht peinlich«, sagte Bret.

»Na, siehst du. Du kannst mit Mom reden, und sie wird sich freuen, deine Stimme zu hören. Du weißt doch, wie lieb sie dich hat.«

Bret schluckte und fuhr sich mit dem Taschentuch über Nase und Augen. Vielleicht hatte Mom die ganze Zeit darauf gewartet, seine Stimme zu hören. Er stellte sich vor, wie er mit ihr sprechen und sie beim Klang seiner Stimme aufwachen würde. »Ich kann ihr auch etwas vorsingen«, schlug er vor. »Das Lied aus *Annie*, das sie so mag. Das hat sie mir auch oft vorgesungen.«

Dad lächelte. Dann sang er leise: »›Die Sonne wird strahlen – schon morgen.‹«

»›Darauf wett ich alles, denn schon morgen ist sie hier‹«, sang Bret. »Soll ich Mom morgen vor der Schule besuchen?«

Dad runzelte die Stirn. »Nach der Schule wäre es mir lieber.«

»Vor der Schule.«

»Also gut«, sagte Dad und stand auf.

»Kann ich bei dir im Bett schlafen?«

Sein Vater nickte.

Vor dem Einschlafen ging Bret das Lied aus *Annie* in Gedanken durch. Er würde es seiner Mutter von der ersten bis zur letzten Zeile vorsingen.

❀

Am Morgen wurde Bret schon in aller Herrgottsfrühe wach. Sein Vater schlief noch. Leise schlüpfte Bret aus dem Bett und ging ins Bad. Er duschte, wusch sich die Haare und putzte seine Zähne, alles, ohne dass ihn jemand dazu ermahnen musste.

In seinem Zimmer holte er Klamotten aus dem Schrank, die sauber waren und die er gern trug – die coole schwarze Jeans, ein weißes T-Shirt und darüber das karierte Flanellhemd.

Anschließend wartete er, bis es sieben Uhr war und er seinen Vater wecken konnte. Er versuchte, sich an den Traum zu erinnern, den er gehabt hatte. Mom war darin vorgekommen. Sie hatte gesagt, diesmal solle er ihr den Zauberkuss geben, sie habe so lange darauf gewartet.

Beim Frühstück kriegte Bret vor Aufregung kaum einen Bissen hinunter. Als seine Großmutter aus ihrem Cottage kam und von dem Plan, Mom zu besuchen, erfuhr, streichelte sie sanft über Brets Wange.

Auf dem Weg zum Krankenhaus sprachen er und sein

Vater nicht viel, doch auf dem Parkplatz fragte Dad: »Alles klar?«

Bret schluckte schwer. Mit einem Mal hatte er wieder Angst.

»Wenn es dir zu viel wird, sagst du Bescheid, einverstanden?«

Bret nickte.

Sie betraten das Krankenhaus, durchquerten einen Flur nach dem anderen. Schließlich öffnete sein Vater die Tür zu einem Krankenzimmer.

Als Erstes sah Bret das Bett, in dem seine Mutter lag. Es hatte ein Gitter. Zögernd ging er darauf zu.

Sein Vater schob das Gitter herunter.

Mom war so schön wie immer, lediglich blasser als sonst. Und sie schien wirklich nur zu schlafen.

Sein Vater setzte sich und schob ihm einen Stuhl hin. »Wenn du magst, kannst du mit Mom sprechen.«

»Meinst du, ich kann ihr einen Zauberkuss geben?«

»Natürlich.«

Der Zauberkuss bestand aus mehreren Küssen: einen auf die Stirn, einen auf jede Wange und zum Schluss einen auf die Nase. Danach sagte seine Mutter immer »Schlaf gut und träum schön«, aber das brauchte er Mom wahrscheinlich nicht zu sagen.

Nach dem Kuss wartete er auf ihre Reaktion. Doch seine Mutter regte sich nicht. »Mom, bitte wach auf«, sagte er.

Dad fragte: »Willst du ihr das Lied singen?«

Bret schüttelte den Kopf. Er wusste, dass er keinen Ton herausbringen würde.

Als er zu weinen begann, nahm Dad ihn in die Arme.

KAPITEL 11

Vieles von dem, was der Mensch ist, setzt sich aus großen und kleinen Entscheidungen zusammen. Das beginnt, sobald wir unsere ersten eigenen Entscheidungen treffen können. Dazu gehört, mit wem wir uns anfreunden, ob wir eine Sportart wählen und welche, wie wir uns in der Schule verhalten, was wir in unserer Freizeit tun, ob wir vernünftig sind oder uns auch mal betrunken ans Steuer setzen.

Solange man noch keine feste Vorstellung von sich hat, ist jede dieser Entscheidungen wie das Einbiegen in eine unbekannte Straße. Und wenn man nicht aufpasst, kommt man am Ende vielleicht irgendwo an, wo man gar nicht sein wollte.

Bereits in jungen Jahren hatte Liam entschieden, dass es keinen Zweck hatte zu versuchen, so unternehmungslustig oder interessant wie sein Vater zu werden, und hatte sich mit einer Rolle als Durchschnittsmensch zufriedengegeben.

Nach seinem Medizinstudium hatte sich ihm eine ganze Reihe beruflicher Möglichkeiten geboten, doch als es darauf ankam, hatte er sich für die Pflege seines Vaters entschieden und war nach Last Bend zurückgekehrt.

Er hatte sich in Mikaela verliebt und sein Leben danach

ausgerichtet, auch wenn er wusste, dass seine Gefühle nicht im gleichen Maße erwidert wurden.

Er hatte sich entschieden, mit ihr zusammenzubleiben und sie zu heiraten. Und während ihr gemeinsames Leben sich entfaltete, mit Geburts- und Hochzeitstagen, Familienurlauben, Fernsehabenden auf dem Sofa, Gesprächen und Umarmungen, hatte er entschieden, sich mit dem zufrieden zu geben, was er hatte, und das, was fehlte, zu vergessen.

Diese Gedanken verfolgten ihn, seitdem Mikaela zum ersten Mal geblinzelt hatte.

Er tauschte seinen Arztkittel gegen seine Daunenjacke. Auf dem Weg aus dem Sprechzimmer stieß er mit Carol zusammen.

»Wohin so eilig«, fragte sie lachend.

»Der letzte Termin wurde abgesagt, ich gehe heute früher.«

»Ihre Schwiegermutter hat angerufen. Sie hat Bret von der Schule abgeholt und fährt jetzt mit ihm zum Schlittschuhlaufen. Sie dachte, vielleicht hätten Sie Lust, dazuzukommen.«

»Ich fahre lieber ins Krankenhaus.«

Carol legte ihr Gesicht in mitleidige Falten. »Wie geht es Ihrer Frau?«

Liam wusste, dass ihre Anteilnahme aufrichtig war, und versuchte, nicht gereizt zu reagieren, obwohl er die Frage nicht mehr hören konnte.

»Wie immer.«

»Das tut mir leid.«

Auch diesen Satz konnte Liam nicht mehr hören.

»Bis morgen, Carol.«

Carol verschwand im Lagerraum. Liam durchquerte das leere Wartezimmer, das Mikaela gleich zu Anfang ihrer Ehe renoviert hatte. *Patienten möchten nicht auf Plastikstühlen sitzen, Liam, und auch nicht auf braune Wände starren.*

Seitdem hatte sie das Zimmer mehrmals neu gestrichen. Im Moment waren die Wände gelb und die Holzdielen naturfarben, die Polster der Sessel blau. Die Bilder an den Wänden hatten die Kinder von Patienten gemalt, einige waren erstaunlich gut gelungen.

Liam sah Mikaela vor sich, wie sie mit gelben Farbspritzern im Gesicht auf der Leiter stand, pinselte und dabei vor sich hin summte. Er hatte sie mit beiden Armen umfasst, von der Leiter gehoben und sie auf ihren warmen, weichen Mund geküsst.

Als er nun draußen an seinem Wagen ankam, war es halb zwei. Und plötzlich hatte er keine Lust mehr, ins Krankenhaus zu fahren. Er mochte nicht wieder am Bett seiner Frau sitzen und ein ums andere Mal »Julian True« sagen, immer in der Hoffnung, dass sie darauf reagierte.

Er knöpfte seine Jacke bis oben zu und lief die Straße hinunter, die ins Zentrum von Last Bend führte. Es war ein verhangener Wintertag, und der Schnee am Straßenrand war grau geworden. In einer Stunde würde die Dämmerung anbrechen und die Straßenbeleuchtung eingeschaltet werden.

In einem Diner bestellte Liam einen Becher Kaffee zum Mitnehmen. Er kannte die Frau hinter der Theke, konnte sich nur nicht mehr an ihren Namen erinnern. Sie fragte ihn, wie es seiner Frau gehe, musterte ihn mitleidig und weigerte sich, für den Kaffee Geld zu nehmen.

Aus der Bäckerei einige Häuser weiter wehte ihm der Duft von frischen Zimtschnecken entgegen. Er war versucht, sich eine zu kaufen, doch die Furcht, wieder jemanden sagen zu müssen, wie es Mikaela gehe, hielt ihn davon ab.

Mit dem Kaffee in der Hand ging er in Richtung Eisbahn. Schon aus der Ferne drang ihm Musik und der Lärm zahlloser Kinderstimmen entgegen. Als er die Eisbahn erreichte, schallte aus den Lautsprechern einer jener Elektrobeats, die für gewöhnlich aus Jaceys Zimmer drangen. An improvisierten Ständen gab es Hot Dogs, Kaffee und Kakao.

Bret lief mit einer Gruppe Jungen Schlittschuh. Offenbar ging es darum, wer die verrücktesten Kapriolen drehen konnte. Rosa saß am Rand und sah zu.

Auf dem Weg zu ihr grüßte Liam die Mütter und Väter, die er kannte. Alle wirkten überrascht, ihn hier zu sehen.

»Dad!« Bret hatte ihn entdeckt. »Guck mal, was ich kann.« Er lief rückwärts, prallte mit einem Mädchen zusammen, und beide gingen zu Boden. Im nächsten Moment waren sie schon wieder auf den Beinen und fuhren weiter.

Liam setzte sich zu Rosa und fragte: »Ist es dir nicht zu kalt? Soll ich dir etwas Warmes zu trinken besorgen?«

»Nein, danke.«

Liam spürte den Blick seiner Schwiegermutter, wahrscheinlich wunderte sie sich, warum er nicht im Krankenhaus war. Er trank seinen Kaffee aus und warf den Becher in eine Mülltonne. Dann schaute er Bret zu, der immer wieder versuchte, rückwärtszulaufen. Im vergangenen Winter hatte er es kaum geschafft, vorwärtszulaufen.

»Warum macht Mikaela keine Fortschritte, Rosa?«

»Das weiß ich nicht.«

»Mittlerweile habe ich Trues Namen wahrscheinlich tausendmal gesagt, und nichts ist passiert. Und auf Bret hat sie auch nicht reagiert.«

»Sie braucht eben noch mehr Zeit.«

»Die Zeit scheint ihr nicht –« Liams Handy klingelte. Er

holte es aus seiner Jackentasche und meldete sich. Am anderen Ende war Stephens Sekretärin, die ihn bat, sofort ins Krankenhaus zu kommen.

Liam spürte, wie sich sein Herz verkrampfte. »Ich muss ins Krankenhaus, Rosa. Dr. Penn möchte mich sprechen.«

Rosas Hand fuhr zum Mund, doch sie fing sich sofort wieder und reichte ihm ihre Autoschlüssel. »Nimm mein Auto, es steht dahinten auf dem Parkplatz.«

Liam gab ihr seine Autoschlüssel. »Mein Wagen steht vor meiner Praxis. Komm mir mit Bret und Jacey nach. Der Anruf könnte bedeuten, dass – «

»Ich weiß, was er bedeuten könnte, Liam. Wir kommen so schnell wie möglich.«

❀

Liam fand Stephen in seinem Sprechzimmer.

»Mikaela hatte einen Herzstillstand«, sagte Stephen ohne lange Vorrede.

Liam ließ sich auf einen Stuhl sinken und barg sein Gesicht in den Händen.

»Ohne ersichtlichen Grund. Ihr Herz hat einfach aufgehört zu schlagen. Wir haben sie rechtzeitig wiederbeleben können, Liam, trotzdem es ist ein Zeichen. Es kann sein, dass ihr Körper dabei ist, aufzugeben. Vielleicht solltest du dich, die Kinder und Mikaelas Mutter auf das Ende vorbereiten.«

Wie oft hatte Liam ähnliche Sätze zu seinen Patienten gesagt. Nun wusste er, wie ihnen dabei zumute gewesen war.

Stephen seufzte schwer. »Ich verstehe es nicht. In den letzten Tagen hatte ich den Eindruck, dass es deiner Frau besser geht.«

Liam ließ die Hände sinken und sah seinen Freund an, dessen Frau vielleicht gerade mit ihren Kindern schlittenfuhr oder mit ihnen einen Schneemann baute, und die er an diesem Abend gesund und munter zu Hause antreffen würde. Genau wie Liams früheres Selbst wusste auch Stephen nur von anderen, wie es war, einen Menschen, den man über alles liebte, zu verlieren.

»Du musst dir überlegen, wie du es deinen Kindern sagen wirst.«

Liam begann, sich die Schläfen zu massieren. »Und wie sagt man einem Neunjährigen, dass es Zeit ist, sich von seiner Mutter zu verabschieden?«

Stephen schien darüber nachzudenken, doch schließlich hob er hilflos die Schultern. »Das muss jeder selbst wissen, Liam.«

Liam erhob sich schwerfällig, nickte seinem Freund zu und verließ den Raum.

Auf dem Flur schmerzte ihm das grelle Licht der Neonröhren in den Augen. Er betrat das Krankenzimmer seiner Frau, setzte sich an ihr Bett und sah ihr beim Atmen zu. Bisher war ihm das nicht genug gewesen, nun war er sogar dafür dankbar.

Nach einer Weile stand er auf und ging zum Wartebereich, wo am späten Nachmittag wieder nur seine Familie und Jaceys Freund saßen.

Jacey hockte mit Mark auf dem Sofa, und er hielt ihre Hand. Rosa hatte sich auf einem Stuhl niedergelassen, auf ihrem Schoß Brets Daunenjacke. Bret kniete auf dem Fußboden und weigerte sich, Liam anzusehen. Er trug noch die wasserdichte Hose, die er zum Schlittschuhlaufen angezogen hatte. Seine Schuhe hatten auf dem Fußboden Wasserflecken hinterlassen.

Jacey ließ Marks Hand los und stand auf. »Was ist passiert, Dad?«

Liam schaffte es nicht, ihnen die Wahrheit zu sagen. Nicht in diesem trostlosen Raum. Darüber hinaus schlug Mikaelas Herz ja wieder, warum sollte er die Kinder und Rosa also unnötig belasten.

»Es ist nichts passiert«, antwortete er und wich Rosas ungläubigem Blick aus. »Mom hatte eine Herzrhythmusstörung. Das bedeutet, dass ihr Herz einige Takte ausgelassen hat, doch jetzt schlägt es wieder normal.«

»Darf ich zu ihr?«, fragte Jacey.

Liam nickte. »Aber wundere dich nicht. Sie ist noch etwas blass um die Nase.«

»Das macht nichts.« Jacey verschwand.

Bret rappelte sich hoch. »Ich dachte, Mom wäre vielleicht aufgewacht.«

Liam strich ihm über den Kopf. »Das wäre schön, aber sie schläft noch immer. Möchtest du auch zu ihr?«

Bret schüttelte den Kopf.

»Bret«, sagte Mark, »wie wär's, wenn wir in die Kantine gehen? Du darfst dir etwas zu trinken aussuchen, ich lade dich ein.«

Bret wirkte erleichtert. »Darf ich?«, fragte er Liam.

»Natürlich.« Liam warf Mark einen dankbaren Blick zu und drückte ihm ein paar Dollar in die Hand. »Kauft euch auch etwas zu essen.«

Als die beiden Jungen fort waren, wandte Liam sich seiner Schwiegermutter zu, die auf einen Stuhl deutete. »Setz dich, Liam«, sagte sie streng. »Und sag mir die Wahrheit. Es ist schlimm, oder?«

Liam setzte sich, starrte einen Moment lang auf die zerfledderten Zeitschriften auf dem Tisch und versuchte, seine Gedanken zu ordnen. »Mikaelas Herz ist stehen geblieben. Sie musste wiederbelebt werden.«

Rosa bekreuzigte sich und flüsterte: »*Dios mío*!«

»Inzwischen schlägt es wieder ganz normal.«

»Kann man etwas tun, damit es nicht noch mal passiert? Ihr ein Medikament geben oder so etwas?«

Liam schüttelte den Kopf.

»Dann muss ab sofort immer einer von uns bei ihr bleiben.«

Als Liam nicht reagierte, fragte Rosa: »Oder weißt du etwas Besseres?«

Es war die Frage, vor der Liam sich gefürchtet hatte. Weil er die Antwort darauf kannte. Er hatte lange gebraucht, um sich zu ihr durchzuringen.

»Es gab kurze Momente der Hoffnung. Das waren die beiden Male, als wir Trues Namen ausgesprochen haben.« Liam wunderte sich, wie ruhig seine Stimme trotz seines inneren Tumultes klang.

»Das können Zufälle gewesen sein.«

»Beim ersten Mal vielleicht. Aber nicht zwei Mal nacheinander.« Er dachte an Mikaelas Tränen. Auch sie waren eine Reaktion auf diesen Namen gewesen.

»Aber wie oft haben wir seither seinen Namen gesagt, Liam? Als ich dir von ihm und Mikaela erzählt habe, habe ich seinen Namen immer wieder eingeflochten, und sie hat weder gezuckt noch geblinzelt.«

»Was meinst du, wie oft ich den Namen mittlerweile erst gesagt habe.« Mit diesen Überlegungen hatte Liam sich in den vergangenen Tagen und Nächten gequält. Bis er nur noch einen Ausweg gesehen hatte.

»Wir müssen etwas anderes versuchen, Rosa. Nennen wir

es eine extremere Methode. Für die wir nicht mehr viel Zeit haben.«

Rosa runzelte die Stirn. »Ich weiß nicht, was du meinst, Liam, rede doch nicht immer um den heißen Brei herum.«

Liam betrachtete den schmalen goldenen Ehering an seiner Hand und holte tief Luft. »Ich werde True anrufen und ihn zu uns einladen. Ich werde ihm die Situation schildern und ihn bitten, mit Mikaela zu sprechen.«

Rosa starrte ihn an. Dann lachte sie schnaubend. »Als würde jemand wie Julian True einem anderen Menschen helfen.« Sie schüttelte den Kopf. »Vergiss es, Liam.«

»Ich werde es heute noch tun. Es ist die einzige Möglichkeit.«

»Es ist *loco* – verrückt, hörst du?« Rosa sah Liam warnend an. »Und gefährlich.«

»Rosa, bitte, True ist doch kein Gewalttäter.«

»Es ist gefährlich, weil Mikaela ihn liebt – geliebt hat.«

»Und er? Glaubst du, dass er Mikaela noch lieben könnte?«

»Dazu müsste er sie zunächst einmal geliebt haben, und das hat er nicht getan.«

Eine Zeit lang saßen sie schweigend da, jeder in seine eigenen Gedanken versunken.

»Tu es nicht«, sagte Rosa schließlich. »Gott wird Mikaela nach Seinem Plan wecken. Julian True wird nur Unruhe in dein Leben bringen. Und in das der Kinder, denn ihnen müsstest du seine Anwesenheit ja auch erklären. Halte ihn von uns fern.«

Liebevoll betrachtete Liam die Frau, die so bedacht auf sein Wohlergehen und das seiner Kinder war. »Wir sind beide erwachsene Menschen«, sagte er, »und wir haben gelernt, dass wir Fehler gemacht haben. Aber bei diesem Entschluss weiß ich ausnahmsweise einmal, dass ich richtigliege. Ich werde Julian True anrufen und Mikaela die Chance geben, am Leben zu bleiben und aufzuwachen. Die Alternative wäre, durch Untätigkeit Mikaelas Leben aufs Spiel zu setzen, aus lauter Angst, dass sie True nach dem Wachwerden noch immer lieben könnte. Ich nehme an, du verstehst, weshalb ich mich für True entscheiden muss.«

Rosa nickte widerstrebend.

»Wenn ich es nicht tue, könnte ich mir selbst nicht mehr in die Augen sehen. Auch dir und den Kindern nicht.«

Rosa schien über seine Entscheidung noch immer unglücklich. »Weißt du überhaupt, wie du ihn erreichen kannst?«

»Das ist noch das geringste Problem. Ich bin sicher, er hat einen Agenten, dessen Namen ich herausfinden kann.«

Rosa betrachtete Liam kopfschüttelnd. »Wenn Mikaela wach wird, werde ich sie fragen, ob ihr bewusst ist, was für ein wunderbarer Mensch du bist.«

»Danke«, sagte Liam. »Aber viel lieber würde ich von ihr erfahren, was sie all die Jahre für mich empfunden hat.«

»Sie hat dich geliebt«, antwortete Rosa. »Und sie tut es noch immer.«

Das war zu schnell, um überzeugend zu sein, dachte Liam. *So wie ihn*?, hätte er am liebsten gefragt. Aber warum sollte er seine Schwiegermutter in Verlegenheit bringen, er kannte die Antwort doch.

TEIL III

Es ist das Schicksal der Liebe,
entweder zu klein oder zu groß zu scheinen.

AMELIA BARR

KAPITEL 12

Beverly Hills – zwei Wörter, die jedes für sich nicht weiter bemerkenswert sind, zusammen jedoch einen gewissen Klang haben. Beverly Hills ist eine mondäne Stadt am Rand von Los Angeles und nicht weit von Hollywood entfernt. Zu ihr gehören der Rodeo Drive, eine der teuersten Einkaufsstraßen der Welt, das weltberühmte »Beverly Hills Hotel« und die namhaften Restaurants, in denen nur die Reichen und Schönen einen Tisch bekommen. Zu ihnen zählte Julian True, einer jener seltenen Stars, deren Ruhm sich seit Jahren gehalten hatte.

Wie Tausende vor ihm war True in jungen Jahren nach Hollywood gekommen, um als Schauspieler Karriere zu machen, auch wenn er anfangs nicht mehr als ein attraktives Gesicht zu bieten hatte. Doch wie sich herausstellte, war er darüber hinaus talentiert und bereit, für seinen Aufstieg hart zu arbeiten. Und eines Tages hatte er es geschafft. Als hätte sich ihm eine unsichtbare Tür geöffnet, gehörte er plötzlich zu den großen Namen des Filmgeschäfts und konnte seinen Erfolg genießen.

An diesem Tag hatte er sich bereit erklärt, einer Redakteurin der Klatschzeitschrift *People* ein Interview zu geben.

Der Treffpunkt war ein nobles Restaurant in Beverly Hills, darauf hatte True bestanden. Die Zeiten, in denen er sich überall zu einem Interview eingefunden hätte, waren lange vorbei.

Er hielt seinen Wagen vor dem Eingang des Restaurants an.

Ein junger Angestellter, wahrscheinlich ein hoffnungsvoller Schauspielschüler, öffnete die Fahrertür und begrüßte ihn ehrfürchtig.

True gönnte ihm ein Lächeln und überreichte ihm die Wagenschlüssel.

Ein zweiter Bediensteter öffnete die Eingangstür.

Gleich darauf nahm ihn der Oberkellner in Empfang. »Schön Sie zu sehen, Mr. True. Die Dame erwartet Sie bereits an Ihrem Tisch.«

True nickte ihm zu. »Setzen Sie je fünfzig Dollar für den Jungen da draußen und den am Eingang auf ihre Rechnung. Und hundert Dollar für Sie. Eine Zeitschrift wie *People* kann sich das leisten.«

Der Oberkellner deutete eine Verneigung an.

True folgte ihm durch das Restaurant. Er war spät dran, aber die Zeiten, in denen er pünktlich zu Interviews erschien, gehörten ebenfalls der Vergangenheit an.

Auf dem Weg hielt er Ausschau nach Kollegen und Produzenten. Es waren jedoch nur noch wenige Tische besetzt, der mittägliche Hochbetrieb war schon vorbei.

Schade, er hätte dem ein oder anderen gern erzählt, wie gut die Voraufführung seines neuesten Films gelaufen war. Der Streifen würde ein Bombenerfolg werden.

Die Frau von *People* saß an einem Tisch am Fenster. Wahrscheinlich wollte sie mit ihm gesehen werden. Auf dem

Weg zu ihr nickte True einem Produzenten zu und ärgerte sich, dass sein Agent bei der Terminvereinbarung nicht mitgedacht hatte. Er liebte das Raunen, das entstand, wenn er ein volles Restaurant durchquerte, doch hier hinten waren noch weniger Gäste.

Er begrüßte die Redakteurin und ließ sich ihr gegenüber nieder. Sie hieß Sara, fiel ihm ein. Sara Sandler.

Ms. Sandler errötete und rückte ihre Brille zurecht. »Mr. True, ich danke Ihnen, dass Sie sich die Zeit für ein Interview nehmen.«

Er schenkte ihr sein berühmtes Lächeln. »Nennen Sie mich gerne Julian.«

Der Oberkellner brachte ihnen Martinis. »Eine kleine Aufmerksamkeit des Hauses.« Er legte zwei in Leder gebundene Speisekarten auf den Tisch und begann, die Spezialitäten des Tages aufzuzählen.

True winkte ab. »Bringen Sie mir etwas Leichtes. Und ein Glas Weißwein.«

»Ich nehme das Gleiche«, sagte Ms. Sandler.

»So«, sagte True, als der Kellner verschwunden war, und griff nach seinem Martini. »Was möchten Sie über mich wissen?«

»Darf ich mitschreiben?« Sie schlug ihr Notizbuch auf.

Julian nickte. »Aber lassen Sie den Alkohol weg, ich möchte von Ihren Leserinnen nicht als Säufer abgestempelt werden.«

Ms. Sandler kicherte und nippte an ihrem Martini.

True fragte, ob sie schon Gelegenheit gehabt habe, eine Voraufführung seines jüngsten Films zu sehen.

Sie nickte und sah ihn verzückt an. »Er war wunderbar. Also der Film, meine ich.« Sie errötete und zückte ihren Stift. »Wollten Sie schon immer Schauspieler werden?«

Am liebsten hätte True gegähnt. Diese Frage hatte er wahrscheinlich schon tausendmal beantwortet. Aber Geschäft war Geschäft, also lächelte er einnehmend und beugte sich vor, als stünde er im Begriff, ihr ein sorgfältig gehütetes Geheimnis anzuvertrauen. »Das wollte ich nie.«

Ms. Sandler sah ihn verwirrt an. »Aber – das verstehe ich nicht.«

True schlug die Beine übereinander, war nun ganz der entspannte Erzähler. »Schauspieler haben einen Knochenjob und nagen am Hungertuch. Ihre Fangemeinde ist in der Regel übersichtlich. Warum also hätte ich mir so etwas für mein Leben wünschen sollen.« Er lachte jungenhaft und blickte Sara Sandler tief in die Augen. »Ich wollte Filmstar werden, was etwas vollkommen anderes ist. Ein Filmstar ist berühmt, hat weltweit Fans, die ihn lieben, und seine Gagen sind phantastisch.«

Ms. Sandler legte die Stirn in Falten, die Antwort schien ihr nicht zu gefallen.

Der Oberkellner brachte für jeden ein Omelett mit Lachs und Avocado und schenkte ihnen Wein ein. »Ein Sauvignon blanc, ich hoffe, der ist Ihnen recht.«

»Lassen Sie die Flasche da«, sagte True.

»Sie sind ein hervorragender Schauspieler«, griff Ms. Sandler ihr Thema wieder auf. »Warum tun Sie den Beruf so ab?«

True leerte sein Martiniglas und überhörte die Frage. »Das ist sehr nett gesagt, vielen Dank.«

»Ist Julian True Ihr richtiger Name?«

Auch diese Frage hörte True bei jedem Interview. Er wählte ein abgeklärtes, weltmännisches Lächeln. »Wir sprechen vom Filmgeschäft, Sara, von Hollywood. Was ist da schon echt? Alles, was ich bin, sehen Sie auf der Leinwand. Der Rest ist unwichtig.«

»Heißt das so viel wie ›kein Kommentar‹?«

»Wenn Sie so wollen.« True machte sich über sein Omelett her.

Ms. Sandler notierte etwas. »Und die Liebe? Ist die für Sie auch unwichtig?« Sie nahm einen winzigen Bissen Omelett.

True stöhnte innerlich und wünschte, wenigstens eine ihrer Fragen wäre originell. »Ich war viermal verheiratet und habe meine Frau jedes Mal geliebt. Beantwortet das Ihre Frage?«

Ms. Sandler nippte an ihrem Wein. »Man könnte aber auch sagen, dass Sie viermal geschieden sind. Ich meinte die große, immerwährende Liebe.«

True lächelte wehmütig. »Die suche ich noch.« Er seufzte. »Vielleicht sollten wir lieber über meinen neuen Film sprechen und alles Private auf eine weitere Begegnung vertagen.« Er zwinkerte Sara Sandler zu. Sie errötete abermals und lächelte geschmeichelt.

True dagegen wusste, dass es keine weitere Begegnung geben würde. Ms. Sandler interessierte ihn nicht, und über sein Leben außerhalb der Filmaufnahmen gab es nicht viel zu sagen.

Auf dem Weg von seinem Haus in Bel Air nach Century City fuhr True mit offenem Verdeck. Als er an einer Ampel hielt, blieben die Fußgänger stehen und gafften ihn an.

True ließ sein Hollywood-Lächeln aufblitzen. Die Ampel schaltete um, und er konnte weiterfahren.

In Century City bremste er vor dem Hochhaus, in dem sein Agent das Penthaus besaß, wo an diesem Abend eine Party stattfand.

Der Portier hielt ihm die Autotür auf. »Einen schönen guten Abend, Mr. True.«

True stieg aus. »Guten Abend.« Den Namen des Manns hatte er vergessen. Er griff in die Tasche seines Jacketts und stellte fest, dass er auch vergessen hatte, Geld einzustecken. Das passierte ihm des Öfteren, wahrscheinlich, weil in der Regel andere für ihn zahlten. Er entschuldigte sich und versprach dem Mann, dass sein Agent ihm das Trinkgeld nachreichen würde.

Der Portier lächelte höflich. »Kein Problem, Mr. True.«

True folgte ihm durch die Marmorhalle zum Aufzug.

Val, sein Agent, empfing ihn oben an der Eingangstür. Er war bereits betrunken. Schwankend hob er ein Cocktailglas. »Juli, wie war das Interview?«

True zuckte mit den Schultern. »Wie immer.«

Val lachte. »Wahrscheinlich sitzt Ms. Sandler jetzt noch in der Redaktion und weint vor lauter Glück.«

»Ist anzunehmen.«

»Seit der Voraufführung sind meine Telefonleitungen heiß gelaufen. Der neue Film wird so was von rocken.«

True und sein Agent kannten sich seit dem Beginn von Julians Karriere. Damals hatte Val ihn als den neuen James Dean beworben und ihn mit diesem Mythos groß rausgebracht. Inzwischen waren sie Freunde.

Val strich sich das verschwitzte Haar zurück. »Komm mit, drinnen wartet eine kleine Belohnung auf dich.«

Die Party war bereits in vollem Gange. Richtige Stars mischten sich mit Möchtegern-Stars, obwohl sich beide

Gruppen bereits auf den ersten Blick unterschieden. Die einen wirkten selbstbewusst und locker, die anderen befangen oder hoffnungslos überdreht.

Außer einigen Sitzgelegenheiten, kleinen Tischen und einem großen Bett im Schlafzimmer gab es bei Val kaum Möbel. Auch keinen Wandschmuck. Er fand solche Dinge überflüssig und bezeichnete seinen Stil als minimalistisch.

»Ich brauche einen Drink«, sagte True zu niemand Bestimmtem. Sofort reichte ihm jemand ein Glas. True nippte daran und nickte anerkennend. Das Getränk schien es in sich zu haben.

Einen Moment lang blieb er im Türrahmen stehen, wartete, bis alle Blicke auf ihn gerichtet waren, und trat dann in den Raum. Gleich darauf schlängelte er sich lächelnd und plaudernd durch die Gäste und scannte die Gesichter nach Vals »Belohnung« ab.

Er entdeckte sie auf einem Zweiersofa – eine hinreißende Blondine in einem winzigen schwarzen Kleidchen. Er setzte sich zu ihr und legte eine Hand auf ihren Oberschenkel. »Hallo, meine Süße. Weißt du, dass du hier die Schönste bist?«

Die Blondine kicherte und nickte.

True begutachtete ihre Brüste, die sich nicht bewegten, wenn sie kicherte, und kam zu dem Schluss, dass die Kleine sie sich einiges hatte kosten lassen. »Wie heißt du?«

»Margot. Margot LaMer. Das ist ein französischer Name, den Val für mich ausgesucht hat. Gefällt er dir?«

»Er ist super«, sagte True.

Margot griff nach ihrem Getränk und stieß mit ihm an. »Val weiß, dass ich zu Hause in allen Schulaufführungen und danach in Werbespots aufgetreten bin. Er will einen Star aus mir machen.«

»Ganz sicher.« True bekam Mitleid mit Margot. Los Angeles war voller junger Frauen, die von ihren Illusionen lebten.

Margot hatte ihr Haar blondiert, stellte er fest, auf ihrem Kopf war ganz schwach ein dunkler Ansatz zu erkennen. Zu dünn war sie auch, die Schlüsselbeine stachen spitz zwischen den mageren Schultern hervor. Sie war ein kleiner Schmetterling auf der Suche nach der seltenen Blume namens Erfolg. In einigen Jahren, wenn der Erfolg ausgeblieben war, würde sie vermutlich zu Drogen greifen, um sich über ihre Enttäuschung hinwegzutrösten.

True tätschelte Margots Bein und stand auf. »Bin gleich wieder da.«

Margot ahnte wohl, dass er nicht zurückkommen würde, und sackte in sich zusammen.

True fand Val in dessen Schlafzimmer. Er saß auf der Bettkante und war dabei, sich eine Line Koks reinzuziehen. Auf dem Bett lag eine Frau, die nur mit einem roten Spitzentanga bekleidet war.

»Juli«, sagte Val, »die Dame an meiner Seite heißt May. Sie möchte mit uns über eine Rolle als …« Er runzelte die Stirn. »Als weiß-ich-nicht-mehr sprechen.«

May sagte irgendwas.

True hörte ihr nicht zu. Wahrscheinlich war es wieder etwas, das er schon tausendmal gehört hatte. Als sie den Mund nicht mehr bewegte, wandte er sich an Val. »Ich mach mich vom Acker, Alter. Deine Party ist tot.«

May setzte sich auf und sah True entgeistert an. Wieder bewegte sich ihr Mund.

Val stand auf. »Komm, Juli, sei kein Spielverderber.« Er hielt True ein Tütchen Kokain hin. »Nimm was, mach dich locker.«

True schüttelte den Kopf und steuerte die Tür an.

»Warte, ich muss dir noch was sagen.« Val folgte True hinaus auf den Flur und hielt sich an seinem Arm fest. »Bei uns in der Agentur hat ein Dr. Liam Campbell angerufen. Sagt dir der Name was?«

True runzelte die Stirn. »Da klingelt bei mir nichts.«

»Er ist Arzt und möchte dich wegen deiner Exfrau sprechen?«

True streifte Vals Hand ab. »Welcher?«

»Nummer eins. Mikaela, hat er sie genannt.«

»Mikaela? Du meinst Kayla.«

»Ja, erinnerst du dich noch an sie? Ist schon eine Weile her.« Val lachte.

»Ist sie krank?«

Val zuckte mit den Schultern. »Ich weiß nur, dass du diesen Arzt anrufen sollst.«

True verspürte ein leichtes wehmütiges Ziehen in der Brust. *Kayla.* Seine erste große Liebe. »Okay, gib mir die Telefonnummer.«

»Die habe ich dir auf deine Mailbox gesprochen.«

True holte sein Handy hervor. Seine Mailbox war beinah voll.

Val lehnte sich gegen die Wand. »Daraus könnte man was machen. Die Presse hat die erste Mrs. True geliebt. Du hast es auf deine Weise auch getan, wenn ich mich nicht irre.«

Im Aufzug, auf dem Weg nach unten, kamen True die ersten Erinnerungen. Erinnerungen, die zu den besten seines Lebens gehörten.

Das Tor zu seiner Einfahrt schwang auf. True stellte seinen Wagen in der Garage ab. In seinem Haus, das im Stil einer mexikanischen Hacienda eingerichtet war, hätte man eine vielköpfige Familie unterbringen können, doch zurzeit bewohnte True es allein.

Vor zehn Jahren war er eingezogen, anfangs mit Ehefrau Nummer zwei, dann kam Nummer drei, dann Nummer vier. Kayla hatte hier nie gewohnt.

Die Gestaltung des Grundstücks und die Inneneinrichtung hatten angesagte Architekten übernommen, True interessierte sich nicht für so was. Auch seine Ehefrauen hatten wenig verändert. Alle waren sie mit nichts gekommen und mit einer saftigen Abfindung wieder gegangen. True hatte es ihnen nicht übel genommen, es gehörte zu dem Leben, das er führte.

Den Weg zum Eingang flankierten kleine Palmen in Terrakottatöpfen, zwischen ihnen waren bläulich glühende Scheinwerfer in den Boden eingelassen. Um die Eingangstür rankten sich violett blühende Bougainvilleen.

True sog tief die Luft ein. Irgendeine Zitrusfrucht im Garten verströmte einen verführerischen Duft.

Teresa, seine mexikanische Haushälterin, öffnete ihm die Tür. Wie immer trug sie ein gestärktes blau-weiß gestreiftes Kleid aus festem Stoff und eine weiße Schürze. Ihr graues Haar war tadellos frisiert. Gleich nach der Begrüßung fragte sie, wie die Voraufführung seines Films gewesen war.

»Bestens«, antwortete True, der in Gedanken noch in der Vergangenheit weilte.

Auch innen glich das Haus einer Hacienda – Terrakottafliesen, weiß gekalkte Wände, dunkle, mit Schnitzereien verzierte Möbel, die Bezüge von Sofas und Sesseln in kräftigen Farben.

True lief durch bis zur Küche. Dort schenkte er sich ein Glas Whiskey ein, das er in einem Zug leerte. Mit der Flasche in der Hand machte er sich auf die Suche nach einem Foto von Kayla. Irgendwo in diesem Haus musste es noch eines geben.

Im Musikzimmer wurde er fündig. Unter zahllosen anderen Bildern stand dort ein gerahmtes Foto von ihr auf dem Kaminsims. Es war ihr Hochzeitsfoto.

Er ließ sich damit in einem Sessel nieder und vertiefte sich in den Anblick.

Damals war er Anfang zwanzig gewesen. Er hatte nicht schlecht ausgesehen, aber nicht einmal ansatzweise so gut wie heute. Sein Gesicht hatte etwas Unfertiges gehabt, und da war noch etwas gewesen, das er nicht richtig benennen konnte. War es die Offenheit in seinem Blick? Wahrscheinlich. Es war der Blick eines aufrichtigen Mannes. So jemand hatte er seinerzeit werden wollen.

Er rief sich die Zeit mit Kayla in Gedächtnis. In den Flitterwochen waren sie in der Karibik gewesen. Er hatte eine Yacht gechartert. Wenn er sich nicht irrte, waren sie rund um die amerikanischen Jungferninseln geschippert.

»Wie lautet dein richtiger Name?«, hatte sie ihn eines Abends am Strand gefragt.

Er schenkte ihr sein Hollywoodlächeln, obwohl er wusste, dass sie es nicht mochte. »Der ist und bleibt geheim.«

»Eines Tages wirst du ihn mir verraten«, antwortete sie.

Er legte einen Arm um sie und zog sie an sich. »Den Mann mit dem ›richtigen‹ Namen gibt es nicht mehr. Ich bin lieber Julian True.«

»Ich werde dich immer lieben, ganz gleich, wer du bist oder wie du heißt.«

True seufzte. Kayla hatte ihn tatsächlich geliebt, mehr als jede andere seiner vielen Ehefrauen. Sie hatte *ihn* geliebt, den Menschen, nicht die Kunstfigur. Das hatte nach ihr keine mehr getan. Was hatte sie immer gesagt? *Du bist mein Leben. Wenn du dich schneidest, blute ich mit.*

KAPITEL 13

Als der Abend dämmerte, saß Liam in seiner Praxis am Schreibtisch und starrte ins Leere.

Seine Sprechstundenhilfe meldete sich über die Gegensprechanlage und fragte, ob er noch ein Gespräch annehmen wolle.

»Ja, Carol, aber Sie können ruhig schon nach Hause fahren. Wir sind fertig für heute.«

»Sie werden es nicht glauben, ich habe jemanden in der Leitung, der behauptet, Julian True zu sein.«

Liam stockte der Atem. »Stellen Sie ihn durch.«

»Und wenn es irgendein Spinner ist?«

»Geben Sie ihn mir, Carol.«

»Na gut. Bis morgen.«

»Bis morgen.« Liam nahm den Hörer ab. »Campbell.«

»Sind Sie Doktor Liam Campbell?«

Liam erkannte die berühmte, rauchige Stimme des Schauspielers. »Ja.«

»Mein Name ist Julian True. Sie haben bei meinem Agenten eine Nachricht hinterlassen. Es geht um Kayla.«

Liam beschloss, diesen albernen Namen nicht in den Mund zu nehmen. »Um Mikaela, ja. Sie hatte einen schweren Unfall.«

»Das tut mir leid«, sagte True. Die Frage, was das mit ihm zu tun habe, schwang mit.

»Sie liegt im Koma.«

True sagte etwas, das Liam nicht verstand. Er nahm an, das True im Auto telefonierte. »Könnten Sie das noch einmal wiederholen?«

»Ja klar, ich wollte wissen, ob ich die Krankenhausrechnung übernehmen soll.«

»Danke, das ist nicht nötig. Ich wollte mit Ihnen reden, weil … wir sprechen mit Mikaela, in der Hoffnung, sie zu erreichen, und dabei ist Ihr Name gefallen. Es sah aus, als würde sie darauf reagieren. Und da sie sonst auf nichts reagiert, dachte ich, wenn sie Ihre Stimme hört, würde sie vielleicht …« Er konnte den Satz nicht beenden.

Stille. Dann: »Sie glauben, dass Sie *meinetwegen* aufwachen könnte?«

Liam versuchte, den scharfen Schmerz zu ignorieren, den er bei dieser einfachen Frage empfand. »Ich halte es für möglich.«

True seufzte. »Ich bin ziemlich ausgebucht im Moment. Aber vielleicht kann ich mich morgen kurz freimachen. Je nachdem, in welchem Krankenhaus sie liegt.«

»Es befindet sich in einem Ort namens Last Bend.«

»Wie bitte?« True lachte.

»Last Bend. Sie fliegen nach Seattle und dann weiter nach Bellingham. Von da aus geht es etwa neunzig Kilometer Richtung Osten, dann erreichen Sie Last Bend. Dort gibt es nur ein Krankenhaus.«

»Also gut, ich lasse die Flüge buchen.«

»Wenn Sie ins Krankenhaus kommen, fragen Sie am besten nach mir. Ich bin meistens da.«

»Okay.«

Liam dachte, True würde auflegen, doch er hörte ihn atmen. »Haben Sie noch eine Frage?«

»Ja, auf was muss ich mich einstellen? Ich meine, wie sieht Kayla aus? Ich will mich nur darauf vorbereiten.«

Das war verständlich, und dennoch überkam Liam plötzlich die Wut. Wenn ein kleiner Junge wie Bret den Anblick seiner Mutter ertragen musste, sollte es ein erwachsener Mensch wie Julian erst recht tun, ohne sich so anzustellen. »Sie ist so schön wie eh und je.«

❀

Vals Büro lag in einem Wolkenkratzer am Wilshire Boulevard. Durch die Glasfront blickte man auf weitere Hochhäuser voller Büroräume und auf den Smog, der über Los Angeles hing wie eine dicke Decke.

Innen gruppierten sich um einen niedrigen runden Glastisch schwarze Ledersessel, an den Wänden hingen gerahmte Film- und Theaterplakate, auf denen Vals aktuelle und ehemalige Klienten zu sehen waren. Ein riesiger Fernseher wurde von kleineren Monitoren flankiert, und auf allen lief dasselbe Musikvideo.

Val saß an seinem großen Schreibtisch, massierte sich die Schläfen und machte einen angeschlagenen Eindruck.

Julian ließ sich auf dem Besucherstuhl nieder. Er erkannte sofort, dass sein Agent einen Kater hatte.

»Sprich ganz leise«, bat Val.

»Ich muss mit dir reden.«

»Bitte im Flüsterton.«

»Komm, reiß dich zusammen«, sagte Julian. »Ich habe diesen Arzt – diesen Dr. Campbell – angerufen, der sich wegen … Val, hörst du mir zu?«

Val deutete ein Nicken an.

»Es ging tatsächlich um Kayla. Sie hatte einen Unfall und liegt im Koma.«

Val sah ihn mit blutunterlaufenen Augen an. »Sollst du die Krankenhausrechnung bezahlen?«

»Nein. Campbell hat mich gebeten, mit ihr zu reden. Anscheinend reagiert Kayla auf meinen Namen.«

Val starrte ihn an. »Und wenn du mit ihr redest, wacht sie auf? Bist du der Prinz und sie Dornröschen?« Sein Blick wurde aufmerksamer. »Daraus ließe sich was machen.«

»Vergiss es. Kayla scheint es wirklich schlecht zu gehen.«

Das Licht in Vals Augen erlosch. »Und was machst du jetzt?«

Julian schaute nach draußen, wo sich die Dunstglocke über der Stadt leicht gehoben hatte. Wieder tauchten vor seinem inneren Auge Erinnerungen auf – Kayla, die ihn anlächelte, Kayla, die ihre Arme um ihn schlang, Kayla, die ihn voller Hingabe küsste. »Sie hat mich wirklich geliebt.«

»Das haben andere auch.«

»Sicher, aber Kaylas Gefühle habe ich erwidert.«

Val lachte. »Ich kenne Filme, die eine längere Laufzeit hatten als deine Liebe.«

»Danke, Val, sehr nett.« Julian stand auf. »Ich fahre zu ihr. Das Krankenhaus liegt irgendwo an der kanadischen Grenze.«

»Nein, Juli, das tust du nicht.« Val schüttelte eine Tablette aus einem Röhrchen und schluckte sie trocken. »Dein neuer Film wird ein Hit, und ich habe schon jede Menge Pressetermine vereinbart.«

Julian wandte sich zum Gehen. »Ich bin nicht aus der Welt, sondern nur für ein paar Tage oben in Washington.«

»Bau bloß keinen Mist«, rief Val ihm nach. »In zwei Tagen bist du wieder hier, okay?«

Julian drehte sich noch einmal zu ihm um. »Über meine Reise gelangt nichts an die Presse, Val, und das ist mein Ernst.«

❀

Der Duft von Rosas leckerem *arroz con pollo* lag noch in der Luft, als Liam nach Hause kam und ins Wohnzimmer ging.

Die Kinder waren wohl oben, doch seine Schwiegermutter war dabei, im Wohnzimmer Kerzen anzuzünden.

»Für wen sind die?« Liam ließ sich Rosa gegenüber in einen Sessel sinken. »Alle für Mikaela?«

»Stören sie dich?«

Liam schüttelte den Kopf. Er wusste, dass es sinnlos war, ihr dieses Kerzenmeer ausreden zu wollen.

»Sie sind auch für dich und die Kinder. Beim Einkaufen habe ich deine Sprechstundenhilfe getroffen. Sie hat mir erzählt, dass True angerufen hat.«

»Wie schön«, sagte Liam. »Und nun weiß es vermutlich die ganze Stadt.«

Rosa sah ihn abwartend an.

»Morgen kommt er.«

Rosa runzelte die Stirn.

»Was ist?«, fragte Liam. »Hätte ich ihn nicht anrufen sollen? Ich dachte, das hätten wir geklärt.«

»Ich möchte ihn trotzdem nicht sehen.«

»Niemand zwingt dich dazu.«

Danach schwiegen sie eine Weile.

»Ich mache mir Vorwürfe«, begann Rosa schließlich. »Mikaela hat als Kind erlebt, dass ich den falschen Mann geliebt habe. Und dann hat sie es mir nachgemacht. Es muss ihr als etwas Normales erschienen sein, nicht wirklich geliebt zu werden.«

»True wird Mikaela schon geliebt haben. Warum hätte er sie sonst heiraten sollen?«

Rosa schnaubte verächtlich. »Hätte er sie geliebt, hätte er sie nicht mit ihrem gemeinsamen Kind davonlaufen lassen. Er wäre ihr nachgekommen, hätte versucht, sie zurückzuholen, statt nichts mehr von sich hören zu lassen.«

Liams Blick fiel auf die Terrassentür, in deren Glas sich die vielen Kerzen spiegelten. Er stand auf und löschte die Kerzen auf dem Klavier und auf dem Kaminsims. Nun brannten nur noch welche auf dem Tisch, das war erträglich.

»Ich weiß noch, wie es war, als Mikaela dich kennengelernt hat. Wie froh sie war. Und als Bret geboren wurde, war sie überglücklich. Danach hat sie nur noch von dir und den Kindern gesprochen. True spielte keine Rolle mehr.«

Der Ansicht war Liam nicht, doch das behielt er für sich.

»Als Mikaela True kennenlernte, war sie eine junge Frau, nur wenige Jahre älter als Jacey heute. Aber natürlich war sie ganz anders als Jacey. Jacey ist in einer guten Familie aufgewachsen und lebt wie ein normaler Teenager. Mikaela wuchs am Rand der Gesellschaft auf. Für sie war True der edle Ritter, der kam, um sie zu retten. Nur dass dieser Ritter in Wahrheit ein selbstsüchtiger, verantwortungsloser Schuft war.« Rosa beugte sich zu Liam vor und senkte die Stimme. »Jacey weiß nicht, dass True ihr Vater ist, und sie sollte es auch nicht erfahren. Es reicht, dass Mikaela einen Vater hatte, der sich nie für interessiert hat. Den Schmerz sollten wir Jacey ersparen.«

Liam ließ sich das durch den Kopf gehen. In gewisser

Weise hatte Rosa recht. Die Offenbarung würde Jacey wehtun. Auch Mikaela hatte es vorgezogen, Jacey über die Identität ihres Vaters im Dunkeln zu lassen. Doch die Vorstellung, selbst dann noch zu schweigen, wenn ihr Vater hier war, behagte Liam nicht.

❀

Mit schweren Schritten stieg Liam die Treppe hinauf. Er wollte mit Jacey reden, auch wenn ihm eine innere Stimme riet, er solle es lassen, solange er nicht wusste, was genau er ihr sagen wollte. Er beschloss, sich einfach ein wenig zu ihr zu setzen, sich ihrer Liebe zu vergewissern, da er das erste Mal im Leben Angst hatte, sie zu verlieren.

Er klopfte an ihre Zimmertür.

Als er eintrat, war Jacey mal wieder am Handy. »Hi, Dad«, sagte sie leise und bedeutete ihm, dass sie noch schnell ihr Telefonat beenden wollte.

Liam nickte und ließ sich auf ihrem Bett nieder. Er erinnerte sich vage an das, was Mikaela ihrer Tochter über ihre erste Ehe erzählt hatte, eine banale kleine Geschichte, die mit der Realität nicht das Geringste zu tun hatte. Demzufolge hatte sie blutjung und viel zu früh einen Mann geheiratet, der ebenso unreif wie sie gewesen war, der Beginn einer Ehe, die zwangsläufig nicht halten konnte.

Wie würde Jacey reagieren, wenn er ihr die Wahrheit sagte? Aber konnte er es verantworten, sie ihr vorzuenthalten? Wie sollte er ihr erklären, dass ein weltberühmter Fremder plötzlich bei ihrer Mutter am Krankenbett saß?

Die Wahrheit wäre ein Schock für Jacey. So wie sie es für ihn gewesen war.

Selbst, wenn Mikaela nach Trues Besuch aufwachte und wieder völlig gesund würde, wäre ihr Familienleben für immer in zwei Hälften getrennt: die vor dem Koma, und die danach. Nichts würde je wieder so sein, wie es gewesen war. Weder Liam noch Jacey würden die Lügen vergessen, die Mikaela ihnen aufgetischt hatte. Wie ein Geschwür würden sie in ihnen wuchern, und selbst, wenn es ihnen gelänge, es herauszuschneiden, blieben Narben, die womöglich nie richtig verheilten.

Jacey verabschiedete sich von ihrem Gesprächspartner und legte auf. »So, fertig.« Sie drehte sich zu ihm um und ihr Blick wurde besorgt. »Hast du was?«

Liam schüttelte den Kopf. »Ich wollte nur nach dir sehen und … und dir sagen, dass ich dich liebhabe.«

»Ach so.« Jacey setzte sich zu ihm. »Ich hab dich auch lieb. Sehr sogar.« Sie lehnte den Kopf an seine Schulter. »Erinnerst du dich noch an den Tag, als wir uns zum ersten Mal gesehen haben?«

Liam strich ihr über das Haar. »Natürlich. Dein Blinddarm war entzündet, und dir ging es miserabel.«

»Du hast mich ins Krankenhaus gefahren und bist bei mir geblieben. Und am nächsten Tag hast du mir einen Lutscher geschenkt, meine Wange gestreichelt und gesagt, dass alles wieder gut wird.«

»Ich wünschte, damit wäre es jetzt auch getan.«

KAPITEL 14

Bei seiner Ankunft in Last Bend warf True einen Blick auf die verschneite kleine Hauptstraße und kam sich vor wie in einer Filmkulisse. Wahrscheinlich würden gleich die Figuren aus *Pleasantville – Zu schön, um wahr zu sein* aus den Häusern treten und anfangen zu singen.

Er ließ die Trennscheibe zu seinem Fahrer runter. »Wir müssen zum ›Country House Inn‹. Soll eine Pension sein. Nebenan wohnt die Trapp-Familie.«

»Ich habe die Adresse eingegeben, Sir.«

»Sehr gut. Nicht, dass wir uns in den drei Straßen des Orts verfahren.«

Sie bogen von der Hauptstraße ab und fuhren an Feldern vorbei, die unter einer dicken Schneedecke begraben lagen. Kurz darauf gerieten sie an eine Straßensperre. Dahinter herrschte ein buntes Treiben. Das war wohl eine Art Volksfest. Der Chauffeur legte den Rückwärtsgang ein.

»Einen Moment. Fahren Sie etwas dichter ran.« True ließ sein Seitenfenster herunter und steckte den Kopf hinaus. Eisige Kälte schlug ihm entgegen.

In einem der Schneefelder lag ein zugefrorener Teich. Die Anwohner hatten daraus eine Eisbahn gemacht und liefen darauf im Kreis, Kinder wie Erwachsene, alle mit roten Backen und von einem stumpfsinnigen Elektrobeat begleitet.

Am Rand war die ländliche Version einer Imbissbude errichtet worden – ein Campingkocher für die heißen Getränke, eine offene Feuerstelle für die Hot Dogs.

»Krass, das reinste Bilderbuchidyll«, sagte True und schloss das Fenster. »Bringen Sie mich zum Country House Inn.«

»Solche Städtchen sieht man nicht alle Tage«, sagte der Fahrer, als sie wieder auf der Hauptstraße waren.

»Und das ist auch gut so«, antwortete True.

Der Wagen hielt vor einem Haus im viktorianischen Stil, auf dem Dach eine dünne, halb verwehte Schneeschicht. Um das Grundstück zog sich ein weißer Lattenzaun, am Tor hing ein Holzschild mit der Aufschrift »Willkommen im Country House Inn«.

True seufzte und stieg aus. »Ich bin am Nordpol gelandet.« Er sah zu, wie sein Atem eine weiße Wolke bildete. Hoffentlich hatte Teresa ihm warme Sachen eingepackt.

Er setzte seine Sonnenbrille auf, folgte dem frei geschaufelten Weg zum Haus und spürte die Kälte durch die dünnen Sohlen seiner Tennisschuhe.

Noch bevor sie die Veranda erreichten, öffnete sich die Eingangstür. Eine rundliche, grauhaarige Frau in einem geblümten Kleid trat heraus und schlug die Hände zusammen. »Lieber Gott, Sie sind es wirklich, ich hatte recht. Meine Töchter wollten es nicht glauben.«

True stellte sich die Töchter als geblümte rundliche Ableger der Frau vor. Trotzdem, und obwohl er müde war, schenkte er ihr sein berühmtes Lächeln und sagte: »Hallo, meine Liebe.«

Sie strahlte True an und bat ihn einzutreten. »Ich heiße Elizabeth, aber alle nennen mich Lizbet.«

Der Chauffeur betrat hinter True den Flur und stellte das Gepäck ab.

»Ich habe Butterplätzchen gebacken«, fuhr Lizbet fort. »In der Zeitung stand, dass Sie die am liebsten essen.«

»Wunderbar«, sagte True, der sich nichts aus Süßigkeiten machte. »Können Sie mir denn auch mein Zimmer zeigen? Ich habe eine anstrengende Reise hinter mir und bin erschöpft.«

»Ja, natürlich.«

Julian folgte Lizbet eine schmale Treppe hinauf und hörte, wie der Fahrer ihnen mit Koffer und Kleidersack nachkam.

Sein Zimmer lag im ersten Stock am Ende des Flurs. Es war groß und hell, doch alles war geblümt – die Tapete, die Bettdecke, die Fenstervorhänge. Für einen Moment schloss True die Augen.

»Das ist unsere Flitterwochen-Suite«, sagte Lizbet.

»Sehr schön, und wo ist das Bad?«

»Auf dem Flur. Dritte Tür links.«

True nahm seine Sonnenbrille ab. »Soll das heißen, dass ich mir das Bad mit anderen Gästen teilen muss?«

Lizbet errötete. »Normalerweise wäre das so. Aber da die Skisaison noch nicht richtig begonnen hat, sind Sie unser einziger Gast. Daher ist es Ihr Bad.«

»Nur, dass ich für den Weg dorthin ein Lunchpaket brauche.«

Lizbet sah ihn irritiert an.

»Okay, war bloß Spaß. Bitte buchen Sie sämtliche Zimmer für mich. Mein Fahrer nimmt eins im zweiten Stock. Ich brauche meine Ruhe.«

Lizbet starrte ihn an. »Sie wollen alle Zimmer für sich?«

»Und eins für meinen Fahrer.«

»Tja, dann …« Lizbet verschwand kopfschüttelnd.

True setzte sich auf das Fußende des Betts. Unter seinem Gewicht ächzten die Sprungfedern.

Sein Fahrer brachte sein Gepäck herein.

»Packen Sie die Sachen aus«, sagte True gottergeben und ließ sich rücklings auf die Matratze fallen.

❀

An diesem Tag hatte Liam bis zum Nachmittag in seiner Praxis zu tun. Als er sich zum Krankenhaus aufmachte, dämmerte es bereits. Auf dem Weg hörte er das Kreischen und Gelächter von der Eisbahn. Er nahm an, dass auch Bret wieder unter den Schlittschuhläufern war.

Er saß noch nicht lang an Mikaelas Bett, als er die Unruhe draußen auf dem Flur wahrnahm. Aufgeregte Stimmen wurden laut, die ganz anders klangen als bei einem medizinischen Notfall. Dann fiel der Name »Julian True«. Liam stand auf.

Schwester Sarah öffnete die Tür. Mit geröteten Wangen und verklärtem Blick sagte sie: »Sie haben Besuch, Dr. Campbell.«

»Ich habe es gehört. Offenbar ist Julian True eingetroffen.«

Sarah drückte eine Hand auf ihre Brust. »Er sieht wundervoll aus.«

»Davon bin ich überzeugt.«

»Er sagt, dass er Ihre Frau besuchen will.«

»Und wo ist er jetzt?«

»Ich habe ihn ins Ärztebüro gebracht. Da ist zurzeit niemand.«

»Ich komme gleich.« Liam schloss die Tür und lehnte sich mit der Stirn dagegen. Nun war es so weit.

Er schaute an sich hinunter, zupfte einen Flusen von seiner schwarzen Hose und strich sein Jackett glatt – Gesten, die nur dazu da waren, seine Nervosität zu kaschieren. Dann straffte er die Schultern und öffnete die Tür.

True stand auf, als Liam das Büro betrat, und lächelte ihn an.

Liams Magen verkrampfte sich. True sah in Wirklichkeit noch tausendmal besser aus als in seinen Filmen.

»Julian True«, sagte er überflüssigerweise und streckte seine Hand aus.

Du Armleuchter, dachte Liam, *tu nicht so, als wüsstest du nicht, dass dich in diesem Land jeder kennt.* »Liam Campbell.« Er schüttelte Trues Hand. »Danke, dass Sie gekommen sind. Das war äußerst großzügig, und vielleicht können –«

True unterbrach ihn. »Ich würde Kayla gern sehen.«

Noch nicht, hätte Liam am liebsten geantwortet und verstand sich selbst nicht mehr. Warum wollte er die Begegnung, die er initiiert hatte, nun hinauszögern? Und woher kam diese plötzliche Angst, True an Mikaelas Bett zu sehen? Genau das hatte er doch gewollt. *Reiß dich zusammen, Liam.*

Er führte True den Gang hinunter zu Mikaelas Zimmer und öffnete die Tür.

True drängte sich an ihm vorbei, trat an das Krankenbett und betrachtete Mikaela schweigend. Nach einer Weile drehte er sich zu Liam um. »Was genau ist passiert?«

»Sie ist vom Pferd gestürzt und mit dem Kopf gegen einen Zaun geprallt.«

»Wann war das?«

»Ende Oktober.«

»Allmächtiger.« True beugte sich vor und strich Mikaela über die Wange. »Was machst du denn für Sachen?«, fragte er zärtlich.

Liam wandte den Blick ab.

»Kann sie mich hören?«, fragte True.

»Wir wissen nicht, ob sie uns hört. Aber manches dringt wohl zu ihr durch, zumindest hat es den Anschein.«

True sah Liam fragend an. »Und was erwarten Sie jetzt von mir?«

Das habe ich dir bereits am Telefon erklärt. »Wir haben den Eindruck, dass sie auf Ihren Namen reagiert. Deshalb wäre es gut, wenn Sie einfach mit ihr sprechen. Erzählen Sie ihr Geschichten aus Ihrer gemeinsamen Vergangenheit – Dinge, an die sie sich gern erinnert.«

True runzelte die Stirn. »Okay, ich denke, das lässt sich machen.«

»Sie könnten vielleicht –«

»Danke, Dr. Campbell«, schnitt True ihm das Wort ab. »Ich hab's verstanden.« Er nahm Mikaelas Hand. »Hallo, mein Liebling, ich bin's, Jules.«

Es war mehr, als Liam ertragen konnte. Er trat einen Schritt zurück.

»Ja, es ist besser, wenn Sie gehen«, sagte True. »Ich möchte gern mit ihr allein sein.« Er setzte sich zu Mikaela ans Bett und küsste ihre Hand. »Hörst du mich, Liebling?«

Der scharfe Stich der Eifersucht, den er verspürte, raubte Liam den Atem, und im Türrahmen musste er sich kurz sammeln, bevor er mit möglichst neutraler Miene hinaus auf den Flur treten konnte.

Er beschloss, sich irgendwo im Ort in einen Diner zu setzen. Dort würde er einen Kaffee trinken und hoffen, dass niemand erschien und ihn fragte, ob es wahr sei, dass Julian True gekommen war, um seine Frau im Krankenhaus zu besuchen.

Seine Frau. Liam blieb stehen und dachte nach. Hatte er True überhaupt gesagt, dass er mit Mikaela verheiratet war? Er versuchte, sich an ihr Telefonat zu erinnern und war sich beinah sicher, dass er es nicht erwähnt hatte.

❀

True versuchte, eine bequeme Sitzposition zu finden. Als es ihm nicht gelang, überlegte er, ob er nach einer Krankenschwester klingeln und um einen Sessel bitten sollte. Doch er ließ es bleiben, im Moment stand ihm der Sinn nicht nach aufgelösten Krankenschwestern, die um ihn herumflatterten und ihn dann womöglich alle zehn Minuten fragten, ob er nun gut sitze.

Er schaute zur Decke und zermarterte sich das Gehirn nach etwas, das er zu Kayla sagen könnte. Ihm fiel nichts ein.

Eine Weile begnügte er sich damit, Kayla anzuschauen. Sie sah wunderschön aus, ein schlafendes Dornröschen. Er beugte sich vor und küsste sie auf die Wange. Halb rechnete er damit, dass sie die Augen aufschlug, ihn anlächelte und sagte, *Jules, wo warst du so lange*? Fast glaubte er, ihre Stimme zu hören.

Wie lange war es her, dass er sie das letzte Mal gesehen hatte? Fünfzehn oder sechzehn Jahre vielleicht. Und wann hatte er vor Campbells Anruf zuletzt an sie gedacht? Er konnte es nicht sagen. Doch nun kam alles zurück und er wusste wieder, wie es gewesen war, sie zu lieben und von ihr geliebt zu werden. Von allen Frauen, die er gekannt hatte, war sie diejenige gewesen, bei der er sich am wohlsten gefühlt hatte. Jedenfalls zu Anfang.

True schloss die Augen und überließ sich seinen Erinnerungen. Und wie von allein begann er zu reden. »Weißt du noch, wie es war, als wir uns zum ersten Mal geküsst haben? Du wirst lachen, aber ich dachte tatsächlich, ich sterbe. Das ist keine kitschige Floskel, es fühlte sich wirklich so an. Mein Herz begann zu rasen, ich bekam kaum noch Luft, und mir wurde schwindelig.

Es war, als hätte ich eine Droge genommen, die zu stark für mich war, mit der ich aber schon nach dem ersten Mal nicht mehr aufhören konnte.

Und weißt du auch noch, wie wir uns zum ersten Mal geliebt haben? Es war auf einer Lichtung, umringt von hohen Bäumen. Ich hatte eine eisgekühlte Flasche Champagner dabei, wollte der Mann sein, der dir zeigt, wie so was schmeckt. Was für ein dummer, eitler Junge ich war. Ich hätte mich damit begnügen sollen, dass ich dein erster Liebhaber war.

Nachdem wir uns geliebt hatten, hast du die Hände hinter deinem Kopf verschränkt und mit einem seligen Lächeln in den Himmel geschaut. Dann wolltest du, dass ich dir von mir erzähle.

Ich versuchte es mit der offiziellen Version. Nach wenigen Sätzen hast du mich unterbrochen und gesagt: ›Nicht das, was in allen Zeitungen steht. Erzähl mir etwas, das wirklich mit dir zu tun hat. Mit deinem Inneren.‹«

True machte eine Pause und ließ seine Gedanken schweifen. Sie hatte ihn mit Leib und Seele geliebt und war bereit gewesen, alles für ihn zu tun.

Er hatte es nicht zu schätzen gewusst. Und irgendwann kam dann das Ende. Er erinnerte sich an ihre Auseinandersetzungen, daran, wie verärgert er war, als er erkannte, dass sie nicht bereit war, ihm alles, was er anstellte, zu verzeihen.

Sie hatte gewollt, dass er sich wie ein erwachsener Mann

benahm. Jemand, der Verantwortung trug und Zeit für seine Familie fand. Aber damals war er Anfang zwanzig gewesen, weder reif genug für die Ehe noch dafür, Vater zu sein.

True fragte sich, was er sich bei seinem Verhalten bloß gedacht hatte. Seine Karriere und seine Vergnügungen, mehr war ihm nicht wichtig gewesen. Kaylas Vorwürfe waren an ihm vorbeigerauscht. Als sie sich häuften, nervten sie ihn allmählich. Er fing an, ihr aus dem Weg zu gehen, und nahm sein altes Leben wieder auf, besuchte nach den Dreharbeiten Partys, ließ sich mit anderen Frauen ein.

Seine Gedanken wanderten noch weiter zurück. Er hatte eine ähnlich problematische Kindheit gehabt wie Kayla. Er war aufgewachsen, ohne dass sich jemand richtig um ihm gekümmert oder ihm gar so etwas wie Liebe gezeigt hätte. Bevor er Kayla begegnete, wusste er also gar nicht, was Liebe war. Wie hätte er da Liebe geben können? Obwohl – bei Kayla hätte er es beinah geschafft, zumindest hatte er sehr viel für sie empfunden. Und ihr dann den Rücken gekehrt.

Wieder vertiefte er sich in ihren Anblick, fuhr mit dem Finger sanft über ihre Lippen.

Was sollte er dieser Frau erzählen, damit es zu ihr durchdrang? Vor langer Zeit hatte er sie recht gut gekannt, aber hatte er sich jemals die Mühe gemacht, sie wirklich zu verstehen? Sollte er sich vielleicht entschuldigen, weil er ihr das Herz gebrochen und sie weggeworfen hatte wie ein Spielzeug, an dem er die Lust verloren hatte?

True spürte, dass seine Augen zu brennen begannen, und konnte es nicht glauben. Er konnte sich nicht besinnen, wann er zum letzten Mal geweint hatte, außer natürlich, eine Filmszene verlangte danach.

Er fuhr sich mit der Hand über die Augen. »Das würde dir gefallen«, murmelte er. »Dass ich an deinem Bett sitze und feuchte Augen bekomme.«

Ein Bild löste sich aus seinem Gedächtnis und schwebte auf ihn zu. »Erinnerst du dich noch an unseren ersten Streit, Kayla? Das war auf einer Party nach einer meiner Voraufführungen. Val kam zu uns und sagte, er habe ein neues Rollenangebot für mich. In einem Film, der vor dem Hintergrund des Vietnamkriegs spielen sollte. Ich sagte ihm, Kriege fände ich langweilig. Du warst außer dir und hast tagelang nicht mehr mit mir geredet.«

Das Ende war von Anfang an unvermeidlich gewesen. Jeder mit klarem Verstand hätte sehen können, dass ihre Ehe zum Scheitern verurteilt war. »Wäre ich klüger gewesen, hätte ich erkannt, dass du mehr von mir erwarten würdest, als ich geben konnte. Ich hätte begriffen, dass du nicht der Typ bist, der sich auf eine kurze Ehe einstellt und danach einfach weiterzieht. Und dass ich der Typ bin, der nicht mehr als eine kurze Ehe zustande bringt.«

Wie um sich zu entschuldigen, griff er nach Kaylas Hand – und sah den schmalen Ehering. »Du bist verheiratet«, stellt er erstaunt fest. »Aber wo ist dann dein Mann?«

KAPITEL 15

Nach dem Abendessen fuhr Liam durch die Straßen von Last Bend. Der schneebedeckte kleine Ort glitzerte im Licht der Laternen, und in der Ferne erhoben sich die dunklen Gipfel der Berge in den sternenübersäten Himmel.

Liam parkte vor dem Country House Inn, um sich mit True auf einen Drink zu treffen.

Er war einige Minuten zu früh dran, doch dafür war er dankbar. Er brauchte noch einen Moment, um sich auf die Begegnung einzustellen.

Ein Abend mit Julian True. Manche Menschen hätten sicher wer weiß was dafür gegeben, Liam dagegen hätte liebend gern darauf verzichtet.

Nimm dich zusammen. Denk an das, worum es geht.

Als er aufschaute, stand True vor seinem Wagen und trug bei der Kälte nicht mehr als ein Paar Jeans und ein schwarzes T-Shirt unter einem dünnen Jackett. *Was für ein Idiot.*

Liam öffnete die Beifahrertür. True stieg ins Auto und knallte die Tür zu. »Wie halten die Leute diese Saukälte nur aus?«

Indem sie sich wärmer anziehen, antwortete Liam stumm.

»Gut, dass Sie angerufen haben«, sprach True weiter. »Der

Gedanke, den Abend in einem Zimmer mit schwindelerregenden Blumenmustern und drei Fernsehsendern zu verbringen, war kaum auszuhalten.« Er wandte sich Liam zu. »Kann man hier überhaupt irgendwo etwas trinken?«

»Ja«, antwortete Liam knapp, wendete den Wagen und kehrte ins Zentrum von Last Bend zurück. Er parkte am Bowlingcenter des Ortes. An die Bowlingbahnen schloss sich ein kleines Restaurant an.

An diesem Abend war es drinnen noch ruhig. Die Bahnen waren leer, und im Restaurant saßen keine anderen Gäste. Lou, der Besitzer, lehnte hinter der Theke und rauchte gelangweilt eine Zigarette, direkt unter dem großen Schild, auf dem »Rauchen verboten« stand.

Liam bestellte zwei Bier und ließ sich mit True in einer der Sitznischen nieder.

Als sie einander gegenübersaßen, beglückwünschte Liam sich zur Wahl des Restaurants. Die schummrige Beleuchtung war schmeichelhaft und würde den Altersunterschied zwischen ihnen kaschieren. Es gab auch keine Gäste, die bei Trues Anblick verrücktspielen würden. Wenn er in Ruhe mit True reden wollte, brauchte er kein Publikum.

True sah sich um, behielt seinen Eindruck vom Bowling Center jedoch für sich.

Liam ging in Gedanken das durch, was er im Internet über True in Erfahrung gebracht hatte. Es hieß, dass Mikaela und Julian True einmal als Hollywood-Traumpaar galten, solange, bis die ersten Gerüchte über Trues Affären und seinen Alkoholkonsum aufkamen. Und dann war Mikaela »verschwunden«. Eine Weile hatte die Presse sich noch für ihren Verbleib interessiert, dann war sie in Vergessenheit geraten. True hatte noch mehrmals geheiratet und war jedes Mal geschieden worden. Zurzeit war er anscheinend Single.

Lou brachte die beiden Biere.

True bedankte sich mit einem freundlichen Nicken.

Lou war schon im Begriff, sich abzuwenden, doch dann stutzte er und sagte: »Irgendjemandem sehen Sie verdammt ähnlich ...« Er legte die Stirn in Falten. »True – Sie sehen aus wie Julian True.«

»Nie im Leben«, sagte True.

Lou musterte ihn noch einmal. »Doch, genau so sehen Sie aus.« Dann zuckte er mit den Schultern und fragte Liam, wie es seiner Frau gehe.

»Wie immer, Lou, danke der Nachfrage.«

Lou kehrte zur Theke zurück.

Liam nahm einen Schluck von seinem Bier.

True lehnte sich zurück und streckte die Arme auf der Lehne seiner Polsterbank aus. Es war eine selbstbewusste, dominante Geste. Liam erinnerte der Anblick an einen Löwen, der sich in der Sonne rekelt.

»Der Besuch im Krankenhaus war heftig«, sagte True. »Ich dachte nicht, dass Kayla so still und blass daliegen würde.«

»Das ist bei Komapatienten so.«

True griff nach seinem Bier.

»Aber vor einigen Tagen hat sie geblinzelt«, fügte Liam hinzu.

»Das ist nicht viel.«

»Es ist besser als nichts.«

True betrachtete Liam. »Sie nehmen Ihren Beruf sehr ernst, wie mir scheint. Haben ein Herz für Ihre Patienten. Nicht jeder hätte versucht, einen früheren Ehemann aufzutreiben.«

»Ich bin nicht ihr Arzt, Mikaela ist meine Frau.«

True starrte ihn an.

»Wir sind seit zehn Jahren verheiratet.«

True schien es die Sprache verschlagen zu haben.

Lou kam und fragte, ob sie noch etwas brauchten.

»Einen doppelten Whiskey«, sagte True und zog eine Packung Zigaretten aus der Tasche seines Jacketts. »Rauchen ist hier erlaubt, oder?«

»Offiziell nicht, aber …« Lou zwinkerte ihm zu.

Gleich darauf brachte er den Whiskey und einen Aschenbecher.

True nahm einen großen Schluck. »Sie müssen Ihre Frau sehr lieben«, sagte er nachdenklich. »Sonst hätten Sie mich nicht hergebeten.«

»Stimmt«, antwortete Liam.

True zündete sich eine Zigarette an und machte eine Handbewegung, die das ganze Lokal umfasste. »Irgendwie erinnert der Laden mich an die Spelunke, in der ich Kayla kennengelernt habe. In einem armseligen Nest im Süden Kaliforniens. Sie hat dort gearbeitet.« True schüttelte nachdenklich den Kopf. »Sie passte nicht dahin. Dazu war sie zu schön … zu besonders.«

»Soweit ich weiß, hat sie sich dort auch nie wohlgefühlt.«

»Natürlich nicht. Sie hatte Angst, dort hängenzubleiben und wie ihre Mutter zu enden. Sie hätte alles getan, um wegzukommen.«

»Sie zu heiraten, zum Beispiel?«

»Genau.« True griff nach seinem Glas und ließ den Whiskey kreisen. »Nach mir hat sie dann wahrscheinlich jemanden wie Sie gebraucht. Jemanden, der ihr Sicherheit gab.« Er sah Liam an. »Verstehen Sie mich nicht falsch, ich will Sie nicht herabsetzen. Aus meiner Sicht hat Kayla genau das Richtige getan.«

»Warum haben Sie sich von ihr scheiden lassen?« Das war eine der vielen Fragen, die Liam auf der Seele brannten.

»So läuft das eben.« True zuckte mit den Schultern. »An einem Tag ist man noch verliebt, am nächsten nicht mehr. Ich war Anfang zwanzig und die Rolle des Familienvaters passte nicht zu mir.« Er zog an seiner Zigarette. »Ich wollte mich nicht einmal daran versuchen. Kayla hat mir das verübelt und ist mit den Kind auf und davon. Damals sagte sie, sie werde warten, bis ich sie zurückhole. Ihr Leben lang wollte sie auf mich warten.«

Auf diese Information hätte Liam gut verzichten können. Er nahm noch einen Schluck Bier. »Wollten Sie nie wissen, was aus Ihrem Kind geworden ist?«

True stippte seine Zigarette aus und schüttelte den Kopf. »Als ich sie zum letzten Mal gesehen habe, war sie noch sehr klein. Vielleicht empfinde ich mehr, wenn ich sie kennenlerne.«

An das, was Jacey dabei empfinden könnte, dachte er offenbar nicht. Wie leichtfertig dieser Mann mit den Gefühlen anderer Menschen umging, dachte Liam angewidert.

»Sie heißt Jacey. Und sie weiß nicht, dass Sie ihr Vater sind.«

True sah ihn ungläubig an. »Warum nicht? Ich dachte, es würde sie stolz machen, einen berühmten Vater zu haben. Warum hat Kayla es ihr nicht gesagt?«

»Das weiß ich nicht. Vielleicht wollte sie jede Verbindung zu Ihnen kappen, nachdem Sie sie so verletzt hatten.«

»Verdammt, da haben Sie wahrscheinlich recht.«

»Möchten Sie es Ihrer Tochter sagen?«

True schüttelte den Kopf. »Wie käme ich dazu? Wenn Kayla es ihr nicht sagen wollte, tue ich es ganz bestimmt nicht.«

Dafür war Liam ihm dankbar. »Es wäre gut, wenn Jacey es auch nicht auf andere Weise herausfindet. Wir leben in einer kleinen Stadt, in der sich Nachrichten wie Lauffeuer verbreiten. Halten Sie sich zurück, True.«

»Ich sage niemandem etwas«, versprach True und schien es auch so zu meinen. »Weder, dass ich einmal mit Kayla verheiratet war, noch dass Jacey meine Tochter ist. Wenn jemand fragt, warum ich in Last Bend bin, sage ich, dass ich im Urlaub bin und ein paar Tage Ruhe brauche. Und im Krankenhaus ein paar Überraschungsbesuche für die Patienten mache, das klingt glaubwürdig, oder? Ich werde auch nicht ewig bleiben können, ich hoffe, das ist Ihnen klar.«

Liam wusste nicht, ob er darüber froh oder besorgt sein sollte.

❀

Als Liam zu Hause das Wohnzimmer betrat, legte Rosa ihr Strickzeug beiseite und schien etwas sagen zu wollen.

Doch Liam mochte es nicht hören. Er nickte seiner Schwiegermutter zu und stieg die Treppe hinauf.

Leise betrat er Jaceys Zimmer.

Sie schlief tief und fest, eine Hand noch immer nach dem Handy auf ihrem Nachttisch ausgestreckt.

Vorsichtig legte Liam die Hand zurück und deckte Jacey zu.

Einen Moment lang verharrte er an ihrem Bett.

»Du wirst immer meine Tochter sein«, flüsterte er.

❀

Am Morgen wachte Liam zeitig auf. Bret lag an seiner Seite und schlief. Offenbar war er nachts zu seinem Vater ins Bett gekrochen.

Vorsichtig glitt Liam unter der Bettdecke hervor und ging ins Bad. Als er angekleidet war, kehrte er leise ins Schlafzimmer zurück und holte einen seiner Pullover aus dem Kleiderschrank.

In der Küche verstaute er ihn in einem Stoffbeutel und hinterließ Rosa einen Zettel mit der Nachricht, dass er früh ins Krankenhaus gefahren sei, es jedoch keinen Grund zur Sorge gebe.

Er setzte sich in seinen Wagen und fuhr über menschenleere Straßen durch die stille Stadt und vorbei an dunklen Schaufenstern.

Auch im Krankenhaus war noch alles ruhig, das Frühstück würde erst in einer Stunde ausgeteilt.

Als er Mikaelas Zimmer betrat, atmete Liam auf. Er hatte den aberwitzigen Gedanken gehabt, True könne in aller Herrgottsfrühe aufgestanden sein und säße bereits an ihrem Bett. Dabei stand True wahrscheinlich nicht vor Mittag auf.

Verrückt war auch, dass Liam, seit True gekommen war, unbedingt derjenige sein wollte, der als Erster zu Mikaela durchdrang. Es war kindisch, das wusste er. Es ging nicht darum, wem zuliebe Mikaela aufwachte, sondern darum, dass sie es überhaupt tat.

Er zündete eine Duftkerze an und schob die Kassette mit Klassikern der Filmmusik ein. Dann setzte er sich an das Krankenbett.

Mit bleichem Gesicht lag Mikaela da, die Arme eng am Körper, die steife weiße Decke bis zum Hals hochgezogen.

Liam holte seinen Kaschmirpullover hervor. Mikaela hatte ihn auf einer Reise nach Vancouver für ihn ausgesucht. Er legte ihn auf ihre Brust.

»Kannst du mich riechen?«, fragte er und dachte an den letzten Tag ihres Ausflugs über die kanadische Grenze. Sie hatten Tickets für das Rock-Musical *Rent* und hielten während der Aufführung Händchen, als wären sie Teenager.

»Den Pullover hast du in Vancouver gekauft. Ich habe dir gesagt, dass ein so teurer Pulli zu gut für mich ist. Du hast geantwortet, für mich sei nichts zu gut.«

Liam nahm Mikaelas Hand. »Ich wünschte, ich hätte früher daran gedacht, dir etwas von mir mitzubringen, nicht nur Kleidungsstücke von Bret und Jacey. Aber der Gedanke ist mir erst gestern Abend gekommen. Du hast einmal gesagt, zuerst an andere zu denken, sei ein Zeichen von Stärke. Man kann es aber auch als Zeichen von Schwäche interpretieren, als ängstlichen Impuls, es anderen immer recht machen zu müssen.«

Liam küsste die Hand seiner Frau. »Ich habe zugelassen, dass deine Mutter dir von früher erzählt, von der Zeit, als du True begegnet bist. Warum habe ich dir stattdessen nicht von uns beiden erzählt?« Liam legte Mikaelas Hand zurück und hielt inne. »Ich weiß, warum. Weil ich Angst hatte, über uns zu sprechen. Ich hätte daran denken müssen, dass meine Liebe zu dir viel größer ist als deine zu mir. Nun würde ich diese Angst gern überwinden. Doch immer, wenn ich es versuche, sehe ich Bilder von dir und True vor mir, und dann weiß ich nicht einmal mehr, wer du bist.

Für True warst du eine schöne junge Frau aus einfachen Verhältnissen, in die er sich verliebte und der er den Traum von einem besseren Leben erfüllen konnte. Dieses Leben hast du offenbar genossen. Zumindest eine Zeit lang scheinst du glücklich gewesen zu sein.

Ich dagegen habe mich in eine schöne junge Frau verliebt, die eine große Enttäuschung hinter sich hatte und schwermütig geworden war. Eine Frau, die einen einfachen Landarzt heiratete und mit ihm eine Familie gründete. Die sich damit zufriedengab und auf ihre Art sicher auch glücklich war. Zumindest hoffe ich das.

Es gibt so vieles über dein Leben, das ich nicht weiß. Es ist, als wäre ich nur mit einer Version von dir zusammen gewesen, als hätte unserem gemeinsamen Leben etwas gefehlt.«

Eine Weile hing Liam seinen Gedanken nach. Dann nahm er den Faden wieder auf. »Im letzten Dezember waren wir mit den Kindern Ski fahren, weißt du noch? Da warst du glücklich, da bin ich mir sicher.« Liam schloss die Augen und rief sich die Bilder ins Gedächtnis.

»Als wir zurückkehrten, begannen in Last Bend die Vorbereitungen für die Gletschertage.«

Eine bestimmte Erinnerung ließ ihn auflachen. Für den Umzug durch die Stadt, die Wettläufe und das Schlittenrennen war es in Last Bend üblich, sich zu verkleiden. Mikaela hatte für sie beide Bärenkostüme besorgt – so richtig im Partnerlook. »Weißt du noch, wie wir uns in der Schule in der Jungenumkleide umgezogen haben? Wir waren die letzten, weil ich nicht in die haarigen Beine kam. Als du mir helfen wolltest, sind wir beide zu Boden gegangen. Ich habe gelacht und dich auf mich gezogen.«

Das können wir doch nicht machen, hatte sie gesagt und doch bereits das Oberteil ihres Bärenkostüms abgestreift. *Was ist, wenn jemand reinkommt?* Und dann schlang sie ihre Arme um ihn und flüsterte, *Aber wie könnte ich einem so süßen Braunbären widerstehen?* Ihr Kuss war voller Leidenschaft und raubte ihm den Atem.

Gleich darauf waren ihre Kostüme wieder ausgezogen, und sie wälzten sich auf dem Boden.

»Wir haben uns total verrückt benommen. Aber der Sex war großartig. Und als wir langsam runterkamen, klopfte es an der Tür.« Liam lachte in sich hinein. »Es war Myrtle aus dem Festkomitee. ›Liam bist du da drinnen?‹, rief sie. Ich musste so sehr lachen, dass ich es gerade mal schaffte, mit einem japsenden ›Ja‹ zu antworten. Dann fragte sie: ›Weißt du, wo Mikaela abgeblieben ist? Wir warten auf euch.‹

Du hast dich vor Lachen geschüttelt, und ich habe dir den Mund zugehalten, damit man dich nicht hört.

Ich sehe dein Gesicht noch vor mir. Nach dem Sex haben deine Wangen geglüht und deine Gesichtszüge waren so glatt wie die eines ganz jungen Mädchens. Du kannst dir nicht vorstellen, was für ein Gefühl dieser Anblick in mir ausgelöst hat.

Als Myrtle fort war, hast du so laut losgeprustet, dass es wahrscheinlich die ganze Stadt gehört hat. ›Jetzt ist unser Ruf ruiniert‹, hast du gesagt. ›Nur deiner‹, habe ich geantwortet. ›Ich bin in der Achtung von Last Bend bestimmt gestiegen.‹«

Liam streichelte Mikaelas Wange. »So waren wir an manchen Tagen. Und so können wir wieder sein. Du musst nur die Augen aufmachen und mich ansehen.«

Er beugte sich über sie und küsste sie auf den Mund.

KAPITEL 16

True wachte mit einem Riesenkater auf. Das war wohl nicht anders zu erwarten gewesen. Was sollte man in einem Kaff am Ende der Welt abends auch anderes machen, als sich zu betrinken?

Beim Saufen hatte er zwischen den drei Fernsehsendern hin und her gezappt und gelegentlich versucht, Val telefonisch zu erreichen. Doch der Agent hatte sein Handy ausgeschaltet.

Ächzend wälzte True sich nun auf die Seite, griff nach seinem Handy und wählte die Nummer von Vals Agentur aus. Eine seiner Assistentinnen meldete sich.

»Ich bin's.« True stemmte sich hoch und lehnte sich an das Kopfteil des Betts. »Ist Val da?«

»Ja, einen Moment.«

»Juli«, sagte Val kurz darauf, »was geht?«

»Warum hast du gestern Abend dein Handy ausgeschaltet? Ich habe ständig versucht, dich zu erreichen.«

»Heh, mach mal halblang, du bist weder meine Frau noch meine Mutter. Ich war bei einer Filmvorführung. Danach haben wir noch Party gemacht, ich war erst um vier zu Hause. Warum, was gibt's denn?«

»Ich war gestern bei Kayla.«

»Und, wie war's?«

True versuchte, seine Emotionen in Worte zu fassen, doch das war ihm von jeher schwergefallen. »Es war furchtbar. Sie lag einfach da und hat sich nicht gerührt. Und ich wusste nicht, was ich machen sollte. Aber da sie wohl auf Worte reagiert, habe ich angefangen, alte Erinnerungen auszugraben.« Er lachte. »Schon witzig, oder? Lauter Dinge, von denen ich dachte, dass ich sie vergessen hätte. Ich habe ihr erzählt, wie wir uns zum ersten Mal geküsst haben und so weiter.« Er seufzte. »Das war eine schöne Zeit.«

»Hat sie darauf reagiert?«

»Nein.«

»Und nun? Willst du noch ein paar Tage bleiben? Rufst du deshalb an?«

True wollte gern noch ein wenig länger über seine Gefühle sprechen und wünschte, Val wäre nicht immer so pragmatisch. »Ich wusste wieder, wie es ist, wenn man wirklich geliebt wird.«

»Glückwunsch, Juli, und wie geht es jetzt weiter? Willst du an ihrem Krankenbett sitzen bleiben und an schöne Zeiten denken, bis sie aufwacht? Und dann wieder was mit ihr anfangen?«

»Nein, Kayla ist verheiratet.«

»Okay, damit fällt die Neuauflage eurer Beziehung wohl flach. Hat sie da oben in der Pampa einen Pelzjäger gefunden?«

»Nein, der Arzt, der mich gebeten hat, hierher zu kommen, ist ihr Mann.«

»Interessant. Was für ein Typ ist das?«

»Kann ich dir nicht sagen.« Campbell war viel zu reserviert gewesen, als dass True ihn einschätzen könnte. Er hatte nur gespürt, dass der Mann ihn nicht mochte, was aber verständlich war. »Jeden Tag sitzt er stundenlang an Kaylas Bett, spielt ihr Musikkassetten vor, zündet Duftkerzen an, spricht mit ihr.«

»Ein Heiliger also. Jemand, der seine komatöse Frau so sehr liebt, dass er ihren ersten Ehemann an ihr Krankenbett bittet, in der verzweifelten Hoffnung, dass er sie aufweckt. Hm, damit ließe sich was anfangen.«

True hörte, wie sein Agent sich eine Zigarette anzündete. »Denk dran, Val, kein Wort an die Presse.«

»Ja, hast du schon gesagt. Und wann kommst du nun zurück? Morgen hast du einen Pressetermin, den müsste ich verschieben, wenn du noch länger von früher träumen willst.«

»Ich melde mich wieder.« True legte auf. Für den Moment waren Hollywood und seine Karriere für ihn in weite Ferne gerückt, blasse Schwarz-Weiß-Szenen, die mit den Erinnerungen an seine erste große Liebe nicht mithalten konnten.

Er stand auf, streifte seinen Bademantel über und trank aus der Wasserflasche an seinem Bett. Als hätte die Erinnerung an seine Zeit mit Kayla sein Gedächtnis aktiviert, wanderten seine Gedanken in seine Kindheit zurück – falls er überhaupt so etwas wie eine Kindheit gehabt hatte.

Er kam aus einer vermögenden englischen Familie, die sich durch große Gefühlskälte auszeichnete. Als sein Vater starb, war True noch ein kleiner Junge. Im Alter von zwölf Jahren wurde er in ein Internat in der Schweiz gesteckt und erhielt von seiner Mutter, der ehrenwerten Margaret Jameson Atwood Coddington, statt Päckchen oder Briefen nur regelmäßige Schecks. Besuche zu Hause waren unerwünscht.

Als die Schule beendet war, wusste er nicht recht, was er mit sich anfangen sollte. Er hatte auch niemandem, von dem er sich Rat holen konnte. Also packte er kurzentschlossen einen Rucksack und flog nach New York. Von dort aus wollte er weiterreisen und Amerika erkunden.

Das Geld seiner Mutter stockte er hier und da mit Gelegenheitsjobs auf. Texas gefiel ihm, dort blieb er eine ganze Weile, bevor es ihn weiter nach Kalifornien zog.

Auf einer Party in Los Angeles lernte er eine Frau kennen, die Schauspielerin und einige Jahre älter war als er. Sie verliebte sich in ihn. Vielleicht erkannte sie auch nur sein schauspielerisches Talent, jedenfalls verhalf sie ihm zu seinen ersten kleinen Nebenrollen. Er war noch keine zwanzig, als er in einem Liebesfilm seine erste große Rolle ergatterte. Das war sein Durchbruch. Nach dem Erfolg des Films nahm Val sich seiner an und begann, eine Herkunftsgeschichte für ihn zu erfinden. Er stilisierte ihn zur Kunstfigur und gab ihm den Namen Julian True.

Kayla war der einzige Mensch gewesen, der sich mit dem äußeren Schein nicht zufriedengegeben hatte. Sie wollte den Mann hinter der Fassade kennenlernen. Er hatte ihr von seiner Kindheit und Jugend, seiner Zeit in Texas und allem anderen bis zu ihrer Begegnung erzählt, nur seinen wahren Namen, den hatte er ihr aus Gründen, die er selbst nicht ganz verstand, immer verschwiegen.

Als sich das Bild seiner Mutter in seine Gedanken drängen wollte, beendete True seine Reise in die Vergangenheit.

Er duschte in dem kleinen Bad auf dem Flur hinter einem geblümten Plastikvorhang.

Wieder in seinem Zimmer zog er Jeans und einen schwarzen Rollkragenpullover an und darüber die Daunenjacke, die er am Vortag in Last Bend erstanden hatte. Dann rief er seinen Fahrer an und fragte, ob er ihn in fünf Minuten zu einem Frühstückslokal fahren könne. Im Country House Inn wollte er nichts essen; er war sicher, Lizbet würde nicht von seiner Seite weichen und ohne Punkt und Komma reden.

Als er die Treppe hinunterstieg, kam sie sofort aus der Küche geeilt und wollte wissen, ob er bei ihr frühstücken und zu Mittag essen wolle.

True lehnte dankend ab und öffnete die Eingangstür.

Hinter dem Zaun hatte sich eine Gruppe junger Mädchen versammelt, die bei seinem Anblick verzückte Schreie ausstießen und seinen Namen riefen.

»Was für eine reizende Überraschung.« True knipste sein Hollywood-Lächeln an. »Einen schönen guten Morgen, die Damen.«

Sie kreischten vor Begeisterung.

True trat an den Zaun und ließ seinen Blick über die Gesichter wandern, die alle voll glühender Bewunderung waren. »Wer hätte gedacht, dass es in Last Bend so viele hübsche Mädchen gibt.«

Poesiealben wurden ihm hingehalten, und alle riefen durcheinander. »Ein Autogramm, bitte! Schreiben Sie doch bitte etwas für Emily – Suzy – Laureen …«

True zückte einen Stift, den er immer dabeihatte. Und während die Mädchen ihn anstarrten, kicherten und einander aus dem Weg schubsten, gab er geduldig Autogramme.

»Heute Abend ist in unserer Schule Winterball«, rief eine kleine Rothaarige mutig. »Möchten Sie nicht vorbeikommen und mit uns tanzen?« Dann schlug sie sich eine Hand vor den Mund und prustete los.

True mimte den Erstaunten. »Aber so zauberhafte Mädchen wie ihr habt doch sicher alle einen Freund, mit dem ihr tanzen werdet, oder?«

»Ich nicht, ich möchte mit Ihnen tanzen«, rief eine. Die anderen stimmten ihr zu, und alle wurden noch ausgelassener.

True lächelte und schrieb. Als er wieder nach einem Poesiealbum griff, fiel sein Blick auf ein Mädchen, das hinter den anderen stand.

Für einen Moment setzte sein Herzschlag aus.

Sie verhielt sich ruhig, wollte auch kein Autogramm, vielleicht war sie einfach mit ihren Schulkameradinnen unterwegs. Doch sie war eine kleine Schönheit, sogar nach dem Maßstab, den Hollywood setzte – hochgewachsen und schlank, mit großen karamellbraunen Augen und langem, nachtschwarzem Haar. Vor vielen Jahren hatte er schon einmal so jemanden gesehen …

Er reichte das letzte Album an dessen begeisterte Besitzerin zurück, öffnete das Gartentor und tat, als ginge er zu seinem Mietwagen. Betont beiläufig blieb er bei dem Mädchen stehen und fragte: »Und wer bist du?«

Sie errötete. »Jacey.«

»Jacey? Und wie lautet dein richtiger Name?«

Sie sah ihn verwundert an. »Juliana Celeste.«

Wie gebannt betrachtete True das Mädchen – seine Tochter, die er zuletzt als Einjährige gesehen hatte.

Vor ihm tauchte das Bild von sich und Kayla auf. Sie lagen im Bett, in ihrer Mitte ein winziges schlafendes Baby.

Ist sie nicht vollkommen?, fragte Kayla.

»Mr. True«, sagte Jacey. »Was ist mit Ihnen?«

True kehrte aus der Vergangenheit zurück. »Nichts, es ist alles in Ordnung.«

»Mr. True, was machen Sie hier in Last Bend?«, rief eines der anderen Mädchen.

»Ich suche ein bisschen Ruhe«, erwiderte True.

»Sie waren im Krankenhaus. Was wollten Sie da?«

True hörte seinen Fahrer kommen und atmete erleichtert auf.

Noch einmal betrachtete er Jacey und versuchte, sich ihr Gesicht einzuprägen. Dann verabschiedete er sich von seinen Fans und folgte seinem Fahrer zum Wagen.

Im Wagen drehte er sich noch einmal nach seiner Tochter um.

Halb vergessene Gefühle stiegen in ihm auf. Eine leise Sehnsucht überkam ihn und Bedauern angesichts der langen Zeit, in der Jacey groß geworden war, ohne dass er etwas davon mitbekommen hatte.

❀

Den ganzen Nachmittag flitzte Jacey zwischen dem Bad und ihrem Zimmer hin und her, um sich für den Winterball zurechtzumachen. Am Abend rief sie Liam zu sich. Sie drehte sich vor ihm im Kreis und wollte wissen, ob sie so gehen könne.

Sie trug das schmal geschnittene, lavendelblaue Kleid von Mikaela, das Liam ihr an jenem schicksalhaften Abend aus dem begehbaren Kleiderschrank geholt hatte. Das schwarze Haar hatte sie zu einem langen Zopf geflochten und mit zwei glitzernden Spangen zusammengefasst.

Liams Augen wurden feucht. Lacey sah bezaubernd aus, und schon viel zu erwachsen. Das kleine Mädchen, das sie noch vor nicht allzu langer Zeit gewesen war, konnte man kaum noch erkennen.

»Warum sagst du nichts?«, fragte sie ungeduldig. »Gefalle ich dir nicht?«

»Du siehst wundervoll aus. Die schönste junge Frau, die ich je gesehen habe.«

Jacey strahlte und gab ihm einen Kuss.

»Ich weiß noch, wie du mich zum ersten Mal gefragt hast, ob du gut aussiehst«, sagte Liam. »Damals warst du fünf Jahre alt, und deine Mutter hatte dir für Halloween ein rosa Kleid mit weißen Punkten genäht. Du wolltest als Schneewittchen gehen. Zu der Zeit waren deine Mutter und ich noch nicht verheiratet. Ich habe dir gesagt, dass du zuckersüß aussiehst.« Liam lachte. »Zur Belohnung hast du mich ab dem Moment ›Daddy‹ genannt.«

Jacey überlegte kurz. »Ja, ich glaube, daran erinnere ich mich noch.«

Sie gingen hinunter ins Wohnzimmer, wo Rosa beim Anblick ihrer Enkeltochter Tränen der Rührung in die Augen traten.

Kurz darauf erschien Mark, um Jacey abzuholen. Gerührt betrachtete Liam den Jungen, der sich für den Abend in Schale geworfen hatte und zu seinem Smoking ein weißes Rüschenhemd und eine lavendelblaue Fliege trug, passend zu Jaceys Kleid. Das dunkle Haar hatte er sich mit jeder Menge Gel nach hinten frisiert.

Der junge Mann hatte nur Augen für Jacey und überreichte ihr mit einer linkischen kleinen Verneigung eine weiße Orchidee, die sie mit dem dafür vorgesehenen Gummiband an ihrem Handgelenk befestigte.

Bret kam die Treppe heruntergepoltert, begutachtete die beiden und sagte: »Mann, seht ihr uncool aus.«

Jacey knuffte ihn in die Seite. »Danke, Bret, das merke ich mir.«

Danach wusste keiner mehr etwas zu sagen. Liam dachte

daran, wie gern Mikaela diesen Augenblick miterlebt hätte, und auch Jaceys Augen füllten sich plötzlich mit Tränen.

Liam rüttelte sich wach und klatschte in die Hände. »Und jetzt die Fotos.«

»Muss das sein?«, fragte Mark und wirkte peinlich berührt.

»Ja, es ist doch unser erster Ball.« Jacey zog ihn zum Klavier, nahm seinen Arm und legte ihn um ihre Taille.

Liam fotografierte die beiden in verschiedenen Posen, bis Jacey schließlich sagte: »Es reicht, Dad, sonst ist der Ball vorbei, bevor wir ankommen.«

Sie löste sich von ihrem Freund, schlang die Arme um Liams Hals und flüsterte: »Ich weiß, dass du uns auch für Mom aufnimmst. Wenn sie wieder bei uns ist, wird sie die Fotos sehen wollen.«

»Und dann wirst du ihr alles erzählen.« Liam drückte sie an sich. »Ich wünsche euch viel Spaß.«

Jacey und Mark verabschiedeten sich.

Liam schaute vom Küchenfenster aus zu, wie sie draußen in Marks altes, zerbeultes Auto stiegen und losfuhren. Normalerweise hätte er sich nun zu Mikaela umdreht, und sie wären beide ein wenig rührselig geworden. Sie hätten darüber gesprochen, dass Jacey kein Kind mehr war und bald ihren eigenen Weg gehen würde … dass sie sich darauf einstellen und sie irgendwann loslassen mussten. Um Mikaela auf andere Gedanken zu bringen, hätte er sich ans Klavier gesetzt und ihr eins ihrer Lieblingsstücke vorgespielt.

Er ging zu Bret und Rosa ins Wohnzimmer und schaltete den Fernseher ein.

❀

True wusste, dass er nicht zu dem Schulball gehen sollte. Es wäre falsch, auf diese Weise ein Wiedersehen mit seiner Tochter zu erzwingen. Außerdem wollte er jedes weitere Aufsehen vermeiden, so wie er es mit Campbell vereinbart hatte. Das Problem war nur, dass er Jacey unbedingt noch einmal sehen wollte und Selbstbeherrschung nicht zu seinen Stärken zählte.

Als Teresa seinen Koffer gepackt hatte, war ihr natürlich nicht der Gedanke an eine Abendveranstaltung gekommen.

Daher musste er sich mit einer halbwegs eleganten schwarzen Hose, einem weißen T-Shirt und einem schwarzen Jackett begnügen.

Er ließ sich zu der Schule fahren. Vor dem Gebäude rauchte er eine Zigarette, doch mehr als ein paar Züge waren in der Kälte nicht drin.

Im Schulgebäude durchquerte er einen langen, trübe beleuchten Flur. Am Schwarzen Brett blieb er stehen, las einige der Anschläge zu Sportveranstaltungen und einem Kuchenverkauf, und dachte: *noch mal jung sein und sich um solche Dinge scheren …*

Kurz darauf tauchten die ersten handgemalten Hinweisschilder zum Winterball auf, der sinnigerweise unter dem Motto »Eine Nacht in den Tropen« stattfand. Der Lärm zahlloser junger Stimmen drang an seine Ohren, und dann hatte er den Ballsaal erreicht, der sonst offenbar die Sporthalle war. An diesem Abend war sie in rötliches Licht getaucht. True brauchte einen Moment, bevor er die Deko in Form künstlicher Palmen und Flamingos aus Pappmaché ausmachen konnte. In einer Ecke spielte die Schulband, in einer anderen standen fein herausgeputzte Pärchen im Licht eines Scheinwerfers und warteten darauf, bei dem Fotografen an die Reihe zu kommen. In der Mitte wurde getanzt.

Als True eintrat, legte sich das Stimmengewirr. Die Tanzenden blieben stehen und starrten ihn an, die Musik verstummte abrupt.

True hielt nach seiner Tochter Ausschau und entdeckte sie mit einem Jungen auf der Tanzfläche. Er setzte ein unverfängliches Lächeln auf und ging auf sie zu. Er hörte, wie sein Name geraunt wurde und nahm wahr, dass die Band zögerlich wieder zu spielen begann.

Vor seiner Tochter blieb er stehen und versuchte, sich den Namen ins Gedächtnis zu rufen, bei dem man sie hier nannte. Weder Juliana noch Celeste … sondern Jacey, richtig, das war es. Er streckte die Hand aus. »Hast du Lust, mit mir zu tanzen?«

Der gut aussehende Junge an ihrer Seite machte ein langes Gesicht.

Jacey drehte sich zu ihm um. »Ist das für dich in Ordnung?«

Der Junge nickte schwach und trat an den Rand der Tanzfläche. Die Band ging zu einem langsamen Stück über und spielte dabei gar nicht mal so schlecht. True legte einen Arm um Jacey und wiegte sich mit ihr zur Musik.

»Alle gucken uns zu«, sagte Jacey.

»Sollen sie doch«, antwortete True und versuchte, mit seinen Gefühlen klarzukommen. *Er tanzte mit seiner Tochter*, immer wieder ging ihm dieser Satz durch den Kopf. »Erzähl mir ein bisschen von dir«, sagte er. »Bist du eine gute Schülerin? Hast du nette Freunde? Weißt du, wie man zudringliche Jungen abwehrt?«

Sie lachte. Es war dasselbe schöne Lachen, das er von ihrer Mutter kannte. »Sie klingen wie mein Vater.«

Für einen Augenblick war True verwirrt, dann begriff er, dass sie sich auf Campbell bezog.

Vater. Das Wort klang stark und verlässlich. True wusste nicht viel über Campbell, doch ihm schien, dass »Vater« zu ihm passte. Wohingegen er sich nicht vorstellen konnte, selbst jemals mit diesem Wort assoziiert zu werden.

Er sah Jaceys fragenden Blick. Wahrscheinlich überlegte sie, warum er nichts mehr sagte. »Und was machen junge Leute in Last Bend, wenn sie sich amüsieren wollen und gerade kein Schulball stattfindet?«

»Nicht viel.« Jacey zuckte mit den Schultern. »Im Winter Skifahren, Rodeln und Schlittschuhlaufen. Im Sommer reiten und schwimmen wir oder hängen am Angel Lake ab.«

So gesund hätte ihr Leben bei ihm nicht ausgesehen, das war True klar. Mit Sicherheit wäre Jacey auf eine teure Privatschule gegangen, hätte mit den Kindern anderer Berühmtheiten Drogen genommen und wäre, um die restliche Zeit totzuschlagen, mit Daddys Kreditkarte shoppen gegangen.

Darüber hatte Kayla seinerzeit mit ihm gesprochen und darauf bestanden, dass sie ein normales Familienleben führten, irgendwo weit fort von den ewigen Partys und den Paparazzi, die sie auf Schritt und Tritt verfolgten.

Aber ein normales Leben war ungefähr das Letzte gewesen, was True sich damals gewünscht hatte. Doch nun, mit den Armen um Jacey, die seine Tochter und doch nicht seine Tochter war, wurde er wieder von einer leisen Wehmut befallen. Er hatte etwas verpasst, das sich nicht mehr nachholen ließ.

Im Nachhinein verstand er selbst nicht mehr, warum er so gleichgültig gewesen war. Er hatte nicht einmal in Erfahrung gebracht, wo seine Tochter lebte.

Glücklicherweise hatte Jacey einen Vater, wie ihn ein Kind

brauchte. Campbell dürfte immer für sie da gewesen sein. Wahrscheinlich hatte er Jacey getröstet, wenn sie Kummer hatte, ihr bei den Hausaufgaben geholfen, wenn sie nicht weiterwusste, ihr überhaupt das normale Familienleben geboten, auf das Kayla so großen Wert gelegt hatte.

Er, Julian True, hatte dazu beigetragen, dieses hübsche Mädchen in die Welt zu setzen, und zu mehr wäre er nicht in der Lage gewesen. Er war zu sehr mit sich selbst beschäftigt gewesen, war es noch immer und würde es wohl auch bleiben.

Der Song ging zu Ende. Er küsste Jacey auf die Wange und wandte sich den anderen Mädchen zu, die am Rand der Tanzfläche standen und ihn erwartungsvoll anlächelten.

❀

Weil das Fernsehprogramm nichts zu bieten hatte, womit Liam sich ablenken konnte, schenkte er sich einen Whiskey ein und setzte sich im stillen Wohnzimmer aufs Sofa.

Inzwischen zweifelte er daran, ob es richtig gewesen war, Jacey die Wahrheit über ihren Vater zu verschweigen. In einem Ort wie Last Bend war der Besuch von Julian True eine Sensation, und jeder würde darüber sprechen. Vielleicht würde man True abnehmen, dass er hier nur ein wenig Ruhe suchte, aber was würde geschehen, wenn sich herumsprach, dass er Mikaela besuchte und stundenlang allein an ihrem Krankenbett saß? Irgendwann würden die Ersten ins Grübeln geraten und anfangen, im Internet zu recherchieren. Sie würden auf alte Fotos stoßen und auf ihnen Mikaela erkennen. Sie würden Artikel über ihre Ehe mit True lesen, erfahren, dass sie ein Kind von ihm hatte. Und wer sollte dieses Kind sein, wenn nicht Jacey? Dieser Verdacht würde sich in Windeseile herumsprechen.

Und was wäre, wenn dann jemand Jacey fragte, ob True ihr richtiger Vater sei? Liam wäre gezwungen, ihr die Wahrheit zu sagen und müsste obendrauf gestehen, dass er schon lange vor ihr davon gewusst hatte.

Liam hörte, wie draußen ein Wagen hielt.

Gleich darauf kam Jacey mit geröteten Wangen und glänzenden Augen hereingestürmt.

»Hi, Dad«, sagte sie, drehte sich einmal schwungvoll im Kreis, und ließ sich dann lachend neben ihm aufs Sofa fallen.

Liam rang sich ein Lächeln ab und legte einen Arm um Jacey. »Wie war's?«

»Super, einfach super. Ich habe ganz viele Fotos für Mom gemacht.« Sie befreite sich aus seinem Armen und schaute zu ihm hoch. »Und weißt du, was das Beste war?«

Liam schüttelte den Kopf. »Was denn?«

»Julian True ist zu unserem Schulball gekommen und hat mit uns getanzt. Ich war die Erste, die er aufgefordert hat.«

Liam glaubte, seinen Ohren nicht zu trauen.

»Das staunst du, was?« Jacey unterdrückte ein Gähnen und stand auf. »Morgen erzähle ich dir mehr, jetzt bin ich zu kaputt.« Sie wünschte Liam eine gute Nacht und ging nach oben.

Liam wartete, bis sein Zorn sich so weit gelegt hatte, dass er einigermaßen ruhig sprechen konnte. Dann wählte er Trues Handynummer und sagte nur: »In zehn Minuten bin ich bei Ihnen.«

Als er am Country House Inn ankam, stand True rauchend am Zaun.

Liam verließ den Wagen und schritt auf ihn zu. »Wie sind

Sie auf die Schnapsidee gekommen, zu Jaceys Schulball zu gehen? Ich dachte, wir hätten eine Abmachung.«

True zuckte mit den Schultern. »Ich wollte meine Tochter sehen.« Er lächelte verklärt. »Sie ist wunderschön und Kayla wie aus dem Gesicht geschnitten.« Er nahm einen letzten Zug, ließ seine Zigarette fallen und trat sie aus. »Von mir hat sie nichts.« Er sah Liam an. »Ich werde ihr nicht sagen, wer ich bin, falls es das ist, was Sie so aufregt.«

»Sehr großzügig, vielen Dank. Darüber hinaus werden Sie sich in Zukunft von ihr fernhalten, ist das klar?«

»Okay, okay.« True rieb sich die Arme. *Der Idiot ist wieder viel zu dünn angezogen*, dachte Liam. »War's das?«

»Kann ich mich darauf verlassen?«

True seufzte. »Keine Sorge, ich halte meine Versprechen.«

Darüber konnte Liam nur lachen.

KAPITEL 17

Am nächsten Tag saß True erneut am Krankenbett, erzählte Kayla aus ihrem gemeinsamen Leben und wartete auf eine Reaktion.

Aber er drang nicht zu ihr durch, das war mehr als offensichtlich. Darüber hinaus schien ihm, als wäre sie noch blasser als bei seinem letzten Besuch.

»Kayla«, sagte er und rückte mit seinem Stuhl dichter an sie heran. Die Stuhlbeine schrammten mit einem hässlichen Geräusch über das Linoleum, doch selbst das war ihm lieber, als diese bleierne Stille, die jedes Mal entstand, wenn er schwieg.

»Vorhin habe ich an den Moment gedacht, als ich dich gefragt habe, ob du mich heiraten willst. Und mir fiel wieder ein, wie deine Augen da geleuchtet haben.«

Es war im Spätherbst gewesen. Die brütende Hitze von Sunville hatte langsam nachgelassen, und überall roch es nach dem Obst, das die Wanderarbeiter geerntet hatten. Er hatte eigentlich nicht vorgehabt, zu ihr zurückzukehren. Sie hatten ein paar schöne Stunden miteinander verbracht, und das war's.

Doch aus irgendeinem Grund war sie ihm unter die Haut

gegangen, und nach einer Weile stellte er zu seiner Verwunderung fest, dass er sie wiedersehen wollte.

Und so kehrte er in das gottverlassene Nest zurück, in dem sie lebte, wartete, bis der Imbiss abends schloss und trat leise in den Gastraum …

Nun nahm er Kaylas Hand und küsste die Innenfläche. »Ich sehe dich noch ganz genau vor mir. Die orangefarbene Kellnerinnen-Uniform, die festen Schuhe, das im Nacken zusammengebundene Haar. Auch den Klang deiner Stimme, als du meinen Namen gesagt hast, habe ich noch genau im Ohr.

In deinem Blick lag die Hoffnung, dass ich deinetwegen wiedergekommen war, gepaart mit der Angst, dass ich nach einer Nacht wieder verschwinden würde. Wahrscheinlich hast du dir gesagt, dass ein erfolgreicher Hollywoodschauspieler und eine kleine Kellnerin nun mal nicht zusammenpassen.

›Ich bin nicht schwanger‹, hast du zur Begrüßung erklärt. Da hast du mich noch für einen anständigen Mann gehalten, für jemanden, der wiederkommt, um sicherzugehen, dass er keinen Mist gebaut hat.

In dem Imbiss stand eine Jukebox, und ich habe einen Song ausgewählt, der mir passend schien.« True zog die Brauen zusammen. »Welcher war das noch gleich …?« Er zuckte mit den Schultern. »Es fällt mir nicht mehr ein. Ist ja auch egal.«

Er betrachtete Kaylas Gesicht und wünschte, es hätte wenigstens einen Hauch von Farbe.

»Und dann standen wir da und spürten wieder das Feuer, das uns schon bei unserer ersten Begegnung mit einer solchen Heftigkeit erfasst hatte.

Ich wollte dir die Wahrheit sagen, dir die Chance geben, mich wegzuschicken. Was habe ich nicht alles versucht. Ich habe dir erklärt, dass ich es nicht lange bei einer Frau aushalte. Du hast gelächelt, als dächtest du, dass ich es nur so daher gesagt hatte. Ich habe dir erzählt, dass ich seit unserer Begegnung mit anderen Frauen geschlafen habe. Das hat dich verletzt, dein Lächeln war wie weggewischt. Dann habe ich dir gestanden, dass ich immerzu an dich denken muss, sogar dann, wenn ich mit anderen Frauen zusammen bin. ›Ich will dich nicht lieben‹, auch das habe ich gesagt. Das schien dir zu gefallen, du hast wieder gelächelt.

Ich holte die kleine Schatulle aus der Hosentasche und klappte sie auf. Dein Blick fiel auf den Ring, und für einen Moment wussten wir beide nicht, was wir sagen sollten.«

True lehnte sich in dem unbequemen Krankenhausstuhl zurück. »Ja, so war das. Ich habe dich gefragt, ob du mich heiraten willst. Sogar in die Knie bin ich gegangen, wie in einem schnulzigen Liebesfilm. Eigentlich wollte ich romantisch sein, doch dann rutschte es mir einfach so raus: ›Wenn du klug bist, sagst du Nein.‹ Ich wollte nicht, dass ich dir irgendwann wehtue … denn mir war klar, dass es dazu kommen würde. Früher oder später. Und so war es dann ja auch.«

Hinter ihm öffnete sich die Tür. True wandte sich um.

Campbell kam herein. »Hat sich irgendetwas getan?«

True schüttelte den Kopf.

Campbell küsste Kayla und ließ sich auf dem zweiten Stuhl nieder.

True bewunderte den Mann. Seit Wochen saß er stundenlang am Bett seiner Frau und hoffte, dass sie wieder zu sich kam, ungeachtet der Tatsache, dass sie jeden Tag blasser wurde.

»Ich habe Kayla damals verletzt«, sagte er bedauernd.

Campbell drehte sich zu ihm um. »Wissen Sie noch, warum?«

True hob die Schultern. »Wahrscheinlich stimmt mit mir etwas nicht. Kayla ist etwas Besonderes, und sie ist mir näher gekommen als jeder andere Mensch … aber irgendwann langweilt mich jede Beziehung. Mal geht es schnell, mal dauert es etwas länger, aber das Resultat ist immer das Gleiche.«

Campbell sah ihn ernst an. »Offenbar sind die Frauen in Ihrem Leben wie Nahrungsmittel, die nach ihrem Verfallsdatum entsorgt werden. Ich wünsche Ihnen, dass Sie eines Tages erfahren, wie aus Ihren Gefühlen etwas Beständiges wird.«

»So wie es für Sie bei Kayla war?«

Campbell nickte.

True wollte Campbell nicht zu nahe treten, doch er war neugierig und fragte: »Erwidert Kayla Ihre Gefühle?«

Campbell wandte den Blick ab. »Sie war nie in mich verliebt, aber sie schätzt mich. Vielleicht liebt sie mich sogar.« Er schwieg kurz. Dann sagte er: »Mikaela, die Kinder und ich, wir sind eine Familie. Eine Familie, die zusammenhält. Das ist etwas, was für Mikaela sehr wichtig ist.«

True lächelte schief. »So etwas ist mir fremd. Dazu eigne ich mich auch nicht.« Bei Kayla hatte er sich zwar wohlgefühlt, aber als es ihm zu häuslich wurde, hatte er einen Rückzieher gemacht. Eine gute Beziehung zu führen oder Teil einer Familie zu sein bedeutete, Kompromisse einzugehen; es war ein ständiges Geben und Nehmen. Er konnte vor allem nehmen und nur wenig geben, in dem Punkt machte er sich nichts vor.

True tastete nach seinen Zigaretten, doch dann fiel ihm ein, dass er im Krankenhaus war und nicht rauchen durfte. Als er Campbells Blick begegnete, sah er schnell wieder weg.

Es war, als könne der Mann ihm tief in seine rabenschwarze Seele blicken. Trotzdem schien er ihn nicht zu verurteilen. Ein erstaunlicher Typ.

Nach einer Weile begann Campbell, mit Kayla zu sprechen. True hörte nicht richtig zu, doch als Campbell verstummte, ergriff er wieder für eine Weile das Wort. Und so machten sie weiter, wechselten sich nach ein paar Sätzen ab, und warteten, ob sie reagierte.

Schließlich sah Campbell auf seine Uhr und stand auf. »Die Kinder kommen bald nach Hause, ich muss los.« Er küsste Kayla und flüsterte ihr etwas ins Ohr, das True nicht verstand.

»Wie schaffen Sie das?«, fragte True, als Campbell sich zum Gehen wandte.

»Wie schaffe ich was?«

»Weiter daran zu glauben, dass Kayla aufwacht.«

Campbell sah ihn an, als hätte er ihm die dümmste Frage der Welt gestellt. »Das ist für mich selbstverständlich, mit ›schaffen‹ hat das nichts zu tun.«

Als Campbell verschwunden war, nahm True wieder Kaylas Hand. Diesmal drückte er sie fest, in der Hoffnung, dass seine Berührung vielleicht erreichte, was seine Worte nicht vermochten. »Weißt du, was sonderbar ist? Ich erinnere mich sehr gut an unsere Anfangszeit, aber nicht mehr so genau an die letzten Tage unserer Beziehung.« Er runzelte die Stirn. »Auch an unseren Alltag als Ehepaar erinnere ich mich kaum noch. Aber den Tag, als du gegangen bist, den habe ich noch ganz klar im Gedächtnis. Ich weiß, dass ich dich nicht zurückgehalten habe. Nur ein Wort von mir und du wärst geblieben. Aber ich war in Gedanken schon nicht mehr bei dir.«

Sie hört, wie er ihren Namen sagt, ein ums andere Mal.

Sie will nach ihm greifen, doch wenn sie die Hand ausstreckt, ist niemand da. In ihr steigt Panik auf, und ihr wird schwindelig.

Bilder tauchen vor ihr auf, Schnappschüsse, jeder mit einem anderen Motiv. Sie bedeuten ihr nichts. Dann hört die Bildergalerie auf – sie ist in einem Haus. In einem schönen Haus.

Wo ist Julian? Sie will ihn rufen, doch irgendetwas schnürt ihr die Kehle zu. Stöhnt da jemand? Oder ist sie es selbst?

Jetzt erkennt sie das Gebäude wieder. Es ist ihr Haus in Beverly Hills. Und wie so oft ist Julian nicht da. Sie sieht aus dem Fenster und stellt fest, dass es Abend ist. Anscheinend hat es geregnet, der Himmel ist grau. Aber auch die Bäume und Pflanzen im Garten sind grau, was merkwürdig ist. In einem Baum sitzt ein schwarzer Vogel und krächzt.

Nein, das ist kein Vogelkrächzen. Ihr Baby schreit. Sie will zu ihm gehen, doch die Nanny kommt ihr zuvor, sie hört ihre eiligen Schritte. Sie mag die Frau nicht, aber sie möchte ihr auch nicht in die Quere kommen. Wenn es um Säuglinge geht, weiß die Kinderfrau besser Bescheid als sie. Trotzdem möchte sie sich lieber allein um ihre kleine Tochter kümmern.

Sie blickt sich um und wünscht, sie würden woanders leben. An einem ruhigen Ort. Sie ist die Partys leid. Sie haben nichts mit ihr zu tun. Im Grunde ist sie wieder so einsam wie früher. Seit das Baby auf der Welt ist, treibt es Julian ständig aus dem Haus. Und wenn er da ist, verhält er sich gleichgültig, nimmt Juliana nie auch nur auf den Arm. Er war es, der die Nanny eingestellt hat.

Das Baby hat sie beide verändert. Sie möchte immer bei ihrer kleinen Tochter sein, Julian hingegen möchte das nie.

Sie hört, wie die Nanny Juliana beruhigt, und schaut hinaus in den grauen Garten.

Als Julian nach Hause kommt, ist es weit nach Mitternacht. Er riecht nach dem Parfum einer anderen Frau und wirkt ermattet. Wahrscheinlich hat er zu viel getrunken. Trotzdem steuert er auf direktem Weg die Hausbar an.

»Julian«, sagt sie.

Er bleibt stehen und sieht sie mit gerunzelter Stirn an.

»Ich muss mit dir reden«, fährt sie fort.

Er seufzt genervt. »Nicht schon wieder und ganz sicher nicht jetzt. Ich bin zu müde, um mir deine Vorwürfe anzuhören.« Er begutachtet die Flaschen, nimmt ein Glas und schenkt sich etwas ein. »War sonst noch was?« Er leert das Glas in einem Zug.

»Ich will nicht mehr so leben«, sagt sie.

»Ich auch nicht«, erwidert er kalt.

»Ich möchte nicht, dass Juliana in Beverly Hills aufwächst. Sie braucht auch keine Nanny. Ich möchte, dass sie in einer normalen Familie groß wird.«

Julian lacht. »Wenn du von einer normalen Familie träumst, hättest du mich nicht heiraten dürfen.« Er füllt sein Glas wieder auf.

»Und du, weshalb hast du mich geheiratet?«

Er zuckt mit den Schultern. »Ich wollte dich bei mir haben und war sicher, dass ich dazu einen Ehering brauche.«

Sie begreift, dass sie ihm gleichgültig geworden ist, und beschließt, das Baby zu nehmen und ihn zu verlassen. Juliana soll nicht das Gleiche erleben müssen wie sie und einen Vater haben, der sich nicht für sie interessiert. »Ich gehe fort«, sagt sie. »Ich kann nicht mehr.«

Julian stutzt. Dann setzt er sich zu ihr und nimmt sie in die Arme. »Tut mir leid, Baby, aber ich werde meine Art zu leben nicht aufgeben. Sie gefällt mir, und sie passt zu mir.«

Mikaela betrachtet den Mann, den sie nicht aufhören kann zu lieben. Sie möchte ihr Leben mit ihm verbringen, ihr Kind mit ihm großziehen, mit ihm alt werden – und weiß, dass es nicht möglich ist.

Mikaela spürt, wie sich ihr Herz vor Kummer verkrampft, und ist froh, als sie wieder von sanfter Dunkelheit umfangen wird.

❀

Beim Abendessen war Liam in Gedanken bei seiner Frau und True im Krankenhaus, so dass er kaum mitbekam, was um ihn herum geschah. *Was erzählte dieser Mann Mikaela wohl gerade?* Er stellte sich vor, wie sie die Augen aufschlug und voller Freude den Mann, den sie liebte, an ihrer Seite vorfand. Und dann käme er an, und ihr würde zu ihrer Enttäuschung einfallen, dass sie mit ihm verheiratet war und nicht mehr mit Julian True.

Liam ließ seine Gabel sinken und starrte vor sich hin.

»Dad?«, fragte Bret. »Was ist mit dir?«

»Nichts.«

Bret sah ihn zweifelnd an. Auch Jacey hatte aufgehört zu essen und musterte ihn besorgt. Rosas Blick war voller Mitgefühl, wahrscheinlich ahnte sie, was in ihm vorging.

»Guckt mich nicht so an«, sagte Liam. »Ein Vater darf doch wohl mal mit den Gedanken woanders sein, oder nicht?«

Jacey nahm einen Schluck Wasser und wechselte das Thema. »Soll ich euch erzählen, wie der Winterball war?«

»Nicht schon wieder«, stöhnte Bret.

Jacey sah ihre Großmutter an. »Dir habe ich es noch nicht erzählt, oder? Weißt du, dass Julian True da war? Er hat mit mir getanzt.«

Rosas Miene verfinsterte sich, doch ihre Enkelin bemerkte es nicht.

TEIL IV

Wir führen unser Leben,
indem wir nach vorn schauen und begreifen es erst,
wenn wir zurückblicken.

SØREN KIERKEGAARD

KAPITEL 18

Das Wasser hat eine hellere Farbe angenommen, es ist, als könne sie hindurchschauen zu einem leuchtend blauen Himmel. Sie möchte emporsteigen, doch ihre Glieder sind noch immer bleiern, und das Wasser leistet Widerstand. Aber wenigstens kann sie sich nun bewegen. Viel schafft sie noch nicht, aber wenn sie sich konzentriert, gelingt es ihr, die Hand leicht zu heben und mit den Zehen zu wackeln. Mehr ist ihr im Moment nicht möglich. Zwar können das auch Babys schon, doch bereits dieses Wenige stimmt sie froh.

Sie treibt im Wasser, steigt höher und höher. Es kommt ihr vor, als wäre ihr Körper ganz schwerelos geworden. Das Wasser hat seinen Widerstand aufgegeben und trägt sie nun.

Langsam durchbricht sie die Oberfläche, spürt, wie das Wasser über ihr Gesicht strömt – und dann ist sie an der Luft. Die Luft riecht gut, nach Tannennadeln und Orangen – sie atmet sie gierig ein. Ihre Hand hebt sich, höher als zuvor. Sie möchte nach etwas greifen, nach einem Schatten, der über ihr schwebt.

Sie öffnet die Augen und schließt sie sofort wieder. Die Helligkeit hat sie geblendet.

»Sie reagiert! Sie hat die Augen geöffnet! Mika! Bitte mach es noch einmal … Mika!«

Jemand hat laut etwas gerufen. Aber wer ist das?

Um sich wieder der Helligkeit stellen zu können, spricht sie sich Mut zu. Dann versucht sie es erneut und blickt in eine Welt, die aus gleißendem Licht besteht. Es brennt in ihren Augen, doch sie hält den Schmerz aus. Jemand nimmt ihre Hand. Sie möchte die fremde Hand drücken, aber ihre Finger sind kraftlos und wollen ihr nicht gehorchen.

Sie blinzelt im grellen Licht, erkennt Schatten und versucht den Kopf zu ihnen zu drehen.

Die Schatten bewegen sich, als wollten sie ihr etwas mitteilen – und dann nehmen sie langsam Gestalt an.

Es sind drei … drei Männer.

Oh, und Julian gehört zu ihnen. Mit seinen schönen blauen Augen schaut er sie an. Sie streckt die Hände nach ihm aus, möchte ihn spüren und sein Gesicht streicheln … doch irgendetwas hält sie davon ab. Es drückt ihr das Herz ab, und sie muss weinen.

Sie möchte ihm etwas sagen, weiß aber nicht, was. Sie bemüht sich, einen Laut hervorzubringen, doch ihre Kehle ist wie ausgetrocknet und zieht sich zusammen. Sie strengt sich an und presst etwas hervor, das sie selbst nicht versteht. Sie versucht es noch einmal und hört, wie sie unbeholfen »Ju-li-an« krächzt.

»Ich bin hier«, antwortet er mit der weichen Stimme, an die sie sich erinnert.

»Kayla, zeig uns, dass du da bist. Komm, Baby, drück meine Hand.«

Sie glaubt, dass sie seine Hand drückt, aber sicher ist sie nicht. Aber wichtiger ist ihr auch das, was sie ihm sagen möchte, selbst wenn das Sprechen qualvoll ist.

Sie spürt seine Hand und lässt sich Zeit. Sie wird mit ihm sprechen, wenn sie ihn deutlicher sehen kann.

Sie testet ihre Gliedmaßen und stellt fest, dass sie sich besser be-

wegen kann als zuvor. Sie liegt in einem Bett, auch das erkennt sie. Aber für sie zählt nur, dass Julian bei ihr ist.

Endlich sah sie ihn ganz klar. Er saß an ihrer Seite und lächelte sie an. Vor lauter Freude begann ihr Herz, schneller zu schlagen. »Du bist ... zurückgekommen«, flüsterte sie.

Einer der beiden anderen Männer beugte sich über sie. Er hatte ein freundliches Gesicht und sagte: »Hi, Mika.« Anscheinend kannten sie sich, doch im Moment konnte sie sein Gesicht nicht zuordnen. Und wer war diese Mika?

Sie richtete ihren Blick wieder auf Julian und versuchte, sich zu erinnern, wie sie hierhergekommen war. Es fiel ihr nicht ein. Sie zwang sich, nachzudenken. Was war mit ihr geschehen? Sie rief sich die Stationen ihres Lebens ins Gedächtnis und kam bis zu dem Tag, als sie Julian verlassen hatte. Danach war nichts mehr. Der Weg von jenem Tag bis zu diesem Augenblick lag im Dunkeln. Das verwirrte sie. »Wo ... bin ich?«

»Du bist im Krankenhaus, Mikaela«, sagte der dritte Mann, der sich bisher im Hintergrund gehalten hatte. Er trug einen Arztkittel.

»Wo ist mein Baby?«, fragte sie und wollte sich aufrichten. Eine sanfte Hand drückte sie zurück.

»Baby?«, fragte Julian den Mann mit dem netten Gesicht. »Welches Baby?«

»Juliana«, sagte sie und wurde langsam panisch. Wenn sie im Krankenhaus lag und sich nicht mehr an den Grund erinnern konnte, musste etwas Schlimmes passiert sein. Und wenn niemand ihre Frage nach Juliana beantworten wollte, hieß das sicherlich, dass ihrer kleinen Tochter etwas zugestoßen war. Sie schloss die Augen.

»Bleib bei uns, Mika«, sagte jemand mit ruhiger Stimme. »Sieh mich an.«

Sie öffnete die Augen. Der Mann mit dem lieben Gesicht sprach mit ihr. »Nicht weinen, Mika, Juliana fehlt nichts.«

Sein Blick war so aufrichtig, dass sie ihm sofort Glauben schenkte. »Wer sind –«

»Lass dir Zeit, Mika«, sagte er. »Wir haben keine Eile.«

Sie versuchte es noch einmal. »Wer sind Sie?«

Doch bevor er antworten konnte, befiel sie große Müdigkeit. Julian war wieder da und Juliana fehlte nichts, nur das war im Moment von Bedeutung.

Sie sank zurück in die Tiefe.

❀

Sie hatten Mikaela schlafend zurückgelassen und sich in Stephens Büro gesetzt.

»Eine retrograde Amnesie«, sagte Stephen. »Bei Komapatienten nicht ungewöhnlich.«

Liam war noch immer wie betäubt. »Ja, die Symptome scheinen –«

»Moment mal«, unterbrach ihn True. »Es gibt Menschen, die nicht Medizin studiert haben, und ich bin einer von ihnen. Könnte ich vielleicht in leicht verständlichen Worten erfahren, worum es hier geht?«

Stephen setzte seine Brille ab, zog ein sauberes und ordentlich gefaltetes Taschentuch aus seiner Hosentasche und begann, die Brillengläser zu putzen. »Nach einem schweren Unfall kann es zu Erinnerungslücken kommen. Ist das so weit verständlich?«

True nickte.

»Mitunter ist die letzte Erinnerung etwas, das Tage, Wochen oder auch Jahre zurückliegt. Meistens handelt es sich dabei um ein tiefgreifendes Erlebnis. Das kann eine Hochzeit sein, die Geburt eines Kindes oder der Verlust eines geliebten Menschen. Mikaela scheint im Moment an einem Tag zu verharren, der so viele Jahre zurückliegt, dass sie Jacey noch für ein Baby hält.« Er warf Liam einen mitfühlenden Blick zu. »An ihr Leben mit dir erinnert sie sich offenbar nicht.« Er hielt seine Brille prüfend ins Licht und setzte sie wieder auf.

Liam versuchte noch immer, seine aufgewühlten Gefühle unter Kontrolle zu bringen. So sachlich wie möglich fragte er: »Was meinst du, wie lange die Gedächtnisstörung anhält?«

Stephen seufzte. »Du weißt so gut wie ich, dass es darauf keine zuverlässige Antwort gibt.« Er richtete seinen Blick auf True. »Aber eine Gedächtnisstörung mit Langzeitdauer kommt selten vor.«

»Wie beruhigend«, antwortete True.

Liam wünschte, True würde endlich den Mund halten. Und als er an den Blick dachte, mit dem Mikaela True angesehen hatte, wünschte er darüber hinaus, der Kerl möge einfach wieder verschwinden. »Was schlägst du jetzt vor?«, fragte er Stephen.

»Wenn deiner Frau klar wird, dass ihr mehrere Jahre fehlen, wird sie das tief verunsichern. Unser Bewusstsein ist eine fragile Angelegenheit, weitaus empfindlicher als unser Gehirn. Deshalb werden wir sehr behutsam vorgehen müssen und dürfen sie nicht mit Fakten überhäufen. Das Beste wird sein, der Natur ihren Lauf zu lassen.«

»Also dürfen die Kinder nicht zu ihr?«, fragte Liam.

»Und du auch nicht«, ergänzte Stephen. »Oder zumindest darfst du ihr im Moment noch nicht sagen, dass sie mit dir verheiratet ist. Tut mir leid, mein Freund.«

Liam schwieg.

»Denk daran, dass Mikaela wieder bei uns ist, Liam«, fuhr Stephen fort. »Sie hat einen gewaltigen Fortschritt gemacht. Sei froh darüber und lass ihr noch ein wenig Zeit.«

Liam nickte und fragte sich, was um alles in der Welt er seinen Kindern sagen sollte.

❀

Am Abend rief True seinen Agenten an.

»Kayla ist aufgewacht«, sagte er ohne Umschweife, als Val sich meldete.

Val lachte. »Glückwünsch, Juli, so was nenne ich saubere Arbeit.«

»Val, sei einfach mal einen Moment lang ernst, okay? Kayla leidet an Amnesie. Die letzten fünfzehn oder sechzehn Jahre sind bei ihr komplett weg.«

Stille. Dann: »Und was bedeutet das?«

»Sie glaubt, wir wären noch verheiratet.«

»Aha.«

»Sie weiß nicht einmal, dass unsere Tochter inzwischen auf die Highschool geht. Sie glaubt, Juliana wäre noch ein Baby.«

»Interessant.«

True konnte förmlich sehen, wie sich Vals Gedanken überschlugen und diverse PR-Storys durchspielten.

»Das ist gut«, sagte Val gedehnt. »Das geben wir an die Presse, Juli, ich muss mir nur noch den Aufhänger überlegen und –«

»Verdammt, Val, ich habe gesagt, keine Presse.«

»Das wird der Hammer, ich sehe die Schlagzeilen schon vor mir.«

»Ich habe Nein gesagt«, fuhr True Val an. »Morgen gehe ich wieder zu ihr. Und dann muss ich ihr erklären, dass wir nicht mehr –«

Doch Val hatte schon aufgelegt.

❀

Auf dem Heimweg sagte Liam sich immer wieder, dass seine Frau einen Riesenfortschritt gemacht hatte und ihr Gedächtnisverlust kein Grund zur Beunruhigung sei. Bei schweren Kopfverletzungen kam so etwas vor, und, wie Stephen gesagt hatte, war es normalerweise ein eher kurzfristiges Phänomen.

An dem Wort »kurzfristig« hielt er sich fest wie an einem Rettungsring.

Aber was, wenn es bei Mikaela nicht temporär wäre und sie sich nie mehr an die Jahre erinnerte, die sie mit ihm und den Kindern verbracht hatte?

Er spürte, wie rasch und unregelmäßig sein Herz bei dem Gedanken zu schlagen begann.

Wer sind Sie?, hatte sie gefragt.

Würde er das jemals vergessen? Würde er je die Gefühle vergessen, die ihn übermannt hatten, als sie Trues Namen sagte, seinen jedoch nicht mehr wusste?

Der Arzt in ihm erinnerte ihn daran, dass ihre Reaktion krankheitsbedingt war, eine Fehlzündung ihres Gehirns. Aber er war nicht nur Arzt, sondern auch Mikaelas Mann, und dieser Teil von ihm war tief gekränkt. Ihm war, als hätten Mikaela die Jahre ihres gemeinsamen Lebens – die vielen guten Zeiten und die Freude an ihren Kindern – nichts bedeutet, als zählte nur die kurze Zeit mit True.

Sie hat dich nicht erkannt, dröhnte eine Stimme in seinem Kopf – eine Stimme voller Spott.

Reiß dich zusammen, Liam. Mikaela hatte nicht nur ihn vergessen, sondern auch die Kinder, die sie fraglos über alles liebte. Oder vielmehr, sie hatte Bret vergessen, Liams Sohn. Jacey war noch in ihrem Gedächtnis, wenn auch nur als Baby. So wie auch Julian noch da war.

Er konnte es seinen Kindern nicht sagen. Sie hatten in den vergangenen Wochen genug durchgemacht. Bret hatte sich nach seinem ersten Besuch im Krankenzimmer immer wieder überwunden, seine Mutter zu besuchen, und gehofft, sie mit seinen Zauberküssen aufzuwecken. Jacey war beinah jeden Tag bei ihr gewesen. Die Kinder wären todunglücklich, wenn sie erführen, dass ihre Mutter sie vergessen hatte. Dass es nur eine Folge ihrer Kopfverletzung war, würde sie kaum trösten.

Nach außen hin würde Jacey vielleicht versuchen, wie eine Erwachsene zu reagieren, aber innerlich ebenso leiden wie Bret. Und genau wie Liam würden die Kinder sich fragen, ob ihre gemeinsamen Jahre so unwichtig gewesen waren, dass sie bei Mika keinen Eindruck hinterlassen hatten.

Es fing wieder an zu schneien. Anfangs waren es nur ein paar tanzenden Flocken, doch kurz darauf wurde ein dichtes Schneegestöber daraus. Liam betätigte die Scheibenwischer.

Dann schaltete er das Radio ein, wollte sich mit den Nachrichten ablenken, was ihm jedoch nicht gelang.

In der Garage blieb er noch einen Moment lang im Wagen sitzen und gab sich Mühe, die schmerzhaften Gedanken fortzuschieben und eine halbwegs normale Miene aufzusetzen.

Als er das Haus betrat, sah er zunächst niemanden.

In der Küche fand er Rosa, die dabei war, Plätzchen zu backen.

»Wo sind die Kinder?«, fragte Liam.

»Bret hat sich überreden lassen, mal wieder zu duschen, und Jacey sollte gleich nach Hause kommen.« Seine Schwiegermutter schob ein Backblech in den Ofen. »Möchtest du etwas trinken?«

Liam schenkte sich ein Glas Weißwein ein und ließ sich am Küchentresen nieder. »Mikaela ist aufgewacht.«

Rosa fuhr zu ihm herum und starrte ihn an. »Was hast du gesagt?«

»Deine Tochter ist wach.«

Rosa stieß einen unartikulierten Laut aus und drückte eine Hand auf ihre Brust. »*Gracias a Dios*, was für eine wundervolle Nachricht!« Sie tastete nach einem Hocker und setzte sich. »Wie geht es ihr?«

»Den Umständen entsprechend gut.« Liam nahm einen großen Schluck Wein. »Sie hat True erkannt. Mich nicht.«

In Rosas Gesicht tat sich zuerst nichts. Dann zog sie verwirrt die Brauen zusammen. »Das verstehe ich nicht.«

»Ihr Gedächtnis hat wohl ein wenig Schaden genommen«, fuhr Liam fort. »Aber das wird wieder. Im Moment glaubt sie, sie sei vierundzwanzig Jahre alt und mit True verheiratet. In ihrer Vorstellung ist Jacey noch ein Baby.«

Rosa wurde blass. »Und wie lange wird dieser Zustand anhalten?«

Liam zuckte mit den Schultern. »Das kann im Moment niemand sagen.«

»Erinnert sie sich nicht einmal an Bret?«

Liam schüttelte den Kopf.

»Du, die Kinder und die Jahre seit ihrer Trennung von diesem – diesem verfluchten *pendejo* – die sind einfach weg?«

»So ist es«, antwortete Liam müde.

Rosa schenkte sich einen kleinen Schluck Wein ein. »Weißt du schon, was du den Kindern sagen wirst?«

»Erst mal werde ich ihnen gar nichts sagen. Aber lange kann ich es ihnen wohl nicht verheimlichen. In Last Bend spricht sich jede Neuigkeit früher oder später herum, und ich möchte nicht, dass sie es von jemand anders erfahren.«

»Vielleicht weiß Mikaela morgen wieder, wer ihr seid«, sagte Rosa hoffnungsvoll und fasste Liams Arm. »Hör nicht auf, an sie zu glauben. Mikaela braucht dich jetzt ebenso sehr, wie in den vergangenen Wochen. Wenn nicht noch mehr.«

Wieder sagte die spöttische Stimme in Liams Kopf, *Sie hat dich nicht erkannt.* »Mikaela hat mich immer gebraucht«, antwortete er bitter. »Nur deshalb hat sie mich geheiratet.«

Rosa stand auf und sah ihn tadelnd an. »Wie oft muss ich dir noch sagen, dass Mikaela mehr für dich empfindet als das? Ich wünschte, du würdest es endlich akzeptieren.«

KAPITEL 19

Nach dem Abendessen schlug Liam den Kindern vor, etwas zusammen zu machen, statt fernzusehen, am Computer zu spielen oder endlos lange mit dem Handy zu telefonieren.

Jacey und Bret wirkten wenig begeistert.

»Was sollen wir denn machen?«, fragte Bret lustlos.

»Wir könnten ein Zelt aufbauen«, schlug Liam vor.

Jacey verdrehte die Augen. »Es ist saukalt draußen.«

»Ich meinte natürlich, dass wir im Haus zelten. Wie früher, als ihr noch klein wart. Wir bauen uns im Wohnzimmer ein Zelt, holen unsere Schlafsäcke und knabbern die Plätzchen, die Grandma gebacken hat. Und Handys müssen draußen bleiben.«

Bret schien sich für den Vorschlag zu erwärmen. »Und dann erzählen wir uns Gruselgeschichten.«

»Ich habe Mark versprochen, ihn heute Abend anzurufen«, sagte Jacey missmutig und wischte auf ihrem Handy herum. »Und was ist, wenn sich jemand aus dem Krankenhaus meldet?«

»Der Zustand deiner Mutter ist unverändert«, log Liam. »Ich war vorhin bei ihr. Du kannst Mark jetzt anrufen und dann versuchen, die Nacht ohne Handy zu überstehen.«

Jacey zog ein Gesicht.

Bret lachte. »Jacey ist Handy-süchtig.«

»Komm schon, Jacey«, sagte Liam. »Grandma hat das noch nie gemacht und findet es bestimmt lustig.«

Rosa lächelte amüsiert, während sie den Tisch abräumte.

»Dad ist ein super Geschichtenerzähler«, erklärte Bret seiner Großmutter. »Du wirst schon sehen.«

Eine Stunde später war alles vorbereitet. Sie hatten das Wohnzimmer mit grünen und braunen Wolldecken in eine Waldlichtung verwandelt und eine Plane als Zeltdach über drei Sessel gespannt. Ein blaues Laken auf dem Fußboden stellte einen geheimnisvollen See dar. Liam machte Feuer im Kamin, Rosa holte eine Schüssel mit ihren Plätzchen. Die Kinder legten Kissen auf die Schlafsäcke und machten es sich bequem.

Liam löschte die Lampen, kroch zu ihnen und erzählte die erste Geschichte. Sie handelte von einem verwunschenen See, in dem Badende, die in Sommernächten in ihm schwammen, in die Tiefe gezogen wurden und für immer verschwanden. Die Schreie der ertrunkenen Seelen hörte man in mondlosen Nächten um Punkt Mitternacht.

»*Dios mío*«, murmelte Rosa und bekreuzigte sich.

»Bu-hu!« Jacey hielt sich die Taschenlampe unter ihr Kinn, knipste sie an und lachte gespenstisch. »Die Geschichte geht noch weiter. Eines Abends kam ein neunjähriger Junge mit seinen Eltern an den See. Sie hatten ein Zelt dabei. Doch nachts konnte der Junge nicht schlafen. Er krabbelte aus dem Zelt und ging in den Wald …« Ihre Stimme verebbte vielsagend.

Bret stieß sie an. »Erzähl weiter!«

»Im Wald traf der Junge auf einen alten Mann, der ihn vor dem See warnte, aber der Junge …«

Liam blendete Jaceys Stimme aus und stellte sich vor, Mikaela wäre jetzt bei ihnen, den Kopf an seine Schulter gelehnt.

Dann hörte er wieder ihre krächzende Stimme. *Wer sind Sie*?

So erging es ihm, seit er das Krankenhaus verlassen hatte. Manchmal gelang es ihm, für einige Minuten an etwas anderes zu denken, wenn er mit Rosa oder den Kindern sprach, aber das hielt nie lange an. Im nächsten Augenblick fiel ihm wieder ein, dass seine Frau ihn nicht erkannt hatte, und die Ängste und Zweifel, mit denen er sich in den vergangenen Wochen gequält hatte, überfielen ihn mit neuer Macht.

Er erinnerte sich an die Freude in Mikaelas Blick, als sie True erkannte. Und auch True hatte Mikaela liebevoll angesehen. Was wäre, wenn er wieder mit Mikaela zusammen sein und sie mit nach L.A. nehmen wollte? Vermutlich würde sie ihm überglücklich folgen.

Angst kann man nicht ertränken, hatte ihm ein Freund einmal gesagt, *die kann nämlich schwimmen*. Damals war Liam die Redewendung albern vorgekommen, nun fand er, dass sie genau ins Schwarze traf.

»Dad.« Bret berührte Liam am Arm. »Erzählst du uns die Geschichte von Dan McGrew?«

»Nein, Bret«, entgegnete Jacey genervt. »Nicht schon wieder.«

»Bitte.«

»Wie wär's, wenn ich das Gedicht aufsage?«, schlug Liam vor.

Jacey stöhnte. »Meinetwegen.«

Also trug Liam das Gedicht über die zwei Goldgräber im Tal des Yukon vor, die sich in einer eisigen Nacht mit ihren Pistolen ein tödliches Duell liefern. Wegen einer Frau. *Wie passend*, dachte er.

Jacey fing an zu gähnen.

Doch Bret wollte danach auch das Gedicht über Sam McGee hören, den Goldsucher aus Tennessee, der im eisigen Alaska ums Leben kam.

Als Liam auch das zum Besten gegeben hatte, meinte Rosa: »Das reicht, ich möchte heute Nacht keine Alpträume haben.«

Liam warf einen Blick auf seine Uhr. »Ja, Kinder, es ist kurz vor Mitternacht. Lauft schnell nach oben und putzt euch die Zähne.«

»Wenn man zeltet, braucht man sich nicht die Zähne zu putzen«, behauptete Bret, aber Jacey zog ihn mit sich die Treppe hinauf.

Kurz darauf waren beide zurück und schlüpften in ihre Schlafsäcke.

Als Liam aufstand, sah Bret ihn mit gerunzelter Stirn an. »Wo willst du hin?«

»Ich bringe Grandma zum Cottage und bin gleich wieder da.«

»Du schläfst doch aber bei uns, oder?«

»Natürlich, mein Großer.«

Rosa gab ihren Enkelkindern einen Gutenachtkuss.

Auf dem Weg zum Cottage blieb Liam stehen und nahm

das Bild der mondbeschienenen und verschneiten Wiesen in sich auf, die weißen Hänge und die wie mit dickem Bleistift gemalten dunklen Silhouetten der Bäume. »Ich hoffe, der Schnee liegt noch, wenn Mikaela aus dem Krankenhaus kommt. Wäre sie jetzt bei uns, würde sie wahrscheinlich einen Schneeengel machen. Ich kenne keinen Menschen, der Schnee so sehr liebt wie sie.«

Sie kamen zum Eingang des Cottage. Durch die schimmernde Schicht aus Neuschnee waren die Umrisse der knorrigen braunen Rosenranken zu erkennen, die im Sommer eine Wand aus leuchtendem Grün und dunklem Rot bildeten.

Sie betraten das kleine Haus, und Rosa hängte ihren Mantel an einen Garderobenhaken. »Komm doch noch einen Moment mit rein, Liam.«

Liam folgte ihr in die Küche und stellte die Heizung höher. Seine Schwiegermutter sparte nicht nur am Strom, sondern auch am Gas.

Rosa ließ sich am Küchentisch nieder und bedeutete ihm, es ihr gleichzutun. »Also, sag, wie hat Mikaela reagiert, als du ihr von eurer Ehe erzählt hast?«

»Ich habe es ihr nicht erzählt.«

»Wie bitte?« Rosa starrte ihn an. »Du hast ihr nicht gesagt, dass sie mit dir verheiratet ist?«

Liam schüttelte den Kopf. »Dr. Penn ist der Auffassung, dass ihr das zu viel werden könnte.«

Rosa schnaubte verächtlich. »Ärzte! Ich bin sicher, dass du ihr die Wahrheit behutsam beigebracht hättest.« Sie schnippte einen Krümel vom Tisch. »Ich gehe morgen zu ihr. Und dann nehme ich Fotos mit, die Mikaela mit dir und den Kindern zeigen.«

Liam dachte, wie gut es einem Menschen tun musste, jemanden wie Rosa zur Mutter zu haben. Sicher gab es einem viel Kraft zu wissen, dass sie immer für einen da war. So eine Mutter hätte er als Kind auch gern gehabt. Selbst jetzt wäre es schön, wenn er sich auf so jemanden stützen könnte.

Er nahm Rosas Hand. »Habe ich dir eigentlich schon gesagt, wie froh ich bin, dass du zu uns gekommen bist? Ich weiß nicht, wie ich die vergangenen Wochen ohne dich durchgestanden hätte.«

»Du hättest es auch ohne mich geschafft, aber zu zweit trägt sich eine Last eben leichter.« Rosa sah Liam scharf an. »Ich möchte nicht, dass du nun, so kurz vor dem Ziel, aufgibst. Wir haben lange darauf gewartet, dass Mikaela aufwacht, vergiss das nicht. Und wenn sie dich heute nicht erkannt hat, bedeutet das nicht, dass sie dich nie wieder erkennt. Ihre Augen sind offen, aber wahrscheinlich ist sie noch nicht ganz da. Lass ihr ein wenig Zeit.«

❀

Dieses Mal wachte sie mühelos auf. Es gab weder ein dunkles Gewässer, das sie in die Tiefe zog, noch helle Wellen, auf denen sie trieb. Sie öffnete einfach die Augen und wusste, dass sie in einem Bett lag. Und dass dieses Bett in einem Krankenhaus stand.

Zwei verschwommene Männergestalten standen vor ihr und sahen auf sie hinab. Der eine kam ihr bekannt vor, der andere nicht. Beide trugen weiße Arztkittel und sprachen mit ihr, oder vielleicht über sie. Was sie sagten, konnte sie seltsamerweise nicht hören. Sie nahm nur wahr, dass sich ihre Münder bewegten.

Der, den sie schon einmal gesehen hatte, beugte sich zu ihr herab. »Weißt du, wo du bist … wer du bist … was vorgefallen ist …?«

Das waren zu viele Fragen. Sie wünschte, er würde ihr immer nur eine Frage stellen oder gar keine.

Die Gesichter waren nun deutlicher zu erkennen. Stephen, dachte sie. Der da heißt Stephen und ist nett. Er lächelte sie an.

»Guten Morgen, Mikaela. Erinnerst du dich an mich?«

Sie nickte. »Du bist Stephen«, antwortete sie und lauschte ihrer Stimme nach, die brüchig und rau klang. Sie berührte ihren Hals. Innen war alles wund und tat weh. »Was – ist passiert?«

Stephen nahm ihre Hand und drückte sie beruhigend. »Du bist vom Pferd gestürzt und mit dem Kopf aufgeschlagen. Danach hast du eine Weile im Koma gelegen. Und nun bist du aufgewacht.«

Sie wollte etwas fragen, sich nach Einzelheiten erkundigen, doch sie fand die Wörter nicht, die sie dazu brauchte.

Wieder lächelte Stephen. »Mach dir keine Sorgen, Mikaela. Nach und nach wird dir alles wieder einfallen.« Er drehte sich zu dem anderen Mann um. Die beiden machten Anstalten zu gehen.

Wartet! Sie wollte sich aufsetzen, doch es gelang ihr nicht. Ihre rechte Seite war wie gelähmt und ihre Arme waren zu schwach, um sich aufzustützen. Ihr Herz raste. Sie wollte den beiden Männern nachrufen, sie bitten, noch einen Moment zu bleiben und ihre Fragen zu beantworten, doch schon öffneten sie die Tür und waren verschwunden.

Kurz darauf trat jemand anderes ein. Es war eine Frau – eine füllige Frau in einem hellblauen Schwesternkittel. Sie näherte sich Kayla mit einem strahlenden Lächeln. »Guten Morgen, Mikaela. Wie fühlst du dich?«

Sie runzelte die Stirn. Ihr Name war Kayla. Das war eigentlich allgemein bekannt. Warum nannte man sie hier Mikaela? So hieß sie früher mal … aber wann war das?

Erneut versuchte sie, etwas zu fragen, doch die Wörter sprangen in ihrem Kopf herum und ließen sich nicht einfangen. Sie brachte ein »Hallo« hervor, weiter nichts.

»Gestern Abend haben wir den Katheter entfernt«, erzählte die Frau. »Erinnerst du dich noch daran?« Sie nahm ihre Hand und tätschelte sie. »Du kannst schon sehr viel. Deshalb schauen wir jetzt mal, ob du es auch schon allein zur Toilette schaffst.«

Sie musterte die Frau. »Wer sind Sie?«

»Ich bin Schwester Sarah.« Sie schlug die Bettdecke zurück. »Warte, ich helfe dir. Versuch bitte, die Beine anzuheben.«

Kayla betrachtete ihre Beine. Sie waren furchtbar dünn. Vielleicht fehlte ihnen deshalb die Kraft, sich zu heben.

Sarah schob einen Arm unter sie und richtete sie auf. Als Kayla saß, hielt Sarah sie fest und half ihr mit festen, sicheren Griffen aus dem Bett. Kayla klammerte sich an sie. Ihre Beine waren wacklig und das rechte war so schwer, dass sie es beim Gehen nachziehen musste. Langsam führte Sarah sie durchs Zimmer und öffnete die Tür zu einem kleinen Bad.

»Meinst du, du kannst die Toilette allein benutzen?«

Toilette? Kayla überlegte, was das Wort bedeutete. Sie sah sich in dem kleinen Raum um. Beim Anblick der weißen Porzellanschüssel fiel es ihr wieder ein.

»Halte dich am Waschbecken fest«, schlug Sarah vor.

Kayla tat wie geheißen.

»Alles klar?«

Kayla nickte.

»Wenn du sitzt, hältst du dich an dem Griff an der Wand fest. Falls du mich brauchst, rufst du. Ich bin nebenan und beziehe dein Bett frisch.« Sarah verschwand, ließ die Tür jedoch einen Spaltbreit offen.

Mit einer Hand an dem Griff, ließ Kayla sich auf der Toilette nieder. Das Sitzen strengte sie an, und als sie sich hinterher hochzog, war sie vollkommen erledigt.

Ihr Blick fiel auf den Spiegel über dem Waschbecken. Sie stellte sich davor. Fast hätte sie aufgeschrien. Ihr Gesicht war kreideweiß und das Haar ganz kurz. Ungläubig betastete sie ihren Kopf.

Wo waren die schönen langen Haare, die Julian so liebte? Sie hatten ihr bis zur Taille gereicht. Nachtschwarz hatte er ihre Haare genannt. Wieso hatte er zugelassen, dass man sie ihr abschnitt?

Immer wieder strich sie sich über den Kopf. Dann führte sie ihr Gesicht dicht an den Spiegel heran und konnte nicht fassen, dass sie Falten bekommen hatte – in den Augenwinkeln und auf der Stirn.

Sie stöhnte.

Sarah öffnete die Tür. »Komm, ich helfe dir wieder ins Bett.«

Benommen ließ Kayla sich zurückbringen. »Warum bin ich so alt geworden?«, flüsterte sie. »Was ist mit mir passiert? Und seit wann bin ich im Krankenhaus?«

»Seit ein paar Wochen.« Sarah betrachtete sie prüfend. »Ich hole Dr. Penn, okay?«

Wer ist Dr. Penn? Ein ums andere Mal befühlte Kayla ihr kurzes Haar.

Dann kehrte Sarah mit dem Arzt zurück. *Wie war noch sein Name?* Stephen. Das war also Dr. Stephen Penn.

Stephen setzte sich an ihr Bett und lächelte. »Wie ich gehört habe, kannst du schon allein auf – «

Kayla ließ ihn nicht ausreden. »Wie alt bin ich?« Sie spürte, wie ihr Tränen in die Augen traten.

Stephen nahm ihre Hand. »Nicht aufregen, Mikaela. Dazu gibt es keinen Grund.«

»Ich heiße Kayla«, sagte sie erregt.

»Sollen wir ihr etwas zur Beruhigung geben?«, fragte Sarah.

»Nein!« Kayla stemmte sich hoch. »Ich will nicht mehr schlafen.« Sie sank erschöpft zurück in die Kissen und rang nach Atem. »Ich will nur wissen, was passiert ist.«

Stephen streichelte ihre Hand, als wäre er nicht nur ihr Arzt, sondern auch ein Freund. »Erinnerst du dich an das, was ich dir vorhin gesagt habe? Du warst im Koma, Mikaela. Als Krankenschwester weißt du, was das bedeutet.«

Ja, sie wusste, was ein Koma war. Doch bei dem Gedanken, sie könnte jahrelang im Koma gelegen haben, so lange, dass sie währenddessen alt geworden war, packte sie das nackte Grauen und sie verstand nicht, was Stephen noch sagte. »Warte, ich muss nachdenken«, flüsterte sie. »Wie lange war ich im Koma?«

»Nur ein paar Wochen«, antwortete Stephen. »Versuch, ganz ruhig und entspannt zu sein. Wir sind uns sicher, dass dir alles wieder einfallen wird.«

Nur ein paar Wochen, dachte Kayla. Und in der kurzen Zeit war sie alt geworden? Sie fing an zu lachen, ein schreckliches, krächzendes Geräusch. Um das Lachen zu ersticken, wollte sie ihren Mund mit der Hand bedecken und schlug stattdessen gegen ihre Nase. Daraufhin musste sie wieder lachen. Sie biss sich auf die Lippe.

»Lach doch, wenn du willst«, sagte Stephen und nickte ermutigend. »Es wird noch etwas dauern, bis du deine Gefühle und deine Bewegungen wieder ganz unter Kontrolle hast.«

Es war wirklich verrückt, nun musste sie lachen und gleichzeitig weinen. »Wie alt bin ich, Stephen?«

Er tauschte einen Blick mit Sarah, die den Kopf schüttelte.

Wahrscheinlich dachten sie, es sei besser, ihr die Wahrheit vorzuenthalten. »Nicht lügen«, sagte sie.

Stephen seufzte. »Du bist neununddreißig.«

Fast hätte sie wieder gelacht. »Nein – das stimmt nicht. Juliana ist ein Jahr alt, ich habe vor gut zwei Jahren geheiratet … daran erinnere ich mich noch genau.« Sie zog die Stirn in Falten. »Ich bin – vierundzwanzig.«

»Mikaela«, sagte Stephen in beschwichtigendem Tonfall. »Es gibt Dinge und Zeiträume, an die du dich noch nicht erinnern kannst. Aber das kommt wieder. Lass dir Zeit.«

Sie schüttelte den Kopf. »Bitte … bitte sagt meinem Mann Bescheid. Er soll zu mir kommen.«

Wieder tauschten Stephen und Sarah einen Blick. Stephen stand auf. »Ich sage ihm, dass du ihn sehen möchtest.« Sarah und er verließen das Zimmer.

Kayla atmete erleichtert auf. Bald würde Julian kommen und ihr die Wahrheit sagen. Er würde ihr erklären, warum er zugelassen hatte, dass man ihr die Haare abschnitt.

Die Tür öffnete sich. Doch statt Julian trat ein Fremder ein … Der gleiche Mann, der schon mal an ihrem Bett gestanden hatte.

»Kommt Julian bald?«, fragte sie ihn.

Er trat näher.

Sie wollte ihm sagen, dass er später noch einmal wiederkommen solle, falls es sein musste. Und dass sie nun Julian sehen und mit ihm allein sein wolle. Doch das war zu kompliziert. Also sah sie ihn nur an und schwieg.

Er nahm sie in die Arme. Sie wunderte sich über die Geste und fand, dass er dazu kein Recht hatte. Sie ließ es geschehen, blieb aber schlaff wie eine Stoffpuppe.

Er schaute sie an. Seine Augen waren so grün. Es war ein schönes Grün. Und sein Blick war sanft und liebevoll. Er sagte etwas. Sie verstand »immer« und »lieben«. Dann ließ er sie los.

Seine Worte brachten in ihr eine Saite zum Schwingen, deren Klang sie einen Moment lang nachlauschte. Es war ein Klang, der ihr gefiel. Ihr Körper entspannte sich, und sie konnte wieder besser atmen. Und da war noch ein Gefühl, das sie zu fassen versuchte. Aber jedes Mal, wenn sie danach griff, flatterte es davon.

»Weißt du wirklich nicht, wer ich bin?«, fragte er und wirkte tieftraurig.

Sie bemühte sich, ganz konzentriert nachzudenken, und schließlich fiel es ihr ein. »Doch«, sagte sie, »Sie sind der andere Arzt.«

Er senkte den Kopf, als hätte sie ihn enttäuscht. Das wollte sie nicht. »Wenn ich etwas Falsches gesagt habe, tut es mir leid.« Sie ergriff seinen Arm. »Wissen Sie, wann mein Mann kommt?«

Er stand auf und wandte sich zum Gehen. »Ich kümmere mich darum«, sagte er.

Es war merkwürdig, doch als er das Zimmer verließ, wollte sie, dass er noch ein wenig blieb und ihr Gesellschaft leistete. In seiner Gegenwart fühlte sie sich sicher. Sie war kurz davor, ihn zurückzurufen. Doch dann überlegte sie es sich anders und blieb stumm.

KAPITEL 20

Gegen Mittag betrat True das Krankenhaus und setzte sich in den Wartebereich der Neurologie. Außer ihm war niemand in diesem scheußlichen Raum, dennoch wirkte er so beengt, dass man kaum Luft bekam.

Den ganzen Morgen hatte er sich Sätze zurechtgelegt, mit denen er Kayla die Wahrheit beibringen wollte. Doch ein Satz klang so furchtbar wie der andere. Anscheinend gab es Dinge, die sich nicht beschönigen ließen.

Vorhin hatte Dr. Penn ihn auf dem Handy angerufen. Anscheinend wusste Kayla nun, dass sie neununddreißig war. True wünschte, der Arzt hätte ihr auch den Rest erzählt.

Campbell kam herein. Er war bei Kayla gewesen und wirkte nicht sehr erfreut. »Sie möchte ihren Mann sehen«, sagte er kalt.

»Aber ich weiß nicht, was ich ihr sagen soll.« True drückte eine Hand auf sein Knie. Er hasste es, wenn sein Bein unkontrolliert zu wippen begann. »Warum ist es an mir, ihr die Wahrheit zu erzählen? Sie wird mich fragen, wo ich die letzten Jahre gesteckt habe. Was soll ich darauf antworten?«

»Warum erzählen Sie ihr nicht, wo Sie gesteckt haben.«

True lachte auf. »Das könnte Ihnen so passen.«

»An dieser Geschichte gibt es nichts, was mir passt«, entgegnete Campbell. »Weder, dass Mikaela im Koma gelegen hat, noch dass Sie hier sind, oder dass meine Frau sich nicht mehr an mich erinnert. Beantworten Sie Mikaelas Fragen wahrheitsgemäß. Sie zu belügen, bringt uns nicht weiter.« Er machte eine forsche Handbewegung in Richtung Kaylas Krankenzimmer. »Gehen Sie zu ihr.«

»Ich brauche noch einen Moment.«

»Seien Sie kein Feigling. Denken Sie an die Gefahren, die Sie in Ihren Filmen überstanden haben. Dagegen ist ein Besuch bei einer kranken Exfrau doch eine Kleinigkeit.«

»Für die gefährlichen Szenen habe ich einen Stuntman.« True stieß einen abgrundtiefen Seufzer aus und stand auf. »Ich werde Kayla wehtun müssen.«

»Das haben Sie früher auch schon getan«, sagte Campbell.

»Und das bereue ich inzwischen.« True straffte seine Schultern. »Also gut. Bis später.«

Er ging den langen Flur hinunter, vorbei an zwei Krankenschwestern, die er kaum wahrnahm.

Vor Kaylas Zimmer blieb er stehen und sammelte sich. Dann drückte er die Tür auf.

Kayla schlief.

Vorsichtig schloss er die Tür und ließ sich leise auf dem Besucherstuhl an ihrem Bett nieder.

Trotzdem musste sie ihn gehört haben, denn ihre Lider zuckten, und dann schlug sie die Augen auf. »Jules«, sagte sie. »Endlich.«

True rang sich ein Lächeln ab. »Hallo, Kayla.«

Sie setzte sich auf. Es schien ihr schwerzufallen. Mit ungelenken Griffen rückte True die Kissen in ihrem Rücken zurecht. »Wo ist Juliana?«, fragte sie und ließ sich schweratmend zurücksinken. »Ich möchte mein Baby sehen.«

Dass sie neununddreißig war und Juliana damit kein Baby mehr sein konnte, hatte sie offenbar noch nicht richtig begriffen oder akzeptiert.

»Juliana wird bald hier sein«, versprach er, ohne zu wissen, ob es stimmte.

»Du hast mir gefehlt.« Mit einer ruckartigen Bewegung streckte Kayla die Hand nach ihm aus. »Aber ich wusste, dass du uns holen kommst.«

True nahm ihre Hand. »Du hast mir auch gefehlt.« Das entsprach sogar der Wahrheit, stellte er verwundert fest. Oder vielleicht hatte nicht Kayla ihm gefehlt, sondern die Beziehung, die sie anfänglich miteinander hatten. Die ersten Monate waren wunderbar gewesen. Mitunter hatte er auch den anständigen Mann vermisst, der er in jener Zeit gewesen war.

Kaylas Blick liebkoste sein Gesicht. »Du bist auch älter geworden.«

True lachte. »Danke, sehr nett.«

»Was ist passiert, dass wir plötzlich so alt sind? Ich verstehe es einfach nicht, und niemand will es mir erklären.«

»Du bist nicht alt«, sagte True betont munter und drückte ihre Hand. »Noch keine vierzig.«

»Weich mir nicht aus.« Sie entzog ihm ihre Hand.

»Seit du aus dem Koma aufgewacht bist, hast du Gedächtnislücken. Dir fehlen ein paar Jahre.«

»Es sind nicht ein paar Jahre, Jules, es sind *fünfzehn* Jahre, die ich verloren habe.«

»Mach dir keine Sorgen, mit der Zeit wird alles wiederkommen.«

Er beugte sich vor und küsste sie. Ihr Kuss war so wie in seiner Erinnerung. Sanft und voller Hingabe. Aber sie zu küssen, war falsch. Er richtete sich wieder auf.

»Wie kann ich fünfzehn Jahre meiner Liebe zu dir und Juliana vergessen haben?«, fragte sie und tastete nach seiner Hand. »Hilf mir, mich zu erinnern.«

True beschloss, sich auf Juliana zu konzentrieren. Das war unverfänglicher als ihre angeblichen Ehejahre. »Juliana ist wunderschön geworden. Sie ist dir wie aus dem Gesicht geschnitten.«

Kayla lächelte. Dann runzelte sie die Stirn. »Ich erinnere mich, dass ich dich verlassen habe. Aber ich weiß nicht mehr, warum.«

True schwieg.

»Doch, jetzt fällt es mir wieder ein«, fuhr Kayla fort. »Wir hatten uns wieder gestritten. Daraufhin habe ich meine und Julianas Sachen gepackt und bin mit ihr losgefahren. Und dann? Wie ging es danach weiter? Ich weiß nur noch, dass ich darauf gewartet habe, dass du uns zurückholst. Ich dachte, wir würden uns versöhnen …« Ihr Blick ging in die Ferne. »Ich erinnere mich, wie ich auf dich gewartet habe.« Sie sah True an. »Aber ich weiß nicht mehr, wann wir uns wiedergesehen haben.«

True fühlte sich entsetzlich. »Es tut mir leid, Baby.«

Ihr Blick trübte sich. »Musste ich sehr lange auf dich warten?«

True nickte.

»Wie lange?«

Er strich über ihre Wange. Sie hatte ihn in die Enge getrieben. Er hätte lügen können, doch was, wenn sie sich in fünf Minuten wieder an alles erinnerte? »Bis jetzt, Kayla.«

»Bis jetzt?« Die Antwort schien sie zu verwirren. »Das würde ja bedeuten, ich hätte fünfzehn Jahre lang auf dich gewartet.« Die Vorstellung brachte sie zum Lachen. Dann sah sie, wie ernst sein Blick war.

»Du meinst, du bist nicht zu mir gekommen, in all den Jahren, nie?« Ihre Augen füllten sich mit Tränen.

True schüttelte den Kopf. »Ich war dumm. Damals wusste ich noch nicht, dass wir etwas Besonderes hatten. Das habe ich erst begriffen, als ich reifer geworden war, doch bis dahin hat es einige Zeit gedauert.« *Falls es überhaupt geschehen wäre, ohne ihren Unfall*, fügte er im Geist hinzu.

Kayla schien ihm nicht zuzuhören. »Also nie«, sagte sie. »Du bist nie zu uns zurückgekehrt. Und jetzt bist du nur hier, weil ich krank bin.«

»Es tut mir leid«, wiederholte True hilflos.

»Kein Wunder, dass ich die letzten fünfzehn Jahre vergessen habe.«

»Kayla, bitte sieh mich nicht so an.«

Mit einer ungeduldigen Geste wischte sie über ihre Augen. »Damals hast du mir das Herz gebrochen.«

»Ich weiß.«

»Ich wünschte, das hätte ich auch vergessen. Inzwischen sind wir sicherlich auch schon seit Jahren geschieden, oder?«

True nickte und überlegte, ob er sie noch einmal küssen sollte, um sie zu trösten. Er kam zu dem Schluss, dass es ebenso verkehrt wäre wie vorhin. Es würde auch nichts mehr ändern.

»Geh, Julian.« Kayla drehte ihr Gesicht von ihm fort.

»Kayla, bitte versteh doch, dass ich –«

»Nein«, unterbrach sie ihn scharf. »Ich will nichts verstehen. Bitte, geh jetzt.«

True stand auf. Auf dem Weg zur Tür wartete er darauf, dass sie ihn zurückrief, doch das geschah nicht.

❀

Sie rollte sich zusammen, wollte sich tief in ihrem Bett verkriechen.

Er war ihr nie nachgekommen.

Und sie? Hatte sie tatsächlich fünfzehn Jahre lang auf ihn gewartet? Das war eigentlich unvorstellbar. So verrückt war sie hoffentlich nicht. Also musste ihre Liebe zu ihm irgendwann erloschen sein. Denn welche Frau liebte schon für so lange Zeit einen Mann, der nichts mehr von ihr wissen wollte? Sicherlich hatte sie ihn irgendwann losgelassen.

Doch die größte Frage von allen war, was sie in den vergangenen Jahren gemacht hatte. Sie musste gearbeitet haben, schließlich hatte sie für ihr Kind sorgen müssen. Und von Julian hatte sie keine finanzielle Unterstützung verlangt, das hatte sie bei der Trennung entschieden. Sie sei Krankenschwester, hatte Stephen gesagt, doch auch davon wusste sie nicht mehr viel.

Wer war sie in all den Jahren gewesen? Nicht einmal das konnte sie sich beantworten. Fünfzehn Jahre waren einfach fort, zusammen mit den Erinnerungen, die sie in der Zeit ausgemacht hatten. Erinnerungen, die wie Puzzleteile ihr Leben ergeben sollten und die einfach fehlten.

Und wo war ihre Tochter? Juliana Celeste, so hatten sie ihr Baby genannt. Warum kam Juliana nicht ins Krankenhaus, um ihre Mutter zu besuchen? Schließlich war sie jetzt ein Mädchen von sechzehn Jahren. Sie versuchte, sich dieses Mädchen vorzustellen, doch vor ihr wollte kein Bild entstehen. Sie erinnerte sich nur an ein pummeliges Baby mit schwarzem Haar und braunen Augen. Ein Baby, dass mörderisch schrie, wenn es Hunger hatte, und sie mit seinem zahnlosen Mund anlächelte, wenn es satt und zufrieden war. Sie erinnerte sich an wedelnde kleine Arme, strampelnde Beine, an glucksende Laute und an das wundervolle Gefühl, den warmen kleinen Körper in den Armen zu halten. Doch das war alles. Sie sah kein Kleinkind vor sich, keine Szenen auf dem Spielplatz, keinen ersten Schultag. So viele Jahre, die wie ein schwarzes Loch waren.

Sie versuchte, sich zu konzentrieren und noch einmal das, was sie wusste, zu rekapitulieren. Sie hatte geglaubt, sie wäre Anfang zwanzig und hätte gerade den Mann verlassen, den sie liebte. Doch das war vor fünfzehn Jahren gewesen. Und danach? Er hatte sie nicht gebeten, zu ihm zurückzukommen, wie sie erwartet hatte, und war auch nicht mehr ihr Ehemann. Das Schreckliche war nur, dass sie ihn jetzt wieder liebte, und nicht mehr wusste, wie sie es ohne ihn ausgehalten hatte.

Ohne Erinnerungen hatte man keine Vergangenheit, das wurde ihr in diesem Augenblick klar. Was auch bedeutete, dass sie all ihre Kraft einsetzen musste, um die vergangenen Jahre zurückzuholen. Ganz gleich, was in dieser Zeit geschehen war, alles wäre besser, als in diesem entgleisten Zug festzusitzen, irgendwo im Niemandsland und weder zu wissen, was hinter, noch sich vorstellen zu können, was vor einem lag.

Sie hörte, wie sich die Tür leise öffnete und eine ihr unendlich liebe und vertraute Stimme ihren Namen sagte.

Sie drehte sich zu der Stimme um und wusste sofort, dass es ihre Mutter war, die mit feuchten Augen im Türrahmen stand.

»*Mamá*«, flüsterte sie und streckte die Arme nach ihr aus.

Ihre Mutter drückte sie an sich, küsste sie und sagte ein ums andere Mal »*mi hija*«. Es dauerte lange, bis sie sich voneinander lösen konnten. Schließlich setzte Rosa sich ans Bett und sah ihre Tochter liebevoll an.

Mikaela betrachtete das Gesicht ihrer Mutter, studierte jedes Fältchen und das weiß gewordene Haar und fand, dass sie noch immer die schönste Frau war, die sie kannte. »Ich bin alt geworden«, sagte sie.

»Ich auch«, antwortete ihre Mutter.

Darüber mussten sie beide lachen.

»Ich dachte, ich würde dich nie wieder lachen hören«, sagte ihre Mutter.

Mikaela wurde wieder ernst. »Was ist mit mir passiert, *mamá*? Niemand will es mir richtig erklären. Und das, was man mir sagt, ergibt keinen Sinn.«

»Du hattest einen Reitunfall.«

»Ja, das habe ich gehört, aber was hatte ich auf einem Pferd zu suchen, verdammt nochmal?«

»Wie schön, dass du wieder fluchen kannst.« Ihre Mutter rollte die Augen. Dann erklärte sie: »Du liebst Pferde und bist über die Jahre zu einer guten und leidenschaftlichen Reiterin geworden.«

Mikaela schüttelte den Kopf. »Das glaube ich nicht.«

Ihre Mutter öffnete ihre Handtasche und holte Fotos heraus.

Mikaela sah sie sich an. Auf ihnen saß sie eindeutig auf einem Pferd. Sie ritt auch nicht nur. Anscheinend war sie darüber hinaus in der Lage gewesen, mit einem Pferd Hindernisse zu nehmen.

»Erstaunlich«, sagte sie und wollte nach den anderen Fotos

greifen. Doch ihre Mutter schüttelte den Kopf und sagte: »Eins nach dem anderen.«

Mikaela legte sich zurück auf ihre Kissen. »Erzähl mir von Juliana.«

Ihre Mutter dachte kurz nach. »Juliana ist ein Teenager und nennt sich jetzt Jacey. Sie ist ein wundervolles Mädchen. Sehr lieb. Und intelligent. Sie sieht aus wie du, als du sechzehn warst. Und wie alle in ihrem Alter kann sie nicht ohne ihr Handy leben.«

»Wann kommt sie mich besuchen?«

»Bald, mein Schatz, bald.«

Mikaela deutete auf den Kassettenrekorder, den Zimmerbrunnen und die Schale mit den getrockneten Blumen auf dem Tisch, die sie gerade zum ersten Mal richtig wahrnahm. »Hat Julian die Sachen für mich gebracht?«

Ihre Mutter lachte. »Der doch nicht.« Sie stand auf und nahm einen Stapel Karten vom Tisch. »Das sind die Genesungswünsche deiner Freunde und Bekannten.« Sie legte den Stapel auf die Bettdecke. »Der Ort, wo du jetzt wohnst, heißt Last Bend. Hier lebt es sich tausendmal besser als in Sunville. In jedem Geschäft fragt man mich nach dir. Auch auf der Straße halten mich Leute an und wollen wissen, wie es dir geht. Du hast hier ein Zuhause gefunden und Menschen, die dich schätzen.«

»Ich möchte meine Tochter sehen.«

»Damit warten wir noch ein wenig«, sagte ihre Mutter liebevoll. »Jacey ist zwar ein kluges Mädchen und reif für ihr Alter, aber festzustellen, dass du dich nicht an dein Leben mit ihr erinnerst, das würde sie nur schwer verkraften. Wir schauen einfach, wie weit du morgen bist.«

Mikaela wollte widersprechen, doch dann gab sie nach.

»Wahrscheinlich hast du recht. Zu den Dingen, die ich noch weiß, gehört, dass mein Vater sich nie an mich erinnert hat. Das Gefühl möchte ich Juliana ersparen.«

»Ich habe ein Foto von Jacey.« Ihre Mutter reichte es ihr, doch plötzlich zitterte Mikaelas Hand so sehr, dass ihre Mutter sie festhalten musste, bis sich das Zittern legte.

Dann betrachtete Mikaela die drei Frauen auf dem Foto. Eine war ihre Mutter, eine andere sie selbst, die dritte war eine ganz junge Frau, fast noch ein Mädchen. Sie saßen alle drei hübsch gekleidet in einem Zimmer, das Mikaela nicht kannte, und strahlten um die Wette. Hinter ihnen stand ein prächtig geschmückter Weihnachtsbaum.

»Das ist also meine Tochter.« Mikaela vertiefte sich in den Anblick des jungen Gesichts, wollte sich jedes Detail einprägen. »Juliana«, murmelte sie. Dann schüttelte sie den Kopf. »Nein, Jacey – den Namen muss ich mir merken.«

»Ich lasse dir die Fotos hier«, sagte ihre Mutter. »Und schon ganz bald wird sich dein Herz an das erinnern, was dein Kopf vergessen hat.«

Immer wieder blickte Mikaela auf das Foto, das ihre Tochter zeigte, doch ganz gleich, wie sehr sie sich bemühte, sie konnte sich nicht daran erinnern, sie als kleines Mädchen oder in den Jahren danach in den Armen gehalten oder auch nur mit ihr gesprochen zu haben.

»Ich möchte, dass sich mein Herz *und* mein Kopf erinnern«, sagte sie niedergeschlagen.

»Das kommt noch«, sagte ihre Mutter bestimmt und schloss Mikaela in die Arme. Sie hatte nicht bemerkt, dass sie zu weinen begonnen hatte.

KAPITEL 21

Nach dem Mittagessen schlief Mikaela ein und träumte. Sie wusste, dass es ein Traum war, keine Rückkehr in das dunkle Gewässer, denn es hatte nichts Lähmendes an sich. Sie lief über einen Feldweg, vorbei an Wiesen und Wäldern. Die Sonne schien, und es wehte ein sanfter Wind.

Ihr Körper funktionierte tadellos und sie konnte ohne Probleme laufen. Auch Arme und Hände gehorchten ihr einwandfrei. Der Weg machte eine Biegung und plötzlich erhob sich vor ihr eine riesengroße Scheune, daneben eine Koppel, auf der Pferde weideten.

Hinter der Scheune führte der Weg bergauf. Sie folgte ihm und vor ihr tauchte ein großes, halbrundes Holzhaus auf.

Plötzlich ballten sich am Himmel dunkle Wolken zusammen. Sie verdeckten die Sonne und warfen einen Schatten auf das Haus. Es fing an zu regnen, zuerst nur leicht, dann in Strömen.

Die Tür des Hauses öffnete sich.

Verwundert stieg sie die Eingangstreppe hoch. Auf halbem Weg stolperte sie und klammerte sich hastig an das Geländer. Sie schrie auf, als ein großer Holzsplitter tief in das weiche Fleisch ihrer Handfläche drang. Ein dunkelroter Blutstrom rann über ihr Handgelenk. Sie wollte das Blut wegwischen, doch ihr Körper gehorchte ihr nun nicht mehr und wie von selbst schwebte sie auf die Eingangstür zu.

»Hallo«, rief sie. »Ist da jemand?« Ihre Worte gingen im Rauschen des Regens unter.

Sie trat ins Haus. Hinter ihr fiel die Tür zu. Sie tastete sich voran, spürte unter der unverletzten Hand eine holzvertäfelte Wand und bewegte sich zu der Treppe, von der sie irgendwie wusste, das sie da war.

Sie suchte vergebens nach einem Lichtschalter.

Unten an der Treppe blieb sie stehen und lauschte. Irgendwo in diesem Haus weinte ein Kind.

Ich komme, wollte sie rufen, brachte aber keinen Ton heraus. Sie stieg die Treppe hinauf.

Das Weinen wurde lauter. Vor ihrem inneren Auge erschien das Bild eines rothaarigen Jungen. Er kauerte irgendwo in einer Ecke und wartete auf seine Mutter.

Sie erreichte den oberen Flur, der viele Türen hatte und sich schier endlos in die Länge zog. Eine Tür nach der anderen riss sie auf, um nach dem weinenden Kind zu sehen, doch überall traf sie auf gähnende Leere.

Das Weinen brach ab, doch die Stille, die darauf folgte, war noch schlimmer.

Hilflos blieb sie stehen und spürte, wie ihre Angst um das Kind größer und größer wurde.

Mikaela wurde wach und öffnete die Augen. Ihr Blick fiel auf die Zimmerdecke. Sie bestand aus quadratischen weißen Isolierplatten, deren simple Regelmäßigkeit beruhigend wirkte.

Sie war in ihrem Bett im Krankenhaus, nicht in einem dunklen Haus mit einem weinenden Kind.

Am Fenster stand ein Mann. Im ersten Moment glaubte sie, es sei Julian, doch dann registrierte sie den weißen Arztkittel. *Stephen.* Er drehte sich um. Nein, es war nicht Stephen, sondern der andere Arzt, der mit den grünen Augen, dessen Namen sie nicht kannte. Er war blond und hochgewachsen, nicht mehr ganz jung und mit einem ausdrucksvollen Gesicht. »Ihre Haare sind zu lang«, sagte sie und spürte, wie sie errötete. Seine Haarlänge ging sie nichts an.

Er fuhr sich mit den Fingern durch sein Haar und lächelte entschuldigend. »Du hast recht. Ich habe vergessen, zum Friseur zu gehen. Meine Frau erinnert mich sonst immer daran.«

Seine Stimme hatte einen schönen Klang. Sie lauschte ihr fasziniert und plötzlich traf sie eine Erkenntnis. »Sie sind die Stimme«, sagte sie erstaunt.

»Welche Stimme?«

Er ließ sich auf dem Stuhl an ihrem Bett nieder.

»Als ich im Koma war, habe ich Ihre Stimme gehört.«

Seine Augen leuchteten auf. »Also hast du es doch mitbekommen. Ich habe jeden Tag mit dir geredet.«

»Wer sind Sie?«

Die Frage schien ihn zu betrüben. Er seufzte schwer. »Liam. Liam Campbell.« Er sah aus, als wollte er etwas hinzufügen, doch dann überlegte er es sich offenbar anders.

Mikaela ließ ihren Blick über die Sachen auf dem Tisch wandern, die Schale mit den Trockenblumen, den Kassettenrekorder, den hübschen Zimmerbrunnen mit den glatten schwarzen Steinen, über die plätschernd das Wasser rieselte. Ihr kam der Gedanke, dass dieser Mann – dieser Liam Campbell – alles für sie dorthin gestellt haben könnte. Dann war er es vielleicht auch gewesen, der ihr die Musik vorgespielt hatte, die sie manchmal wie aus weiter Ferne vernommen hatte …

Sie horchte tief in sich hinein und glaubte zu wissen, dass er nicht nur mit ihr geredet hatte, sondern auch ihre Hand gehalten und über ihre Wange gestreichelt hatte.

Sonderbarerweise wusste sie mit einem Mal, wie sich sein Lachen anhörte – schallend und kehlig, und es lud zum Mitlachen ein. Obwohl er, wenn er bei ihr gesessen hatte, nie gelacht hatte.

»Komisch«, sagte sie. »Ich weiß, wie Ihr Lachen klingt. Auch wenn ich es noch nie gehört habe.«

Das schien ihn zu freuen. »So wird es jetzt weitergehen. Eine Erinnerung nach der anderen wird zu dir zurückkehren.«

»Wer sind Sie?«

»Liam Campbell.«

Sie schüttelte den Kopf. »Das meine ich nicht. Ich möchte wissen, wer Sie für mich sind.«

Er nahm ihre Hand, berührte sie ganz sacht.

Mikaela spürte diesem Gefühl nach, bis sie glaubte, sich an etwas zu erinnern. An etwas Gutes.

Er wies auf ihren Ehering. »Diesen Ring habe ich dir vor zehn Jahren gegeben.«

Mikaela entzog ihm ihre Hand und starrte auf den schlichten goldenen Ring, dessen Bedeutung sich ihr erst in diesem Augenblick erschloss. »Dann sind Sie mein …« Sie konnte es nicht aussprechen.

»Ja, ich bin dein Mann.«

Sie war verwirrt. »Und Julian?«

»Er war dein erster Mann.«

Richtig. Sie und Julian waren geschieden.

Sie starrte ihn an, schüttelte den Kopf. *Das kann nicht sein*, dachte sie, doch seit sie aus dem Koma erwacht war, hatte sie festgestellt, dass die unglaublichsten Dinge wahr sein konnten. »Man vergisst doch nicht, mit wem man verheiratet ist. Ich müsste doch etwas für Sie … für dich empfinden, und das tue ich nicht.«

Er zuckte zusammen. »Ich hoffe, dass auch das wiederkommt.«

Mikaela wandte den Blick ab. Sein offensichtlicher Schmerz war schwer mitanzusehen. »Jetzt weiß ich nicht, wie ich mich verhalten soll. Was ich sagen soll. Liam.« Auch wenn sie seinen Namen aussprach, tat sich bei ihr nichts. Es waren nur Vokale und Konsonanten.

Er strich über ihre Wange. »Das ist in Ordnung.«

Nein, es war nicht in Ordnung. Mit einem Mann verheiratet zu sein, für den man nichts empfand, war überhaupt nicht in Ordnung. Immerhin war sie seit Jahren mit ihm zusammen, hatte mit ihm gelebt und mit ihm geschlafen. Sie stutzte. Also hatte sie tatsächlich irgendwann aufgehört, Julian zu lieben und sich diesem sanften, ruhigen Mann zugewandt.

Sie versuchte sich an einem Lächeln und war sicher, dass es ihr missglückte. »Erzähl mir von unserem gemeinsamen Leben.« Vielleicht würde sie sich auf die Weise wieder an ihre Gefühle für ihn erinnern.

»Hm«, machte er und zog die Stirn in Falten. »Am besten fange ich ganz von vorn an. Mit dem Tag, als wir uns kennenlernten. Du warst Krankenschwester und hast dich um meinen Vater gekümmert, der hier im Krankenhaus lag.« Er stockte. »Macht es dir etwas aus, wenn ich deine Hand halte?«

Fast hätte sie gelacht. Es klang so lieb und altmodisch.

Ganz anders als Julian, dem es gar nicht eingefallen wäre, so etwas zu fragen. Der Gedanke, seine Berührung könne unerwünscht sein, wäre ihm vermutlich nie gekommen. Sie nickte.

Als Liam ihre Hand nahm, trafen sich ihre Blicke. Verlegen drehte sie den Kopf fort. Sie wusste nicht, wie sie diesen Fremden, der ihr Ehemann war, anschauen sollte.

»Das ist alles ein wenig merkwürdig, oder?« Er lächelte schief.

»Sehr merkwürdig.« Sie betrachtete sein Gesicht, suchte nach etwas, das ihr bekannt vorkam, aber da war einfach nichts. »Aber für dich muss es auch schwierig sein. Eine Frau, die nicht mehr weiß, dass sie mit dir verheiratet ist.«

»Schlimmer war es, als du im Koma lagst.«

»Wie hat Julian von meinem Koma erfahren?«

»Ich habe ihn angerufen.«

Sie sah ihn verdutzt an. »Warum?«

Er ließ sich mit der Antwort so lange Zeit, dass sie dachte, er wolle es ihr nicht sagen. Doch dann schien er sich einen Ruck zu geben. »Ich habe mir so sehr gewünscht, dass du aufwachst. Jeden Tag habe ich hier gesessen, mit dir gesprochen, deine Lieblingsmusik gespielt, und dich mit Düften umgeben, die du magst. Aber ich bin einfach nicht zu dir durchgedrungen. Und wenn man Tag für Tag zusieht, wie jemand, den man liebt, nur daliegt und sich nicht regt, ist man bereit, alles zu tun, damit sich dieser Zustand ändert.«

Mikaela versuchte, sich darauf einen Reim zu machen. »Und dann dachtest du, dass Julian vielleicht zu mir durchdringt?«

»Ja.«

»Wie kamst du darauf?«

»Ich weiß, wie viel er dir bedeutet.«

Mikaela versuchte sich das Wesen eines Mannes vorzustellen, der bereit war, ein so großes Opfer zu bringen. Er musste sie sehr geliebt haben … oder noch lieben. Julians Liebe war ganz anders gewesen. Sie war wie ein Feuerwerk, das in allen Farben des Regenbogens Funken sprühte und dann erlosch.

»Wie stark deine Gefühle für mich gewesen sein müssen«, sagte sie.

»Das sind sie noch.«

»Habe ich diese Gefühle erwidert?«

Sein Gesicht war voller Ungewissheit, voller Schmerz. »Ich bin mir nicht sicher.«

Mikaela nickte nachdenklich. »Julian stand immer zwischen uns, oder?«

»Ich denke schon.«

Mikaela wollte seine Hand nehmen, doch das wagte sie nicht. »Ich habe dir wehgetan«, sagte sie bedauernd.

»Schon gut.« Er machte eine abwehrende Geste mit der Hand.

»Nein, ist es nicht«, antwortete sie. »Habe ich gewusst, dass ich dir wehtue?«

Daraufhin lächelte er schwach. »Das will ich nicht hoffen.«

Sie wollte sich für den Kummer entschuldigen, den sie ihm bereitet hatte. Aber wie konnte sie sich aufrichtig für etwas entschuldigen, an das sie sich nicht erinnerte?

Für etwas, das sie vielleicht wieder tun würde?

True saß in der Eingangshalle des Krankenhauses und hatte sich, um nicht erkannt zu werden, tief in seiner Daunenjacke vergraben.

Er hatte beschlossen, noch an diesem, spätestens am nächsten Tag nach L.A. zurückzukehren. Seine Aufgabe hier war erledigt.

Jemand kam von draußen herein, True spürte den kalten Luftzug. Eine Stimme sagte: »Hallo, Juli.«

Als er aufschaute, stand Val vor ihm, im schwarzen Designeranzug und mit Sonnenbrille.

»Was willst du hier?«, fragte True und musterte Val unfreundlich.

Val zog ihn hoch und drückte ihn an sich. »Dich besuchen, was sonst.«

True befreite sich aus der Umarmung. »Besorg mir ein Ticket für den Rückflug, ich bin hier fertig.«

»Noch nicht«, antwortete Val und deutete auf die Fenster hinter ihnen.

True wandte sich um und glaubte seinen Augen nicht zu trauen. Draußen standen zahlreiche Kleinbusse, an den Seitenwänden die Logos und Namen von Printmedien und Fernsehsendern. Männer und Frauen mit Mikrophonen und Kameras stiegen heraus und verteilten sich auf dem Parkplatz wie eine Horde Heuschrecken. »Scheiße, Val, was hat die verdammte Presse hier zu suchen?«

Val hob die Hände. »Reg dich ab, Alter, das dauert nur ein paar Minuten.«

»Ich hatte ausdrücklich gesagt, dass –« True brach ab, die Meute draußen hatte ihn entdeckt.

Im nächsten Moment kamen sie schon hereingestürmt, umringten True und riefen die ersten Fragen.

»Val, schaff die Leute hier raus«, sagte True leise. »Wir sind in einem Krankenhaus.« Er bahnte sich einen Weg nach draußen. Sollten sie ihm doch in ihren dünnen L.A.-Klamotten in die Kälte hinaus folgen.

Sie stürzten ihm nach, Kälte hin oder her.

»Julian, stimmt es, dass Sie Ihr Aschenputtel wiedergefunden haben?«

»Wie lange hat sie im Koma gelegen?«

»Wie sieht sie jetzt aus? Hat sie einen Hirnschaden?«

»Was empfinden Sie nach der langen Zeit für Ihre Ex-Frau?«

True setzte sein Hollywood-Lächeln auf und schirmte seine Augen vor dem Blitzlichtgewitter ab. »Ich muss euch enttäuschen, Leute, ich bin hierhergekommen, um mir ein paar ruhige Tage zu gönnen. Die ihr gerade massiv stört.«

Val legte einen Arm um ihn. »Hört nicht auf ihn. Julian ist zu bescheiden, um euch zu sagen, was Sache ist. Aber uns allen ist inzwischen bekannt, dass seine erste Ehefrau Kayla in diesem Krankenhaus liegt« – mit einem Arm deutete er nach hinten – »und dass sie seine große Liebe war. Damals waren die beiden noch zu jung für die Ehe, aber wer weiß, wie es jetzt aussieht.«

True wurden Mikrophone ins Gesicht gehalten. »Ist das wahr, Julian, lieben Sie Kayla noch?«

Val drängte die Reporter zurück, funkelte True aber aus dem Augenwinkel böse an. »Juli, mach den Mund auf«, presste er zwischen zusammengebissenen Zähnen hervor.

»Ich habe nur erfahren, dass Kayla einen Unfall hatte«, sagte True. »Weiter nichts.«

»Wer hat Sie darüber informiert? Hatten Sie noch Kontakt zu Ihrer ersten Frau?«

True schüttelte den Kopf.

»Trotzdem sind Sie gleich an ihr Krankenbett geeilt?«

Als True schwieg, übernahm Val wieder die Regie. »Kayla hat wochenlang im Koma gelegen, und eine Zeit lang sah es aus, als würde sie nicht mehr zu sich kommen. Ihre Mutter hat an ihrem Krankenbett gesessen und mit ihrer reglosen Tochter geredet, ihr von früher erzählt. Und dabei hat sie festgestellt, dass Kayla auf Julians Namen reagiert.«

Die Reporter riefen wild durcheinander. Einige warfen nervöse Blicke auf ihre Armbanduhren, um die Zeit bis zum Redaktionsschluss abzuschätzen, andere sprachen aufgeregt in ihr Handy.

»Als Julian das erfuhr, ist er sofort hierhergeflogen«, fuhr Val fort. »Jeden Tag hat er an Kaylas Krankenbett gesessen und mit ihr gesprochen. Sie sollte spüren, dass es jemanden gibt, der sie liebt, und der sich nichts sehnlicher wünscht, als dass sie aufwacht.« Er breitete die Arme aus und lächelte verzückt. »Und sie ist tatsächlich aufgewacht. Julian hat sie aus ihrem Koma erweckt.«

Wieder wurde True mit Fragen bombardiert. »Was hat sie als Erstes gesagt?«, rief eine Reporterin lauter als die anderen.

Doch bevor er antworten konnte, ging es bereits weiter.

»Bekommen wir ein Interview mit Kayla?«

»Werden Sie beide wieder heiraten?«

»Können wir ein Foto von –«

Julian blendete die Stimmen aus. Sie hatten ihre Sensation und würden ohnehin schreiben, was sie wollten.

Er sah in die vor Kälte und Aufregung geröteten Gesichter, und ihm war, als hielten sie ihm das Spiegelbild seines Lebens vor. Nichts, was ihre Kameras einfingen und was sie später als Story verkaufen würden, entsprach der Wirklichkeit. Ebenso wenig wie die Filme, in denen er mitspielte, die Realität darstellten.

Doch ohne die Filme, die Presseartikel und Fotos existierte er nicht. Fielen sie weg, wüsste er wahrscheinlich selbst nicht mehr, wer er war.

Er hörte, wie Jaceys Name fiel und noch mehr Fragen geschrien wurden.

»Das reicht jetzt«, sagte er zu Val.

Val klatschte in die Hände. »Okay, Leute, das war's. Als Schlagzeile nehmt ihr ›Julian True küsst sein Dornröschen wach‹. Gern geschehen!«

Als Liam Mikaelas Krankenzimmer verließ, klingelte sein Handy. Rosa war am anderen Ende und bat ihn, sofort in die Eingangshalle zu kommen, sie warte dort auf ihn.

Er sah sie, bevor sie ihn bemerkte. Mit vor der Brust verschränkten Armen stand sie an der Eingangstür und starrte mit finsterer Miene durch die Glasscheibe.

Als Liam bei ihr war, deutete sie anklagend nach draußen. »Jetzt sieh dir diesen Mistkerl an.«

Liam warf einen Blick durch die Fenster und sah Reporter und Kameraleute.

»Ich habe es im Radio gehört und bin sofort hierhergekommen«, sagte Rosa. »Es hieß, Julian True habe seine große Liebe aus dem Koma erlöst.«

In dem Moment entdeckte Liam auch True inmitten der Presseleute. »Ich fasse es nicht«, sagte er und stieß die Eingangstür auf.

Offenbar beendete True gerade eine Pressekonferenz. Liam hörte, wie eine Reporterin eine letzte Frage rief: »Julian, werden Sie Kayla wieder heiraten?«

Liam fasste Trues Arm und sagte so ruhig wie möglich: »Können wir uns kurz unterhalten?«

True nickte und schien peinlich berührt.

Ein Reporter wollte wissen, wer Liam sei. True gab ihm keine Antwort.

Liam führte ihn in das leere Ärztebüro, Rosa dicht auf ihren Fersen.

»Rosa.« True machte einen mitgenommenen Eindruck und ließ sich auf einen Stuhl sinken. »Lang ist's her.«

»Und keiner hat den anderen vermisst«, erwiderte Rosa.

»Tut mir leid, Campbell«, sagte True und richtete seinen Blick auf Liam. »Ich hatte meinem Agenten mehr als einmal erklärt, dass ich keine Presse hierhaben will. Er hat sich nicht daran gehalten.« Er hob hilflos die Hände und ließ sie wieder fallen. »Aber vielleicht war es nicht schlecht, dass ich mit den Leuten gesprochen habe. Sie hätten sich sonst Gott weiß was aus den Fingern gesaugt.«

»Und das tun sie jetzt nicht?«, fragte Liam spöttisch. »Wir hatten eine Abmachung, True.«

»Es tut mir leid, aber für meinen Agenten bin ich nicht verantwortlich.«

»Sie hätten auch ihm nichts erzählen sollen.«

»Ich habe die Story schon vor der Pressekonferenz im Radio gehört«, sagte Rosa. »Da wusste man bereits, dass Jacey seine Tochter ist.«

Liam spürte, wie das Blut in seinen Ohren zu rauschen begann. »Das ist nicht wahr, oder? Schwören Sie mir, dass Sie diesen Geiern nichts von Jacey erzählt haben.«

»Mein Agent wird es getan haben.« True zuckte mit den Schultern. »Aber wahrscheinlich kennt die Presse nur ihren Namen und weiß, dass sie hier auf die Highschool geht.«

Liam überkam eine solche Wut, dass er an sich halten musste, um True nicht zu packen und windelweich zu prügeln. Er ballte die Hände zu Fäusten und zwang sich, ruhig zu bleiben.

»Hauen Sie ruhig zu«, sagte True. »Darauf kommt es jetzt auch nicht mehr an.«

»Dazu fehlt mir die Zeit.« Liam wandte an Rosa. »Bleib du bei Mika und halte die Presse von ihr fern. Ich hole die Kinder aus der Schule und komme so schnell wie möglich zurück.«

KAPITEL 22

Liam warf einen Blick auf die Uhr am Armaturenbrett und betete, dass er es noch vor den Reportern zur Schule schaffte.

Es war kurz nach drei und soweit er wusste, würden die Cheerleader, zu denen auch Jacey gehörte, um diese Zeit ihr Training beenden.

An der Einfahrt zur Highschool wurde ihm bewusst, dass er viel zu schnell fuhr. Er bremste so abrupt, dass der Wagen hinten ausscherte, riss das Steuer herum und fuhr langsamer weiter.

Er war ohnehin zu spät. Schon von Weitem sah er die Kleinbusse mit den Presselogos an der Sporthalle stehen. Er parkte sein Auto, stieg aus und rannte los.

»Jacey!« schrie er, glitt auf einem vereisten Stück Weg aus und fing sich nur mit Mühe. »Jacey!«

Die Cheerleader und Mrs. Kurek, ihre Trainerin, drängten sich in einem Grüppchen zusammen. Die Presseleute umringten sie wie ein Rudel Wölfe.

»Wer von euch ist Juliana?«, rief eine schrille weibliche Stimme.

Mrs. Kurek beschirmte die Augen mit der Hand vor den

Blitzlichtern. »Verschwinden Sie, bei uns gibt es keine Juliana.«

Liam wollte sich einen Weg durch die Menge bahnen, doch die Journalisten standen wie eine Mauer um die Cheerleader und ließen ihn nicht durch.

Wieder schrie er Jaceys Namen.

»Wer von euch hat eine Mutter, die im Koma liegt?«, meldete sich die nächste Stimme.

»Es ist die mit dem langen schwarzen Haar! Sie sieht aus wie Kayla!«

Die Reporter drängten sich um Jacey herum. Mrs. Kurek und die anderen Mädchen wurden von groben Händen fortgeschoben.

»Du bist Kaylas Tochter«, verkündete jemand triumphierend.

»Sag nichts, Jacey!«, rief Liam, doch seine Worte gingen im Ansturm der Fragen unter.

»Was ist das für ein Gefühl, einen berühmten Vater zu haben?«

Liam hatte sich zu seiner Tochter durchgekämpft. »Jacey, komm mit, komm weg hier.«

Jacey sah ihn verwirrt an. »Dad, was wollen die von mir?«

Liam griff nach ihr und zog sie an sich.

»Wie ist das für dich, Julian Trues Tochter zu sein?«

Jacey erstarrte und sah Liam mit offenem Mund an.

Die Kameras surrten, die Fotoapparate klickten.

»Kommt er dich oft besuchen?«

»Lasst sie in Ruhe!«, brüllte Liam und legte einen schützenden Arm um Jacey.

Alle Augen richteten sich auf ihn. Einer fragte: »Wer sind Sie denn?«

Liam bahnte ihnen einen Weg durch die Meute und führte seine benommene Tochter zu seinem Wagen.

Die Presseleute liefen ihnen nach, riefen Fragen, schossen Fotos. Als Jacey und Liam im Auto saßen, klopften sie an die Seitenfenster und ließen erst davon ab, als Liam den Wagen abrupt zurücksetzte, wendete und über den Parkplatz davonraste.

Ich habe versagt, dachte er. Er war Jaceys Vater und seine Aufgabe war es, seine Tochter zu beschützen. Doch das war ihm nicht gelungen.

Jacey drehte sich um und schaute aus dem Rückfenster. »Sie starren uns immer noch an, aber sie bleiben zurück«, sagte sie mit zittriger Stimme.

Liam bog auf einen verschneiten Wirtschaftsweg für Forstarbeiter ab, der zum Naturschutzgebiet Angel Falls führte. Hierher würde die Presse ihnen nicht folgen, den Weg kannten nur Einheimische.

Am Waldrand hielt Liam an. »Es tut mir leid, Jacey. Ich wollte rechtzeitig bei dir sein, aber sie sind mir zuvorgekommen.«

Jacey umklammerte den Schulrucksack auf ihrem Schoß und wirkte plötzlich so verloren wie ein kleines Kind. »Ich verstehe das nicht. Wie kommen die darauf, dass Julian True mein Vater sei?«

Liam suchte nach den richtigen Worten, um Jacey die Wahrheit zu beichten, die sie längst hätte kennen sollen.

Sie musste etwas in seinem Gesicht erkannt haben, denn sie packte seinen Arm und fragte: »Es ist nicht wahr, oder?«

Liam seufzte. »Doch, Jacey. Deine Mutter war früher mit Julian True verheiratet.«

Jacey regte sich nicht, starrte ihn nur an und murmelte: »Julian True ist mein Vater?«

Nein, ich bin dein Vater, wollte Liam rufen, doch er nickte nur.

»Das glaube ich nicht.« Jacey schüttelte den Kopf. »Das hätte Mom mir doch nicht verheimlicht.«

Liam schwieg, sah zu, wie es hinter ihrer Stirn arbeitete.

Schließlich lehnte sie ihren Kopf an seine Schulter. »Können wir einfach ein bisschen herumfahren?«, fragte sie. Wortlos startete Liam den Wagen und wendete. Auf dem Weg zurück in den Ort hielt er nach den Presseleuten Ausschau, konnte sie jedoch nirgends entdecken.

Nachdem Jacey eine Zeit lang stumm geradeaus gestarrt hatte, fragte sie: »Ist er gekommen, um Mom zu besuchen?«

»Ja.«

»Hast du gewusst, dass er mein Vater ist?«

Liam war klar, dass es nun um ihr Vertrauen in ihn ging und er jedes Wort auf die Goldwaage legen musste.

»Bis vor Kurzem wusste ich so viel wie du, Jacey. Also nur, dass aus der ersten Ehe deiner Mutter nichts geworden ist, weil sie und ihr Mann zu jung waren. Dass es sich bei diesem Mann um Julian True handelte, hat sie mir nie gesagt. Das habe ich erst vor einigen Wochen durch Zufall erfahren. An dem Abend, als ich dir das Kleid für den Winterball herausgesucht habe. Und da –«

Jacey unterbrach ihn. »Ich verstehe es nicht. Warum hat sie mir verschwiegen, dass True mein Vater ist? Warum hat sie sich geweigert, überhaupt über meinen Vater zu reden? Ich dachte immer, er wäre ein so großer Loser gewesen, dass es ihr zu peinlich war, über ihn zu sprechen.« Sie schüttelte den Kopf und warf Liam ein schiefes Lächeln zu. »Und nun ist es Julian True.«

Liam versuchte, von diesem Lächeln nicht allzu verletzt zu sein. Jacey war ein Teenager, natürlich machte es auf sie Eindruck, einen Hollywoodstar zum Vater zu haben. Es änderte nichts daran, dass er ihr Dad war, der Mann, der immer an ihrer Seite gewesen war. Zumindest hoffte er das.

»Ich frage mich, wann Mom es mir sagen wollte. Oder hatte sie vor, ihr Geheimnis mit ins Grab zu nehmen?«

Ihr bissiger Ton beunruhigte Liam, aber vielleicht war es ganz natürlich, dass sie nach dem ersten Schock mit Zorn reagierte.

Sie hatten den Ort durchquert und eine freie Strecke erreicht, links und rechts nur tief verschneite Felder und Wälder. Liam sah Jacey von der Seite an. Sie brütete mit zusammengezogenen Brauen vor sich hin. Er ließ ihr Zeit.

»Aber wer hat ihm gesagt, dass ich seine Tochter bin?«, fragte sie nach einer Weile.

Liam ließ seine Unterredungen mit True noch einmal Revue passieren. »Als ich anfangs mit ihm gesprochen habe, hat er sich nur vage an dich erinnert. Das letzte Mal, als er dich gesehen hat, warst du erst ein Jahr alt.«

»Toll.« Wieder versank Jacey in Schweigen.

»Er hat mich erkannt«, sagte sie dann. »Ich war mit ein paar Mädels aus der Schule am Country House Inn, und er hat mich angesprochen. Grandma sagt immer, ich sähe genauso aus wie Mom in meinem Alter. Und dann ist er zum Schulball gekommen und hat mit mir getanzt.« Sie lachte auf. »Wie verrückt ist das denn?« Sie drehte sich zu Liam um. »Woher wusste er, dass Mom im Koma liegt.«

Siedend heiß fiel Liam ein, dass es noch etwas gab, das Jacey vorenthalten worden war. Und in diesem Fall war er allein der Schuldige. Er fuhr den Wagen an den Straßenrand und hielt wieder an. »Deine Mutter ist gestern aufgewacht, Jacey.«

»Was?« Jacey starrte ihn mit weit aufgerissenen Augen an. »Und warum hast du –«

»Warte«, fiel Liam ihr ins Wort. »Bevor du sauer wirst, gib mir die Chance, es dir zu erklären.«

Irgendetwas in seinem Blick schien sie zu erreichen. Sie zuckte mit den Schultern. »Na gut, schieß los.«

»Ich habe True angerufen, nachdem ich erfahren hatte, dass deine Mutter vor Jahren mit ihm verheiratet war. Das habe ich getan, weil keiner von uns zu deiner Mutter durchgedrungen ist, wenn wir mit ihr sprachen. True war meine letzte Hoffnung.«

»Was denn, und als er mit ihr gesprochen hat, ist sie aufgewacht?«, fragte Jacey aufgebracht und schlug mit der Faust auf ihren Rucksack. »Wieso hat sie denn auf uns nicht reagiert? Sind wir ihr nicht gut genug? Liebt sie uns weniger als ihn?« Sie fing an zu weinen. »Ich hasse Mom«, stieß sie zwischen Schluchzern hervor.

»Nein, das tust du nicht.« Liam wollte sie in die Arme nehmen, doch sie machte sich steif und schob ihn weg.

»Jacey«, begann er noch einmal – und wusste nicht weiter.

»Lass mich.« Jacey wischte sich die Tränen ab. »Ich will nach Hause.«

Liam schlug den Heimweg ein.

»Wahrscheinlich hat er mich nicht gewollt«, sagte Jacey, als sie in den Weg zu ihrem Haus einbogen. »Deshalb hat er sich nie bei mir gemeldet.«

»Das kannst du nicht wissen, Jacey.«

»Aber jetzt braucht er auch nicht mehr zu kommen.« Jacey schnaubte verächtlich. »Ich will ihn nicht noch mal sehen.

Du bist mein Dad, nicht er. Und Mom will ich auch nicht sehen.«

Liam zog es das Herz zusammen. »Wir sind eine Familie, Jacey. Du, deine Mutter, Bret – oh, verdammt, ich habe vergessen, Bret aus der Schule abzuholen.«

Jacey erbleichte. »Scheiße, die Reporter!«

❀

Die Probe für die Weihnachtsfeier fand in der Sporthalle statt. Bret sollte mit den anderen im Schulchor Weihnachtslieder singen, wozu er aber nicht die geringste Lust verspürte.

Sie standen in einem Halbkreis, die kleineren Kinder vorn, die größeren hinten. Da sie schon seit einer Stunde probten, waren sie nicht mehr richtig bei der Sache und hatten angefangen, herumzualbern.

Mrs. Barnett klatschte in die Hände. »Kommt Kinder, konzentriert euch noch mal.« Sie gab Mr. Robbins am Klavier ein Zeichen.

Na toll, schon wieder *Stille Nacht, heilige Nacht*. Bret beschloss, nicht mehr mitzusingen.

Katie, die neben ihm stand, stieß ihn in die Seite und zischte: »Mach doch mit.«

Bret beachtete sie nicht.

Katie reckte den Arm in die Höhe und rief: »Mrs. Barnett, Bret singt nicht mit.«

Mr. Robbins hörte auf zu spielen.

Die Lehrerin seufzte. »Katie«, sagte sie genervt. »Warum lässt du Bret nicht in Ruhe?«

Katie war beleidigt. »Ich dachte, wir sollen *alle* singen.«

»Bret hat eine schwere Zeit hinter sich«, sagte Mrs. Barnett. »Seine Mutter ist erst gestern aus dem Koma aufgewacht.«

Bret erstarrte. Was sagte sie da? Seine Mutter sollte aufgewacht sein? Das konnte nicht sein. Mrs. Barnett musste sich geirrt haben. Wenn dem so wäre, hätten sein Vater und seine Großmutter es ihm doch gesagt.

Hinter ihnen ging die Tür der Sporthalle auf. Bret drehte sich um.

Jacey kam herein und lief schnurstracks zu Mrs. Barnett. »Entschuldigen Sie, Mrs. Barnett«, sagte sie, »ich muss Bret abholen. Mein Vater wartet draußen im Wagen. Ist das in Ordnung?«

Mrs. Barnett nickte. »Bret, pack deine Sachen zusammen. Du darfst gehen.«

Wie in Trance schulterte Bret seinen Rucksack und ließ sich von seinen Füßen zu Jacey tragen. »Stimmt es, dass Mom wach ist?«

Jacey zog an seinem Arm. »Red nicht, komm einfach mit.«

Sie gingen zu seinem Spind, er holte seine Mütze und die Daunenjacke heraus und zog sie an.

»Wo sind deine Handschuhe?«, fragte Jacey.

Bret zuckte mit den Schultern. »Verloren.«

»Schon wieder?«

Er gab keine Antwort.

Der Wagen seines Vaters parkte mit laufendem Motor direkt vor dem Eingangsportal der Schule. »Setz dich nach hinten«, befahl Jacey und kletterte auf den Beifahrersitz.

»Ich erkläre es dir später, Bret«, sagte sein Vater. »Jetzt müssen wir uns beeilen.« Er drückte aufs Gas.

»Hier darf man nicht mehr als fünfzehn fahren«, sagte Bret.

»Richtig«, antwortete sein Vater und fuhr noch schneller.

Er raste durch den Ort und stellte den Wagen am Verwaltungstrakt des Krankenhauses ab. »Du setzt dich mit Bret in die Cafeteria«, trug er Jacey auf. »Dort wartet ihr auf mich.« Dann sprang er aus dem Wagen, knallte die Tür zu und verschwand.

»Was ist denn los?«, fragte Bret verängstigt.

»Dad hat gesagt, dass er es dir später erklärt«, entgegnete Jacey.

»Und warum erklärst du es mir nicht?«

»Darum. Und weil ich nicht gut drauf bin.«

Sie verließen den Wagen, betraten das Krankenhaus und liefen über die leeren Flure der Krankenhausverwaltung, wo ihre Schritte von den Wänden widerhallten.

Mom ist tot, dachte Bret. Sie war nicht aufgewacht, wie Mrs. Barnett gesagt hatte, sondern gestorben. Das war es, was ihm niemand sagen wollte. Sofort machte er sich wieder ganz kalt und hart. Und als er sich vorstellte, dass sie schon nicht mehr in ihrem Krankenhausbett, sondern irgendwo in einem Sarg lag, zwang er sich, nicht darüber nachzudenken, nichts zu fühlen. Dann würde er sie eben nie mehr sehen. Ein ungebetener Schluchzer stieg in ihm auf und zerriss seine Brust. Als er das Hinweisschild zur Neurologie sah, rannte er los. Vielleicht lag sie doch noch in ihrem Zimmer.

Jacey kam ihm nach und hielt ihn fest. »Bret, was soll der Scheiß, Dad hat gesagt –«

Er schüttelte ihre Hand ab und hetzte weiter. Vor dem Zimmer seiner Mutter fuhr er sich hastig mit der Hand über die Augen. Dann öffnete er die Tür.

Sie war noch da. Bret stürzte zu dem Bett und sah, dass sie atmete. Sie war nicht tot. Aber sie war auch nicht wach, wie

Mrs. Barnett behauptet hatte, sondern lag wie immer da und schlief.

Jacey rüttelte an seiner Schulter. »Los, komm mit, Bret. Dad hat gesagt, dass wir in der Cafeteria auf ihn warten sollen.«

»Ich muss Mom noch den Zauberkuss geben.« Bret beugte sich über seine Mutter.

Sie schlug die Augen auf.

Bret schrie auf und wich zurück.

Seine Mutter stemmte sich hoch und betrachtete ihn stirnrunzelnd. Dann lächelte sie freundlich und sagte: »Hallo, Kleiner, wo kommst du denn her?«

Bret öffnete den Mund, um etwas zu erwidern, doch er brachte keinen Ton hervor. So oft hatte er sich ausgemalt, wie es wäre, wenn seine Mutter aufwachte. In seinen Gedanken hatte er gesehen, wie sie ihn überglücklich in die Arme schloss und fragte, wie es ihm ohne sie ergangen sei, ob er sie vermisst habe. Aber diese Frau im Krankenbett war nicht seine Mutter, sie ähnelte ihr nur.

Er spürte, dass ihm das Herz bis zum Hals schlug, und noch immer konnte er kein Wort sagen.

Die Frau mit dem Gesicht seiner Mutter wirkte besorgt. »Geht es dir nicht gut?«

Bret bekam eine Gänsehaut. Die Stimme war wie die seiner Mutter, doch an den Worten war irgendetwas falsch.

Hilfesuchend drehte er sich zu seiner Schwester um.

Jacey trat näher und musterte die Frau im Bett, als sei auch sie nicht ganz sicher, ob es sich um ihre Mutter handelte.

»Jacey«, sagte die falsche Mutter und strahlte. »Endlich kommst du mich besuchen.«

Dann hatten die beiden nur noch Augen füreinander. Bret wandte sich ab.

Ich will hier weg. Das war alles, was er denken konnte. Er nahm wahr, wie er über endlose Krankenhausflure lief und aus dem Krankenhaus hinaus in den dämmrigen Nachmittag rannte. Dann war er mit einem Mal auf der Hauptstraße. Ihm war sofort furchtbar kalt, trotzdem lief er weiter.

KAPITEL 23

Jacey.

Ihre Tochter anzuschauen, war für Mikaela, als blickte sie in einen Spiegel, der ihr eigenes junges Gesicht zeigte. Sie vertiefte sich in die einzelnen Züge und wünschte sich sehnlichst, ihr fiele dabei ein Moment aus ihrer gemeinsamen Vergangenheit ein. Irgendetwas, das im Kindergarten oder in der Schule vorgefallen war. Was war am ersten Schultag gewesen? War Jacey gern in den Schulbus geklettert und hatte ihr durch das Fenster zum Abschied fröhlich gewinkt? Oder hatte sie sich an sie geklammert und sich geweigert, in den Bus zu steigen?

»Mom«, sagte Jacey.

Das Wort machte Mikaela verlegen. Sie wollte sich als Jaceys Mutter fühlen, doch im Moment war sie nur eine Schauspielerin, die ihr Bestes gab, um diese Rolle einigermaßen gut zu spielen.

Einen Moment lang stand Jacey steif an ihrem Bett. Doch schließlich beugte sie sich zu Mikaela herab und drückte ihr einen Kuss auf die Wange.

Mikaela legte ihre Arme um Jacey und zog sie an sich. Sie atmete ihren Duft ein. Es war nicht der des Babys, den sie in

Erinnerung hatte, sondern eine Mischung aus dem körpereigenen Geruch eines Teenagers und einem leichten, blumigen Parfum.

Jacey löste sich von ihr und schenkte ihr einen Blick, den Mikaela nicht einordnen konnte. Verärgert? Vorwurfsvoll?

Mikaela setzte sich auf und stopfte sich die Kissen in den Rücken. »Alles wird wieder gut, Jacey. Ich brauche nur noch ein wenig Zeit.«

»Wofür?« Mit mürrischer Miene setzte Jacey sich auf den Stuhl am Bett.

»Um mein Gedächtnis wiederzuerlangen.« Mikaela wollte nach der Hand ihrer Tochter greifen, doch Jacey wirkte so abweisend, dass sie es bleiben ließ.

Nun mischte sich Entsetzen in Jaceys Blick. »Heißt das, du erinnerst dich an nichts mehr?«

»Ich erinnere mich an die erste Hälfte meines Lebens. Der Rest wird schon noch kommen.« Mikaela bemühte sich um ein zuversichtliches Lächeln, war aber nicht sicher, ob es glaubwürdig rüberkam.

»Und warum hat Dad mir das nicht gesagt?« Ihre Tochter schien wieder zornig zu werden. »Was wird mir denn noch alles verheimlicht?«

Mikaela wusste nicht, was Juliana – nein, Jacey – meinte, sie spürte nur, dass ihre Tochter kurz vor einem Wutausbruch stand. »Vielleicht haben die Ärzte Julian gebeten, es niemandem zu sagen.«

»Wieso Julian? Erinnerst du dich etwa auch nicht mehr an Dad?«

»Natürlich erinnere ich mich an deinen Vater. Allerdings nur bis zu dem Tag, an dem ich ihn mit dir verlassen habe. Die Jahre danach sind im Moment noch weg.«

Jacey lachte verbittert auf. »Super, Mom, wirklich einsame Spitze.«

Mikaela betrachtete sie unsicher. »Warum bist du mir so böse? Habe ich etwas Falsches gesagt?«

»Liam Campbell ist mein Vater«, sagte Jacey. »Als wir ihn kennenlernten, war ich vier Jahre alt. Vor zehn Jahren hast du ihn geheiratet. Er ist ein wunderbarer Vater, im Gegensatz zu Julian True, der sich nicht ein einziges Mal bei mir gemeldet hat. Nicht einmal Geburtstagskarten habe ich von ihm bekommen, wahrscheinlich weiß er gar nicht, wann mein Geburtstag ist, und interessiert sich auch sonst nicht für mich.«

Wieder versuchte Mikaela, die Gedanken festzuhalten, die durch ihren Kopf kreisten, aber es waren zu viele, und einer nach dem anderen huschte fort, wenn sie ihn packen wollte. Also sagte sie etwas, von dem sie wusste, dass es stimmte. »Trotzdem ist Julian dein Vater.«

»O ja«, erwiderte Jacey höhnisch. »Und das weiß ich seit wann?« Sie warf einen Blick auf ihre Armbanduhr. »Seit circa einer Stunde.«

Nun verstand Mikaela gar nichts mehr. »Warum habe ich es dir nicht gesagt?«

»Das weiß ich nicht, Mom, aber vielleicht fällt dir auch das irgendwann wieder ein.«

Mikaela glaubte endlich zu verstehen, warum ihre Tochter so aufgebracht war. Aber war es überhaupt denkbar, dass sie ihr etwas so Wichtiges verschwiegen hatte? Was für ein Mensch war sie denn gewesen?

In diesem Augenblick kam Schwester Sarah herein und wirkte besorgt. »Jacey«, sagte sie. »Weißt du, wo Bret hinwollte? Die Pförtnerin hat ihn nach draußen laufen sehen.«

Jacey stand auf. »Wieso denn nach draußen? Er sollte in die Cafeteria gehen.« Sie stürzte aus dem Raum.

»Wer ist Bret?«, fragte Mikaela.

Schwester Sarah seufzte schwer und gab ihr keine Antwort.

Mikaela horchte in sich hinein, aber bei dem Namen »Bret« klingelte nichts. »Sarah«, begann sie. »Haben Sie mich vor dem Koma gekannt?«

»Aber sicher.« Lächelnd klopfte Sarah Mikaelas Kissen zurecht. »Ich war doch diejenige, die dich eingestellt hat. Gleich nachdem du die Schwesternschule abgeschlossen hattest.«

»Und, war ich ein – ein guter Mensch? Bitte, sagen Sie mir die Wahrheit.«

»Mikaela, hör doch auf, dir solche unnötigen Sorgen zu machen. Natürlich warst – und bist – du ein guter Mensch.« Sarah deutete auf die vielen Karten mit den Genesungswünschen. »Glaubst du, ein schlechter Mensch hätte so viele Freunde, die sich um ihn sorgen? Abgesehen davon hätte Dr. Campbell nie eine Frau geheiratet, die kein guter Mensch ist.«

Vielleicht hatten sich alle in ihr getäuscht, dachte Mikaela. Allen voran Liam Campbell.

❀

True verließ das Country House Inn, um noch einmal ins Krankenhaus zu fahren. Im Kielwasser seiner Limousine fuhren die Reporter, die vor der Pension gewartet hatten. True beschloss, sie zu ignorieren und keine einzige Frage mehr zu beantworten. Wie er mit Val umgehen würde, wusste er noch nicht. Aber wie er sich kannte, käme es zu einem kurzen Streit, sie würden sich bei ein paar Drinks versöhnen, und die Sache wäre gegessen.

Als er vor dem Krankenhaus ausstieg, schwärmten die Reporter um ihn herum und riefen dieselben Fragen, die True nun schon zigmal gehört hatte. Er machte eine abwehrende Handbewegung, drängte sich an ihnen vorbei und zog die Tür des Krankenhauses auf. Dort hinein konnten sie ihm wenigstens nicht folgen, in der Empfangshalle wimmelte es von Sicherheitsleuten. Er nahm an, dass Campbell dafür gesorgt hatte.

Auf dem Weg zu Kaylas Zimmer kam er am Wartebereich vorbei. Seine Tochter stand mit dem Rücken zu ihm am Fenster. Nach kurzem Zögern trat er zu ihr.

»Juliana«, sagte er leise.

Sie drehte sich um. »Hi«, antwortete sie tonlos.

Bestürzt stellte True fest, dass sie geweint hatte. »Ist etwas passiert?«, fragte er und dachte, dass Kayla womöglich einen Rückfall gehabt hatte.

»Ich weiß jetzt, dass Sie mein Vater sind«, antwortete sie mit einem vernichtenden Blick.

True holte Luft, um etwas zu erwidern, was genau, war ihm selbst nicht klar, doch sie winkte ab. »Nein danke, ich will nicht darüber reden.« Sie schlang die Arme um ihren Oberkörper. »Mein Bruder ist verschwunden.«

»Welcher Bruder?«, fragte True verblüfft. »Ich habe keine anderen Kinder.«

»Mein Halbbruder.«

»Ach so.« True hätte seine Tochter gern getröstet, er wusste nur nicht, wie. So etwas mussten Männer wie Campbell übernehmen, bei ihm war das nicht drin. »Ich bin sicher, dass dein Vater deinen Bruder finden wird. Was ist überhaupt passiert?«

»Mom hat ihn nicht erkannt«, sagte Juliana oder vielmehr Jacey. »Es war grauenvoll. Dann ist er einfach weggerannt.«

»Campbell findet ihn bestimmt«, wiederholte True hilflos.

»Haben Sie eigentlich jemals an mich gedacht?«, fragte seine Tochter.

True wollte nicht mit Nein antworten, das war zu brutal. »Manchmal«, log er.

Sie schien ihm nicht zu glauben und runzelte die Stirn.

»Nun ja, eher selten, wenn ich ehrlich bin«, korrigierte er sich. »Als deine Mutter mich verließ, war unsere Ehe am Ende. Ich habe mein altes Leben wiederaufgenommen. Es ist nicht ganz so schillernd und turbulent, wie es in der Klatschpresse dargestellt wird, aber so in etwa kommt es hin. Ich lebe eher im Moment und schaue nicht oft zurück.«

Jacey kniff die Lippen zusammen und sah ihn böse an.

True sank das Herz, er wollte sich von ihr nicht im Unguten trennen. »Es tut mir aufrichtig leid, Jacey. Damit meine ich alles. Dass ich dir nie geschrieben und dich nie angerufen oder zu mir eingeladen habe. Dass ich nicht an deinem Leben teilgenommen habe und du mich jetzt erst kennenlernst. So etwas ist unverzeihlich.«

Jacey nickte ernst. »Ja, das ist es.«

❀

Liam fuhr durch die Straßen und hielt nach seinem Sohn Ausschau. Er begriff nicht, wie Bret bei der Kälte einfach hatte loslaufen können. Jedes Kind in Last Bend wusste, dass es bei den extremen Minusgraden, die seit einigen Tagen herrschten, gefährlich war, sich für längere Zeit im Freien aufzuhalten.

Wahrscheinlich hockte er irgendwo, wo es warm und trocken war, redete Liam sich gut zu und beugte sich über das

Lenkrad, um durch das Schneegestöber etwas zu erkennen. Zu Hause war Bret nicht, den weiten Weg hätte er unmöglich schaffen können. Außerdem hätte Rosa sich gemeldet, wäre er dort aufgetaucht.

Als sein Handy klingelte, hoffte er auf gute Neuigkeiten, doch es war nur Jacey, die hören wollte, ob Liam Bret gefunden hatte. Sie selbst war noch im Krankenhaus, für den Fall, dass er dorthin zurückkehrte.

»Hast du mit Grandma gesprochen?«, fragte sie.

»Ja, aber zu Hause ist er nicht.«

»Es tut mir so leid, Dad«, sagte Jacey leise. »Ich habe nicht auf ihn aufgepasst.«

»Es ist nicht deine Schuld. Ich hätte euch gestern die Wahrheit sagen müssen. Wir reden später darüber, okay? Wenn Bret sicher zu Hause ist.«

»Ja, okay, Dad.«

Im Schneckentempo fuhr Liam weiter und beschloss, die Polizei einzuschalten, falls Bret in der nächsten halben Stunde nicht wieder auftauchte.

Hinter dem Ort begann der Highway. Liam hielt an. Er konnte sich nicht vorstellen, dass Bret diesen Weg eingeschlagen hatte. Ganz gleich, in welcher Verfassung der Junge gewesen war, dass er dort nicht langlaufen durfte, hätte er gewusst.

Plötzlich sah er vor seinem inneren Auge einen Wagen, der gebremst hatte, einen Fremden, der Bret fragte, wohin er unterwegs sei und ihm anbot, ihn mitzunehmen. Und sofort schlug eine neue Welle der Angst über ihm zusammen. Würde Bret in einen fremden Wagen steigen? Obwohl sie ihm tausendmal eingeschärft hatten, dass er das nie tun dürfe?

Liams Blick fiel auf die Gebäude des Reitvereins, die am Ortsrand lagen, auf das große Ausreitgelände, das Vereinshaus, die Reitschule und das Stallgebäude. Im Letzteren brannte noch Licht.

Liam spürte einen kleinen Funken Hoffnung. Der Reitverein würde Bret Schutz vor der Kälte bieten. Zudem war es ein Ort, der dem Jungen etwas bedeutete. Dort war er oft mit seiner Mutter gewesen und dort hatte er sein erstes Reitabzeichen gemacht.

Liam parkte den Wagen an der Reitschule, stieg aus und öffnete vorsichtig das Tor des Stallgebäudes. »Bret?«, rief er.

Keine Antwort.

Er lief die Boxen ab, überprüfte jede einzelne. Die meisten waren leer, doch in einigen standen Pferde, die leise schnaubten, als Liam an ihnen vorbeilief.

Bret hockte in der letzten Box. Es war die, in der Mikaela dann und wann ein Pferd unterstellte.

Für einen Moment wurde Liam schwindelig vor Erleichterung. Er zog Bret hoch und drückte ihn stumm an sich. Am liebsten hätte er ihn nie mehr losgelassen, doch irgendwann hielt er den Jungen ein wenig von sich und registrierte die verweinten Augen.

»Was tust du hier, Bret? Du hast uns allen schreckliche Angst eingejagt.«

»Mir war kalt«, murmelte Bret und sah zu Boden.

»Das kann ich mir denken.« Liam hob Brets Kinn an. »Warum bist du weggelaufen?«

Bret schwieg.

»War es wegen Mom?«

Bret nickte. »Sie war wach. Aber sie wusste nicht, wer ich bin.«

Liam strich ihm über den Kopf. »Es tut mir leid, Bret. Ich hätte es dir sagen müssen.«

»Was denn?«

Liam legte Bret eine Hand auf die Schulter und führte ihn aus dem Stall hinaus zum Wagen. »Deine Mutter ist gestern aus dem Koma erwacht. Aber sie kann sich noch nicht an alles aus ihrem Leben erinnern.«

Im Auto startete Liam den Motor und sagte: »Halt deine Hände an die Heizung.« Dann rief er seine Schwiegermutter an, erklärte ihr, dass er Bret gefunden habe, und bat sie, Jacey Bescheid zu geben und sie aus dem Krankenhaus abzuholen.

»Mom wusste, wer Jacey ist«, sagte Bret, als sie auf den Highway abbogen.

»Nein, das wird sie sich höchstens gedacht haben. Sie erinnert sich nur noch an Jacey als Baby.«

»Und warum hat sie das bei mir nicht getan? Vielleicht hat sie Jacey lieber als mich.«

»Du weißt, dass das nicht stimmt«, antwortete Liam. »Du und Jacey seid ihr Ein und Alles. Wir müssen deiner Mutter einfach noch ein wenig Zeit lassen.«

»Und dann erinnert sie sich wieder an alles?«

Um ein Haar hätte Liam genickt, doch im letzten Moment zögerte er. Seine Kinder waren stärker, als er geglaubt hatte. Wenn er ihnen zur Seite stand, kamen sie auch mit schwierigen Wahrheiten zurecht. Belogen hatte er sie nun oft genug. »Dr. Penn geht davon aus, dass sie sich an das meiste erinnern wird. Vielleicht nicht an jede Kleinigkeit, aber an alles, was zählt. Also auch an uns.«

»Hat sie sich auch nicht an dich erinnert?«

Liam schüttelte den Kopf. »Aber sie wusste, wer Grandma ist.«

Bret schwieg eine Weile, dann sagte er: »Es tut mir leid, Dad.«

Liam schüttelte den Kopf. »Ist schon gut, Bret. Aber lauf bitte nie wieder weg, okay? Dir hätte sonst was passieren können.« Er schenkte seinem Sohn ein aufmunterndes Lächeln. »Wenn du das nächste Mal für dich sein willst, mach's wie Jacey und knall einfach deine Zimmertür hinter dir zu.«

Bret grinste schwach. »So richtig doll?«

»So doll du magst.«

Bret nickte ernst. »Ich hab dich lieb, Dad.«

»Ich dich auch.«

KAPITEL 24

Im Haus war niemand, Rosa musste noch auf dem Weg ins Krankenhaus sein, um Jacey abzuholen.

Liam fragte Bret, ob ihm kalt sei. Bret schüttelte den Kopf.

»Ich mach dir trotzdem einen heißen Tee.«

»Einen Kakao.«

»Ich muss dir noch etwas sagen.«

Bret schüttelte den Kopf. »Heute nicht mehr.«

»Es ist nichts Schlimmes.«

Bret seufzte schwer. »Aber erst den Kakao. Mit Zucker.«

Liam setzte Wasser auf und holte das Kakaopulver aus dem Küchenschrank. »Der ist schon gesüßt.«

»Mom macht mir immer Zucker in den Kakao.«

Liam warf seinem Sohn einen Blick zu. Bei dem Gedanken an seine Mutter hatte Brets Miene sich wieder getrübt. »Ich weiß, dass du jetzt einiges verarbeiten musst. Es wird leichter sein, wenn du deine Gefühle zulässt, statt sie wegzuschieben, weil sie dir nicht gefallen oder du Angst vor ihnen hast. Weißt du, was ich meine?«

Bret dachte nach. »Ich glaube schon.«

Liam machte ein Feuer im Kamin. Dann machte er Bret den Kakao und setzte sich mit ihm ins Wohnzimmer.

Bret betrachtete den Kakao missbilligend. »Du hast Milch reingetan, das mag ich nicht.«

»Die Milch soll es nur abkühlen.«

»Mom nimmt immer Eiswürfel.«

»Okay, Bret, beim nächsten Mal nehme ich Eiswürfel.«

Bret pustete auf den Kakao. »Was musst du mir noch sagen?«

Liam ließ sich in dem großen Sessel nieder, den Mikaela mal auf einem Trödelmarkt entdeckt hatte. Er war eines ihrer berühmten Schnäppchen gewesen. Die Aufarbeitung und der neue Bezug hatten mehr gekostet als ein neuer Sessel aus einem teuren Möbelgeschäft.

»Du weißt, das Mom früher schon einmal verheiratet war, richtig?«

»Klar.« Vorsichtig führte Bret die Lippen an das heiße Getränk und probierte einen kleinen Schluck.

Einen Moment lang wusste Liam nicht weiter. Er nahm einen zweiten Anlauf. »Hast du gehört, dass Julian True in Last Bend ist?«

Bret hob den Kopf und sah ihn verwundert an. »Das weiß doch jeder.«

»Er ist hier, um deine Mutter zu besuchen.«

»Mom? Wow! Seit wann kennt Mom Julian True?«

»Er ist der Mann, mit dem sie früher verheiratet war.«

Bret lachte auf. »Das glaube ich nicht.«

»Es ist die Wahrheit. Er ist Jaceys Vater.«

Bret stellte seinen Becher auf den Tisch und sah Liam entsetzt an. »Ist er etwa auch mein Vater?«

Liam lächelte beruhigend. »Um Gotteswillen, nein. Ich bin dein Vater.«

Bret legte die Stirn in Falten. »Und Mom ist meine Mutter?«

»Ja, natürlich.«

»Dann ist es ja gut.« Bret widmete sich wieder seinem Kakao.

Liam fand es erstaunlich, dass Bret die Nachricht über Julian True einfach so wegsteckte. Doch dann fuhr Bret fort: »Das ist echt nichts Besonderes. Die Mutter von Sally war mal mit Mr. Harris verheiratet, dem der Supermarkt gehört. Und der Vater von Bill McAllister war mit einer Frau aus dem Friseursalon verheiratet.« Er machte eine Pause. »Aber mit einem Typen aus Hollywood … Meinst du, Julian True gibt mir ein Autogramm?«

Liam kam aus dem Staunen nicht heraus. »Ich glaube, das lässt sich einrichten.«

Sie hörten, wie die Eingangstür aufging und drehten sich um. Jacey und Rosa waren zurück.

Jacey stürzte zu Bret und schüttelte ihn. »Mach das nie wieder, hörst du? Ich bin vor Angst fast gestorben.« Sie schloss ihren kleinen Bruder in die Arme und drückte ihn an sich.

Bret befreite sich mühsam. »Ist ja schon gut, Jacey. Weißt du, dass Mom mal mit Julian True verheiratet war?«

»Ja, das wissen wir.« Rosa zerzauste ihm die Haare. »Musstest du uns alle so ängstigen?«

Bret ging darüber hinweg. »Wisst ihr auch, dass er Jaceys Vater ist? Ich meine, der andere Vater?«

»Ja.« Rosa streifte ihren Mantel ab. »Auch das ist uns bekannt. Aber er gehört nicht zu unserer Familie.« Sie ging in die Küche.

»Nein, das tut er nicht«, sagte Jacey bestimmt. »Wir sind ohne ihn vollständig. Nur Mom fehlt jetzt noch.«

❀

Als Liam den Fernseher anstellte, um Nachrichten zu schauen, sprangen ihm Bilder von True und Mikaela entgegen. Die Stimme einer sogenannten Promi-Expertin begann, die Ehe der beiden von allen Seiten zu beleuchten. Liam stellte den Fernseher wieder aus und war froh, dass die Kinder in ihren Zimmern waren. Als wenig später das Telefon klingelte, machte er den Fehler, ranzugehen. Eine Frau aus dem Reitverein, die er nicht kannte, erklärte, sie habe ja nicht geahnt, dass Mikaela einmal mit diesem Wahnsinnsmann verheiratet gewesen sei und könne es noch immer nicht fassen. Liam gab unverbindliche Laute von sich, die im Redeschwall der Frau untergingen.

Danach ging das Telefon in einer Tour. Zu guter Letzt zog Liam den Stecker aus der Wand. Als daraufhin sein Handy klingelte, schaltete er auch das aus.

Anschließend folgte er mechanisch den abendlichen Ritualen. Er aß mit Rosa und den Kindern, wusch mit seiner Schwiegermutter das Geschirr ab, sah zu, dass Bret duschte, bevor er zu Bett ging, und las ihm auf seine Bitte die ersten Seiten aus *Prinz Caspian von Narnia* vor. *Der König von Narnia* hatten sie beendet. Doch währenddessen dachte er fortwährend an die Bilder, die im Fernsehen gezeigt worden waren.

Als Bret eingeschlafen war, gab er ihm noch einen Kuss auf die Stirn und verließ das Zimmer. Auf dem Flur nahm er den Lichtstreifen unter Jaceys Tür wahr.

Leise klopfte er an und sagte: »Ich bin's.«

»Komm rein.«

Er öffnete die Tür und fand genau das vor, was er befürchtet hatte. Jacey saß im Schneidersitz auf ihrem Bett und sah fern. Über den Bildschirm zogen Bilder von Mikaela und Julian True.

»Mach das bitte aus«, sagte Liam und ließ sich unbeholfen auf dem roten Sitzsack in der Ecke nieder.

Jacey tat wie geheißen und sah Liam dann bedrückt an. »Ich habe Mom heute total schrecklich behandelt. Ich hätte ihr sagen sollen, wie glücklich es mich macht, dass sie aufgewacht ist. Stattdessen war ich gemein zu ihr.«

Liam suchte vergebens nach einer bequemen Sitzposition. »Ich bin sicher, dass sie dir verzeiht. Geh sie morgen wieder besuchen, sag ihr, dass es dir leidtut, und sprich vor allem mit ihr über Dinge, die ihr gemeinsam erlebt habt. Hilf ihr, in ihr Leben zurückzufinden. Nur darauf kommt es im Moment an.«

Jacey ließ den Kopf hängen. »Das weiß ich doch. Aber ich war so wütend, dass sie mir nie erzählt hat, wer mein Vater ist. Und dass sie sich an ihn erinnert, aber an uns nicht.« Sie schlug die Hände vors Gesicht. »Ich war so durcheinander und habe alles falsch gemacht.«

Liam wartete, bis sie sich wieder gefasst hatte und die Hände sinken ließ. »Wenn Mom wieder bei uns ist und ihr Gedächtnis zurückerlangt hat, wird sie dir ihre Beweggründe erklären. Ich nehme an, ihr Schweigen hing mit ihren Gefühlen für True zusammen.«

Als Jacey etwas einwerfen wollte, hielt Liam eine Hand hoch. »Lass mich ausreden. Du bist alt genug, um zu wissen, dass die Liebe vielerlei Formen annehmen kann. Manchmal ist sie etwas Leichtes und Heiteres, ein andermal ist sie schwer und wirkt wie ein Sog, dem man sich nicht entziehen kann. Es ist nichts, das man vorher entscheiden oder beeinflussen kann, und eigentlich geht es auch nur die Liebenden etwas an. Verstehst du, was ich meine?«

Jacey überlegte. »So in etwa.«

Liam lächelte. »Eines Tages wirst du es ganz verstehen. Was ich sagen will, ist, dass ich nicht genau weiß, was die Zeit mit True deiner Mutter bedeutet, auch nicht, was ihre Vergangenheit für uns bedeutet. Ich kann dir aber versprechen, dass Grandma, du, Bret, Mom und ich immer eine Familie bleiben werden. Gemeinsam werden wir deiner Mutter helfen, wieder ganz bei uns zu sein. Darüber hinaus werden wir uns Zeit lassen, das, was wir in den letzten Wochen erlebt und erfahren haben, sorgfältig zu verarbeiten. Und wir werden darüber reden. Einverstanden?«

Es war offenkundig, dass es ihr schwerfiel Ja zu sagen, aber sie überwand sich und nickte. »Ich hab dich lieb, Dad«, fügte sie hinzu.

Dad. Das Wort war Musik in Liams Ohren und erinnerte ihn an alles, was sie über die Jahre zusammen erlebt hatten und was sie auf unauflösliche Weise verband. Mit einem Mal spürte er einen Anflug von Zuversicht. Sie würden die Schwierigkeiten, die sich aus Mikaelas Vergangenheit und ihrer Krankheit ergeben hatten, alle gemeinsam bewältigen und die Kraft, die dazu notwendig war, aus ihrer Liebe zueinander schöpfen.

Liam rappelte sich ungeschickt hoch, verfluchte den Sitzsack im Stillen und gab Jacey einen Kuss.

»Gute Nacht, Jacey.«

»Gute Nacht, Dad.«

Liam nahm die Treppe nach unten. Er war noch nicht müde, dazu ging ihm zu viel durch den Kopf.

Er schenkte sich einen Whiskey ein, tigerte eine Zeit lang mit dem Glas in der Hand unten durch die Räume und setzte sich schließlich ans Klavier.

Mit dem Zeigefinger schlug er ganz leise einen Ton an

und hörte zu, wie er verklang. Wie oft hatte er hier gesessen und gespielt, für seine Familie, für Gäste und immer wieder für Mikaela.

Er hätte gern geglaubt, dass es wieder so werden würde wie früher und er für seine Frau spielen, am Klavier ein bisschen für sie angeben könnte. Aber er war sich dessen nicht sicher. Andererseits, war er es nicht inzwischen gewöhnt, zu hoffen und zu warten? Immerhin hatte er jahrelang auf eine Frau wie Mikaela gewartet und wochenlang darauf, dass sie aus dem Koma erwachte. Nun würde er darauf hoffen, dass sie zu ihm zurückfand und ihm irgendwann vielleicht sogar sagte, dass sie ihn nicht nur gebraucht hatte, um sich sicher zu fühlen.

❀

Als True in seinem geblümten Zimmer die Decke auf den Kopf fiel, zog er seine warme Jacke über und stahl sich an Lizbet vorbei aus dem Country House Inn.

Im Ort brannten nur noch vereinzelt Lichter, das Café und die beiden anderen Lokale, die es gab, waren bereits geschlossen. Nur im Bowlingcenter schien noch etwas los zu sein.

True trat ein, bestellte bei Lou einen doppelten Whiskey und ging auf die hinterste Ecke des Restaurants zu, mit dem Rücken zu den anderen Gästen. Trotzdem registrierte er das aufgeregte Getuschel hinter sich, bei dem es um ihn und Kayla ging.

Glücklicherweise fiel es ihm leicht, die Leute zu ignorieren. Alle Hollywoodstars lernten, wie man sich in einer glotzenden Menschenmenge bewegte. Nach einer Weile sah man, ohne richtig hinzuschauen, ließ Gesichter an sich vorüberziehen, ohne sie wahrzunehmen.

Lou brachte seinen Whiskey. »Die Leute sagen, dass Sie nicht nur wie Julian True aussehen, sondern dass Sie es auch tatsächlich sind. Ist das wahr?«

»Leider.« True setzte sein schiefes Grinsen auf. »Können Sie dafür sorgen, dass ich meinen Whiskey in Ruhe trinken kann?«

Lou nickte verständnisvoll. »Geht klar.«

Nach dem zweiten doppelten Whiskey begann True, über sein Leben und die Liebe nachzudenken und sich zu fragen, ob seine Einstellung zu beiden die richtige war. Es dauerte nicht lang, bis er erkannte, dass er an seinem Leben nichts ändern würde. Im Grunde gefiel es ihm so, wie es war.

Und die Liebe? Er hatte das Wort so oft benutzt, dass es ihm kaum noch etwas bedeutete. Zu Beginn seiner Ehe mit Kayla hatte er damit noch Gefühle verbunden, aber das, was Campbell ihm gezeigt hatte, diese lange gemeinsame Zeit voller Hingabe und die Bereitschaft, für den anderen Opfer zu bringen, das war ihm fremd.

Zu ihm passte eine kurze Zeit mit einer Frau und eine Beziehung, in der guter Sex im Vordergrund stand. Wenn die Lust auf den anderen abgeklungen war, verabschiedete man sich und zog weiter. Genuss ohne Reue. Wahre Liebe lief sicherlich anders, aber die großen Gefühle fanden bei ihm nur vor der Kamera statt, nicht im echten Leben.

Doch an Kayla hatte er gehangen, das stand außer Zweifel. Sie hatte einen Liebreiz besessen, den er danach bei keiner seiner vielen Liebschaften mehr gefunden hatte.

Hatte er es bedauert, als Kayla ihn verließ? Er wusste es nicht mehr. Wenn, war es offenbar nur ein flüchtiges Gefühl gewesen.

Jemand schlug ihm auf die Schulter. Als er sich umdrehte,

stand Val vor ihm. »Ich habe dich überall gesucht«, sagte er und ließ sich True gegenüber nieder. Er warf einen Blick in die Runde. »Sehr elegant hier. Ist Bowling dein neues Hobby?«

»Was willst du?«, fragte True. »Ich bin wütend auf dich.«

»Das ist in Ordnung. Dafür sind Agenten da.« Val winkte Lou herbei und wollte von ihm wissen, welche Whiskeysorten er anzubieten habe.

»Den da«, antwortete Lou und deutete auf Trues Glas.

»Das macht die Sache einfach«, sagte Val mit einer Spur Herablassung in der Stimme. »Ich nehme einen doppelten. Und das Gleiche für meinen Freund hier, er sieht aus, als könne er noch einen vertragen.«

»Was tust du hier?«, fragte er True, als Lou verschwunden war, um ihre Getränke zu holen.

»Nichts.« True trank den letzten Schluck seines Whiskeys. »Hast du dich schon mal gefragt, was aus Typen wie uns wird, wenn wir irgendwann alt sind?«

Val grinste. »Zwei heiße Babes an jedem Arm und ein paar graue Haare?«

True starrte auf die Tischplatte. »Ich glaube, wir werden sehr einsam sein, in unseren sauteuren Häusern, in denen uns niemand besuchen kommt. Wir werden alt und runzelig und sehnen uns nach dem, was wir einmal waren, was wir einmal hatten und nicht zu schätzen wussten.«

Val schwieg verdattert, während Lou ihnen die Getränke brachte. »Die Gegend hier bekommt dir nicht«, antwortete er schließlich. »Gut, dass wir morgen zurückfliegen.«

»Stell dir vor, man bietet mir irgendwann keine Rollen mehr an, und ich bin einfach nur noch peinlich«, fuhr True unbeirrt fort. »Ich lade mich selbst zu Partys ein, liege jedem mit meinen längst vergangenen Erfolgen in den Ohren, trinke zu viel und bin den Frauen nur noch lästig.«

»Bist du krank?«, fragte Val. »Oder hat dich diese gottverlassene Gegend in eine Sinneskrise gestürzt?«

»Seit ich Kayla wiedergesehen habe, denke ich über mein Leben nach.«

Val lachte. »Ist dir kein besserer Zeitvertreib eingefallen?«

»Anscheinend nicht.«

»Und was wirst du jetzt anfangen mit deiner neu gewonnenen Weisheit?«

True drehte sein Glas in den Fingern. »Nichts.«

»Das ist wenig.« Val musterte seinen Freund prüfend. »Wünschst du dir plötzlich ein anderes Leben? Mit Häuschen, Garten, Frau und Kindern? Willst du am Wochenende den Rasen mähen, dein Auto waschen und abends mit den Nachbarn grillen? Sonntags deine Schwiegereltern besuchen?« Val nickte zu den Bowlingbahnen hinüber. »Die Typen dahinten würden so einiges dafür geben, wenn sie einen Tag lang leben könnten wie du.«

»Habe ich etwa gesagt, dass ich mit ihnen tauschen will?«

Val prostete ihm zu. »Das wollte ich hören.«

❀

In der Nacht schlief Liam unruhig und wurde immer wieder wach. Gegen Morgen gab er den Versuch auf, doch noch mal einzuschlafen, und knipste seine Nachttischlampe an. Auf dem Fußboden lagen die Zeitungen und Zeitschriften, die er am Vortag wider besseres Wissen gekauft hatte, um sich die alten Fotos von True und Mikaela anzusehen, die teilweise ganze Doppelseiten füllten. Die Schlagzeilen rangierten von »True kehrt zu großer Liebe zurück« bis »True küsst Dornröschen wach«.

Als stünde er unter einem Zwang, nahm er die Zeitschriften erneut in die Hand und betrachtete die junge Mikaela mit dem Mann, den sie geliebt hatte. Nein, den sie noch immer liebte.

Er wünschte, er wüsste, wie es nun weitergehen sollte. Würde seine Frau sich an die Jahre erinnern, die sie mit ihm verbracht hatte? Und wenn ja, hätten diese Jahre im Vergleich zu ihrer Zeit mit True Gewicht?

In der Nacht war er zu dem Schluss gekommen, dass Mikaela trotz allem bei ihm bleiben würde. Wie damals, als sie einwilligte, ihn zu heiraten, würde sie sich für das Sichere und Beständige entscheiden, das er ihr bot.

Außerdem würde sie True zuliebe nicht ihre Kinder im Stich lassen, sie waren bei ihr immer an erster Stelle gekommen. Vermutlich hatte sie True seinerzeit nicht zuletzt wegen Jacey verlassen, weil sie sich für ihr Kind eine solidere Umgebung als Hollywood wünschte. Und ihn hatte sie unter anderem geheiratet, um Bret und Jacey in einer richtigen Familie aufziehen zu können. Wenn es hart auf hart kam, würde sie ihre Leidenschaft wieder opfern, um ihnen Stabilität bieten zu können.

Aber es war niederschmetternd, sich vorzustellen, dass sie nur der Kinder wegen bei ihm blieb. Oder noch schlimmer: Dass sie blieb, weil True sie nicht bat, mit ihm zu kommen.

Früher hatte er sich eingeredet, seine Liebe zu ihr reiche für sie beide aus. Seit er gesehen hatte, wie Mikaela True anblickte, wusste er, dass das Unsinn war. In Wahrheit wünschte er sich, wie jeder andere Liebende auch, dass seine Gefühle im gleichen Maß erwidert wurden.

KAPITEL 25

Im Traum stieg Mikaela erneut zu dem großen halbrunden Haus empor. Wieder hörte sie, dass irgendwo ein Kind weinte. Voller Sorge nahm sie die Eingangsstufen und öffnete die Haustür.

»Hallo, ist da jemand?«, rief sie in den dunklen Flur.

Das Weinen wurde lauter.

Sie tastete über die holzvertäfelte Wand und fand diesmal den Lichtschalter. Über ihr ging eine Deckenlampe an, eine Art Kronleuchter, mit Armen aus knorrigen Ästen.

Sie lief weiter und kam an einer offenen Tür vorbei. Dahinter lag ein Raum, in dem Stühle um einen Esstisch gruppiert waren.

»Ist jemand zu Hause?«, rief sie und horchte, aus welcher Richtung das Weinen kam. Ihr Blick fiel auf den Esstisch, und sie hatte plötzlich ein Bild vor Augen, auf dem sie selbst daran saß, an ihrem … an ihrem angestammten Platz. Wie seltsam. Sogar ihre Stimme hörte sie. *Iss nicht so hastig,* sagte sie. *Nimm den Ellbogen vom Tisch.*

Sie hörte das Klappern von Besteck. Jemand stellte ein Glas geräuschvoll ab. Eine Mädchenstimme verlangte nach einer zweiten Portion Nachtisch.

Und noch immer weinte im Haus ein Kind.

»Wo bist du?«, rief sie.

Sie stieg die Treppe hinauf. Mit einem Mal war ihr, als stünde jemand hinter ihr, doch als sie sich umdrehte, war niemand zu sehen.

»Wo bist du?«, rief Mikaela erneut.

Keine Antwort.

Sie hastete die letzten Stufen hinauf und lief über den oberen Flur, der nun keine Türen mehr hatte.

Der Flur endete an einer Wand.

Sie wandte sich um. Hinter ihr war nichts mehr. Sie stand auf einem winzigen Fleck, den ein Stück Teppich bedeckte. Um sie herum war alles schwarz.

Dann tauchte eine Tür vor ihr auf. Sie drehte den Knauf. Die Tür öffnete sich zu einem dunklen Raum, in dem sie nichts erkennen konnte. Doch das Kind musste darin sein, das Weinen klang nun ganz nah.

Wie von Geisterhand ging irgendwo ein Licht an und Mikaela entdeckte einen rothaarigen Jungen in Jeans und T-Shirt, der sich in eine Ecke verkrochen hatte.

Sie trat zu ihm und hob mit den Fingern sanft sein tränennasses Gesicht an. Sie erkannte den Jungen, hatte ihn irgendwo schon einmal gesehen.

Sie strich über seinen Kopf, und plötzlich fiel ihr sein Name wieder ein.

»Bret«, sagte sie. »Warum weinst du?«

Dann wurde sie wach. Der Traum verflog, doch das Bild des Jungen blieb. Ebenso sein Name.

Bret. Das war der Junge, der in ihrem Krankenzimmer gewesen war und sich über sie gebeugt hatte. Und dann verschwunden war.

Bret. Und mit einem Mal war die Erinnerung da. Bret war ihr Sohn. Er war der Junge, den sie mit Liam hatte. Ein Junge von neun Jahren, mit rotem Haar und großen braunen Augen. Das Kind, das sie ebenso innig liebte wie Jacey. Und das sie nicht erkannt hatte.

Mikaela schaltete ihre Nachttischlampe an und griff nach dem Handy, das Liam ihr gebracht hatte. Ihr Blick fiel auf die Zeitangabe. Drei Uhr morgens.

Auch wenn ihr Kopf nun vor Erinnerungsbildern überquoll, um diese Uhrzeit konnte sie ihren Sohn nicht anrufen, um ihm zu sagen, dass sie wieder wusste, wer er war, und dass sie ihn liebhatte. Sie lehnte sich zurück, schloss die Augen und grub in ihrem Gedächtnis nach mehr Details über Bret.

❀

Als Mikaela das nächste Mal wach wurde, war es schon neun Uhr morgens.

Nun konnte sie Bret auch nicht anrufen, der Junge würde bereits in der Schule sein.

Sie nahm das Frühstückstablett von ihrem Nachttisch, schenkte sich Kaffee ein und begann, an einer trockenen Waffel zu knabbern.

Sie hatte zwei Kinder, das wusste sie nun wieder. Jacey, deren Vater Julian war, und Bret, Liams und ihr gemeinsamer Sohn.

Langsam ging sie die Stationen ihres Lebens mit den Kindern durch. Zuerst kam Jacey an die Reihe, dann Bret. Sie sah sie als Babys, als Krabbelkinder, im Kindergarten, beim Spielen, auf dem Weg zur Schule – und sie sah sich selbst, wie sie mit ihnen schmuste. Aber alles fiel ihr offenbar noch nicht ein – sie wusste nichts von Trotzreaktionen, Wutanfällen und Erziehungsmaßnahmen – doch ihre Fortschritte stimmten sie optimistisch.

Nach einer Weile wanderten ihre Gedanken zurück zu Julian, und sie stellte fest, dass das, woran sie sich aus ihrer gemeinsamen Zeit am meisten erinnerte, die Tage und Nächte waren, die sie auf ihn gewartet hatte. Darauf, dass er anrief, nach Hause kam oder irgendein Versprechen hielt, das er ihr gegeben hatte. Sie hatte sogar noch auf ihn gewartet, nachdem sie ihn verlassen hatte.

Und dann? Wie war es weitergegangen? Ihr war bekannt, dass es eine Scheidung gegeben hatte. Langsam kamen die Details zu ihr zurück. Sie war von Kalifornien nach Washington gezogen, um sich an einem College zur Krankenschwester ausbilden zu lassen. Danach hatte sie in diesem Krankenhaus in Last Bend eine Stelle angenommen.

Hier hatte sie auch Liam kennengelernt. Das war, als sie seinen Vater gepflegt hatte.

Mikaela zog die Brauen zusammen. Und danach?

Danach hatte sie erfahren, dass Julian wieder geheiratet hatte, und ihre Hoffnung, er würde sie und Jacey zu sich holen, war zerplatzt.

Sie hatte Liam schätzen gelernt, sein sanftes Wesen, seine Zuverlässigkeit, die ruhige, kluge Art, mit der er alles bedachte und überlegt handelte.

Sie hatte ihn geheiratet, diesen Mann, den sie mit der Zeit ins Herz geschlossen, aber nie mit derselben Maßlosigkeit geliebt hatte, wie es bei Julian der Fall gewesen war.

Sie ließ die Jahre mit Liam Revue passieren, die Stück für Stück zu ihr zurückkehrten.

Sie hatte sich gewünscht, ihn ebenso zu lieben wie Julian,

doch wie sollte sie das, wenn Julian den Großteil ihres Herzens gefangen hielt?

Zu ihrer Verwunderung stellte sie fest, dass sie es zutiefst bedauerte, Julian nicht aus ihrem Herzen verbannt zu haben. Stattdessen hatte sie ihm den Platz krampfhaft freigehalten, ihre Gefühle für ihn warm gehalten und zugelassen, dass sie sich wie ein Keil zwischen sie und Liam schoben. Wie unreif sie gewesen war.

Sie schaute zu dem Tisch hinüber, wo all das stand, was Liam ihr gebracht hatte in der Hoffnung, sie während ihres Komas zu erreichen. Wie konnte er bloß so viel für sie empfinden, obwohl sie so töricht gewesen war?

Sie blickte auf den hohen Kartenstapel voller Genesungswünsche. Die hübschesten standen aufgeklappt auf den beiden Fensterbänken. Seit sie aus dem Koma erwacht war, kamen täglich neue hinzu – Freunde und Bekannte, die ihr schrieben, wie sehr sie sich auf ihre Rückkehr freuten.

In Last Bend war sie Teil einer Gemeinschaft. Doch auch das war ihr erst in diesem Moment klargeworden. Offenbar hatte sie all die Jahre, die man sie in Sunville als Außenseiterin behandelt hatte, so tief verinnerlicht, dass sie sich auch in Last Bend als solche gefühlt hatte. Sogar wenn sie Wohltätigkeitsveranstaltungen organisiert, sich im Jugendreitverein engagiert oder Gäste zum Abendessen eingeladen hatte, war ihr gewesen, als stünde sie außerhalb der Gemeinschaft. Nun konnte sie nicht fassen, wie wenig sie sich mit sich und ihrem Leben auseinandergesetzt hatte. Hatte sie ihre Gedanken und Gefühle nie hinterfragt?

Wie durch Watte hörte sie, dass jemand klopfte.

Im nächsten Moment kam ihre Mutter herein. In ihrem dunklen Hosenanzug, dem roten Pulli und mit dem hochgesteckten weißen Haar sah sie wundervoll aus. Sie hatte ein Fotoalbum unterm Arm.

»Ich kann mich wieder an alles erinnern«, sagte Mikaela ohne Umschweife. »Oder zumindest an fast alles.«

»Dafür habe ich gebetet«, flüsterte ihre Mutter glücklich, schloss sie mit tränenfeuchten Augen in die Arme und hielt sie lange an sich gedrückt.

Mikaela erzählte ihr, dass sie Bret am Vortag nicht erkannt, in der Nacht aber von ihm geträumt hatte. »Geht es ihm gut?«, fragte sie. »In meinem Traum hat er nach mir gerufen.«

»Bret fehlt nichts«, antwortete ihre Mutter und ließ sich auf dem Besucherstuhl nieder. »Und wenn, würde sich sein Vater um ihn kümmern. Auf Liam ist Verlass, im Gegensatz zu –«

»Nein, *mamá*«, unterbrach Mikaela sie. »Lass uns nicht wieder über Julian reden.«

»Gute Idee.« Rosa umklammerte das Fotoalbum auf ihrem Schoss.

»Wann kommen Jacey und Bret?«, fragte Mikaela.

»Am Nachmittag, nehme ich an. Bret macht heute einen Ausflug mit der Klasse. Sie wollten irgendwo Adler beobachten. Und Jacey muss ein Referat über unser Wahlsystem halten.«

»Wie viel ich im Leben der Kinder versäumt habe«, sagte Mikaela bekümmert.

»Ich bin sicher, dass sie dir alles brühwarm erzählen werden«, entgegnete ihre Mutter und reichte ihr das Album.

Mikaela strich über den weichen Ledereinband. »Das hast du neu gekauft, oder?«

»Ja, ich wollte einige Fotos von früher für dich zusammenstellen. Los, schlag es auf.«

»Hetz mich doch nicht so«, antwortete Mikaela lächelnd. »Ich war krank.«

»Entschuldige.« Ihre Mutter guckte betreten. »Seit ich mich um die Kinder kümmere, habe ich mir diesen Kommandoton angewöhnt. Oder ich rede wie Bret und alles ist ›voll gut‹ oder ›voll krass‹.«

Mikaela schlug das Album auf. Auf der ersten Seite klebte ein getrocknetes Veilchen. Darunter hatte ihre Mutter in verschnörkelter Schrift »Meine Tochter« geschrieben.

Sie blätterte weiter. Auf der nächsten Seite sah man nur ein altes, kleines Schwarz-Weiß-Foto mit einer geknickten Ecke. Es zeigte ihre Mutter vor der Baracke, in der sie mit anderen Wanderarbeiterinnen gehaust hatte, als sie zur Obsternte aus Mexiko gekommen war – eine zarte, ein wenig verloren wirkende Frau in einem gestreiften Kittelkleid, die verlegen in die Kamera lächelte.

»Ich hätte es auch getan«, sagte Mikaela wie zu sich selbst.

»Was?«

»Mich mit einem Mann eingelassen, der mich da rausholt. Der mir ein besseres Leben anbietet.«

Rosa zog die Brauen zusammen und sah ihre Tochter verwundert an. »Ich habe mich nicht deswegen mit deinem Vater eingelassen. William war der Mann, mit dem ich zusammen sein wollte – bis ans Ende meiner Tage, wenn es nach mir gegangen wäre. Vielleicht wäre es klüger gewesen, ihn weniger zu lieben, aber unsere Gefühle haben leider einen eigenen Willen und fragen nicht lange nach unserem Verstand.«

Mikaela errötete. »Entschuldige, *mamá*, das war ein geschmackloser Kommentar von mir.«

»Ja, allerdings. Aber blätter mal weiter.«

Mikaela studierte die Fotos ihrer Kindheit. Das kleine Haus, wo sie neben der hohen Hecke stand; das schlichte Wohnzimmer, wo sie im Sonntagskleid steif auf dem Sofa saß. Immer wieder sah sie sich selbst, beim Spielen im Sandkasten, mit verschmiertem Mund beim Eis essen, am ersten Schultag und als junges Mädchen Arm in Arm mit ihrer Mutter, sie und Rosa in ihren orangeroten Kellnerinnen-Uniformen vor dem Imbiss, in dem sie gearbeitet hatten.

Dann kam das Hochzeitsfoto von ihr und Julian.

Mikaela sah ihre Mutter erschrocken an. »Woher hast du das?« Sie hatte es in einem Kissenbezug in ihrem Schrank versteckt, daran erinnerte sie sich genau.

Ihre Mutter seufzte. »Liam hat es während deines Komas entdeckt.«

Der Gedanke daran, wie das für ihn gewesen sein musste, schnürte Mikaela die Kehle zu. Als sie Liam heiratete, hatte sie alle Hinweise auf ihre erste Ehe verborgen. Sie hatte es aus Rücksicht auf Liam getan, um ihm den Vergleich mit seinem glamourösen Vorgänger zu ersparen. Doch das war nicht alles. Sie mochte es sich kaum eingestehen, aber sie hatte Julian für sich allein haben wollen. Nicht einmal Jacey hatte sie an ihm teilhaben lassen.

»Ich verstehe die Frau nicht mehr, die ich vor meinem Koma war«, sagte sie bedrückt und schaute ihre Mutter an. »Warum habe ich mich so sehr an meine Gefühle für Julian geklammert? Das Leben, das ich mit Liam hatte, war doch gut.«

Rosa seufzte. »Wie schön, dass du es langsam einsiehst.«

Gedankenverloren blätterte Mikaela weiter in dem Album. Wie jung sie gewesen war, als sie Julian geheiratet hatte. Jung und strahlend schön.

Doch das Strahlen war ihr offenbar rasch vergangen, schon nach wenigen Seiten häuften sich die Fotos von ihr und Julian, auf denen ihr Lächeln künstlich schien, ihr Blick stumpf.

Es folgten die Fotos mit Jacey, auf denen Julian überhaupt nicht mehr in Erscheinung trat. In Kalifornien hatte die Nanny Fotos von ihnen geschossen, später, als sie und ihre Tochter in Washington lebten, waren es Bekannte gewesen, mitunter auch Fremde. Auf diesen Fotos wirkte sie regelrecht verhärmt.

Dann kamen die ersten Fotos von ihr und Liam.

»Na?«, fragte ihre Mutter, »fällt dir etwas auf?«

Mikaela studierte die Fotos. »Nein.«

»Schau, wie du plötzlich wieder lächeln kannst. Ich weiß noch, wie ich mich gefreut habe, als du mir die ersten Fotos von euch beiden geschickt hast. Endlich, dachte ich, endlich sieht sie wieder fröhlich aus.«

Ja, auf den meisten Fotos mit Liam machte sie einen fröhlichen Eindruck, das stimmte. Doch es gab nicht ein einziges darunter, auf dem sie mit ihrem Mann einen verliebten Blick tauschte. »Ich wünschte, meine Gefühle für ihn wären stärker«, sagte Mikaela leise. »Ich habe doch jeden Grund, ihn zu lieben. Aber irgendetwas scheint mit mir nicht zu stimmen.«

»Du weißt, woran es liegt«, erwiderte ihre Mutter.

Mikaela schloss das Album. »Es kommt mir vor, als hätte ich durch diese eine große Liebe mein ganzes Leben verpfuscht.«

»Verpfuscht?« Ihre Mutter verdrehte die Augen. »Ich glaube, ein verpfuschtes Leben sieht anders aus als deines.«

»Ich muss trotzdem etwas ändern.« Mikaelas Blick richtete sich nach innen. »Ich will es besser machen.«

»Wenigstens musst du nichts mehr verbergen«, versuchte

ihre Mutter, sie aufzumuntern. »Geheimniskrämerei ist etwas Entsetzliches. Sie gibt dem Verborgenen zu viel Macht. Glaub mir, *mi hija,* ich weiß, wovon ich rede.«

Rosa stand auf. »Ich komme heute Nachmittag wieder.« Sie gab Mikaela einen Kuss. »Das Album lasse ich dir hier. Es wird dir beim Nachdenken helfen.«

KAPITEL 26

Als ihre Mutter sich verabschiedet hatte, kam einer der Physiotherapeuten des Krankenhauses mit einem Teller Haferbrei zu Mikaela und trainierte mit ihr, wie sie die rechte Hand führen sollte, um sie nicht mehr so ruckartig zu bewegen. Mikaela musste sich bei den Übungen zur Geduld zwingen, und als es ihr nach einer Weile noch immer nicht mit der gleichen Geschmeidigkeit gelang wie früher, hätte sie den Teller am liebsten an die Wand gepfeffert.

Als sie wieder allein war, trat sie ans Fenster und blickte auf das Verwaltungsgebäude des Krankenhauses. Sie erkannte die Weihnachtsdekoration in den Büros und erinnerte sich, wie der ganze Ort zu dieser Zeit mit Tannenzweigen und Lichterketten geschmückt wurde.

Sie dachte an die Zeiten, wenn sie ihr Haus mit den Kindern vor Weihnachten dekoriert und Plätzchen gebacken, sich mit Liam Geschenke überlegt und Freunde zum Grog eingeladen hatte. Die kommenden Weihnachtstage würden wohl weniger festlich ausfallen, sie wusste ja nicht einmal, ob sie dann zu Hause oder im Krankenhaus sein würde.

Sie hörte, wie jemand an der Tür klopfte und drehte sich so schnell um, dass sie aus dem Gleichgewicht geriet. Ihr rechtes Bein war noch zu schwach, um sie bei abrupten Bewegungen zu tragen. Schwankend hielt sie sich an der Fensterbank fest und rief: »Herein.«

Diesmal war ihr Besucher Liam.

Er strich sich das lange Haar aus der Stirn, das so dringend geschnitten werden musste, und schien ebenso verlegen zu sein wie sie. Keiner von beiden hatte eine Ahnung, wie er sich dem anderen gegenüber verhalten sollte. Oder wie es mit ihnen weitergehen würde.

Mikaela dachte an all das, was sie ihm verheimlicht hatte. Nun hatte er es erfahren, und sie schämte sich für den Schmerz, den sie ihm zugefügt hatte.

»Deine Mutter hat mir erzählt, dass du dich wieder an vieles erinnern kannst.«

Mikaela nickte, ging mit vorsichtigen Schritten zu ihrem Bett und ließ sich auf der Kante nieder. Liam nahm sich einen Stuhl.

»Das ist großartig«, sagte er. Es klang mechanisch und ohne viel Begeisterung.

Mikaela registrierte die tiefen Falten in seinen Augenwinkeln. Sie war sich beinah sicher, dass sie vor ihrem Unfall weniger ausgeprägt gewesen waren.

Ich liebe dich. Das waren die Worte, die er wahrscheinlich gebraucht hätte. Sie hätte sie ohne Weiteres aussprechen können, sie wären nicht einmal gelogen gewesen. Doch gemessen an der Liebe, die sie einmal gekannt hatte, war die für Liam immer ein blasser Abklatsch gewesen. Sie war ein Ausdruck der Zuneigung und des Vertrauens, nicht der Leidenschaft. Und doch … es war definitiv mehr zwischen ihnen gewesen als Freundschaft.

Julian hatte sie im Sturm erobert, und sie war von ihm

besessen gewesen. Es hatte einem Zwang geähnelt, der sich über Jahre gehalten hatte und nun erst langsam nachzulassen begann.

»Ich habe so viel falsch gemacht.«

Liam hob die Schultern. »Das haben wir beide.«

»Liam, ich –«

Er machte eine abwehrende Handbewegung. »Lass mich ausreden, sonst fange ich schon wieder an, alles hinunterzuschlucken. Du hättest mir die Wahrheit sagen müssen, nicht nur einen kleinen Teil davon. Ich möchte verstehen, warum du es nicht getan hast.«

Weil ich feige war, hätte sie antworten können. *Weil ich dich nicht verletzen wollte*. Doch das hätte zu weiteren Fragen geführt, und sie hätte ihm wieder wehtun müssen. Also schwieg sie.

Er betrachtete sie mit einem Ausdruck der Resignation. »Kannst du dir vorstellen, wie es für mich war? Zu spüren, dass meine Liebe und unser Zusammensein dir nicht genügen? Zwar hatte ich mich damit abgefunden, dass du meine Gefühle nicht im gleichen Maß erwiderst – trotzdem war mir klar, dass etwas fehlte. Etwas, das ich mir mein Leben lang gewünscht habe, und immer vergeblich.« Er wandte sein Gesicht ab und sah zum Fenster hinaus.

Mikaela wartete darauf, dass er weitersprach. Als es nicht geschah, sagte sie: »Ich kann mir denken, wie es war, im Schatten deines Vaters aufzuwachsen. Zu seinen Lebzeiten hat er schließlich den ganzen Ort hier dominiert. Und Julian ist allein schon durch seine Berühmtheit übermächtig, vielleicht wollte ich dir auch deshalb nicht allzu viel über ihn erzählen. Es ist schwer, gegen solche Menschen anzukommen.«

Sein Blick kehrte zu ihr zurück. »Ich möchte keine Lügen mehr zwischen uns. Während du im Koma lagst, bin ich wachgeworden. Vorher habe ich mir eingeredet, dass meine Liebe für uns beide ausreicht.« Er lachte auf. »Es ist erstaunlich, was man sich alles vormachen kann. Dabei habe ich doch genau gesehen, wie du manchmal distanziert oder schwermütig wurdest, ohne dass etwas Greifbares vorgefallen war. Wie deine Gedanken abschweiften und irgendwo waren, wo ich keinen Zutritt hatte. Wie du geschwiegen hast, wenn ich gefragt habe, was mit dir los ist. Das möchte ich künftig nicht mehr. Ich möchte nicht mehr dasitzen und erleben, wie du dich von mir entfernst und mir nicht sagst, warum. Ich möchte mich auch nicht ständig fragen, ob du in solchen Momenten an Julian True denkst.«

Was habe ich diesem Mann angetan?, dachte Mikaela, und ihre Brust schnürte sich zusammen. Wie musste er gelitten haben, während sie sich ihrer sinnlosen Obsession hingegeben hatte.

Liam stand auf und küsste sie sanft auf den Mund. In diesem einen Kuss lag die Verzweiflung und das ganze Leid, das sie ihm zugefügt hatte, aber auch die Freude der tiefen Liebe, die er für sie empfand. Bevor sie noch etwas sagen konnte, hatte er das Zimmer verlassen.

❀

Nach dem Mittagessen wartete Mikaela sehnsüchtig auf ihre Kinder. Eine Zeit lang sah sie fern. Wie immer zur Weihnachtszeit wurde *Ist das Leben nicht schön?* ausgestrahlt. Mikaela liebte diesen Film und hatte ihn Jahr für Jahr mit Liam geschaut. Früher hatten ihn auch die Kinder mitgeguckt, doch als Jacey letztes Jahr verkündete, der Film sei ihr zu schnulzig, hatte Bret ihn auch nicht mehr sehen wollen.

Als Liams Lieblingsszene kam – das war die Stelle, an der George Bailey aka James Stewart durch die Solidarität und Zuneigung seiner Mitbürger vor dem Bankrott gerettet wurde – sah sie automatisch zur Seite, um wie immer seine gerührte Reaktion zu beobachten. Doch natürlich war er nicht da. Mikaela musste gegen die Tränen kämpfen.

Als der Film vorbei war, schleppte sich die Zeit dahin, und die Kinder kamen noch immer nicht.

Mikaela holte den Koffer aus dem Schrank, den Liam für sie gepackt hatte und beschloss, wieder Tageskleidung anzuziehen. Sie klappte den Koffer auf und konnte kaum fassen, wie liebevoll ihr Mann die Sachen zusammengestellt hatte, die sie gern trug – ihren schwarzen Rock und den weißen Rollkragenpullover, die graue Hose aus weicher Wolle und den dazu passenden perlgrauen Pulli, Unterwäsche, Socken, Strumpfhosen, sogar Ohrringe hatte er eingepackt, und einen Kulturbeutel mit ihrem Make-up und ihrem Parfum.

Sie selbst hätte das weit weniger umsichtig gemacht, hätte wahrscheinlich nur ein paar Sachen gegriffen und sie in eine Reisetasche gestopft.

Mikaela wählte die Kombination aus Rock und Rollkragenpullover.

Das Ankleiden war noch immer ein wenig beschwerlich, und als sie fertig war, stand ihr der Schweiß auf der Stirn. Schminken konnte sie sich nicht, dafür war ihre rechte Hand noch zu unkoordiniert, sie sprühte sich bloß einen Hauch Parfum an den Hals.

Wenig später erhielt sie eine SMS von ihrer Mutter, die

ihr mitteilte, dass Jacey in einer Stunde käme, Bret ein wenig später.

Um die Zeit bis zu Jaceys Eintreffen totzuschlagen, ging Mikaela hinkend auf dem Flur auf und ab. Als sie das leid wurde, wanderte sie durch das Krankenhaus, bis sie auf die Kapelle stieß.

Es war nur ein weißer Raum mit einem einfachen Altar und einem schlichten Kreuz an der dahinterliegenden Wand. An der Seite des Altars befand sich eine Marienstatue.

Außer Mikaela war niemand da.

Sie setzte sich in die letzte Bankreihe, schloss die Augen und versuchte, an nichts zu denken und einfach nur ihrem Atem zu lauschen.

Doch ohne, dass sie es wollte, tauchten Bilder von Liam und den Kindern vor ihr auf. Wie aus weiter Ferne hörte sie ihre Stimmen – Brets und Jaceys fröhliches Lachen und Liam, wie er leise mit ihr sprach.

Dann sah sie sich auf der Beerdigung von Liams Vater. Sie hatte in der Menge der Trauergäste ganz hinten gestanden. Zum Gedenken an Ian Campbells schottische Herkunft spielte jemand auf einem Dudelsack, es hieß, dass Ian sich das gewünscht habe. Als der Sarg in die Erde gelassen worden war, reihte sie sich ein, um Liam zu kondolieren. Nachher, als alles vorbei war, sah sie zu, wie er in seinen Wagen stieg, und schaute ihm hinterher.

Eine Erinnerung folgte nun auf die andere, einige in scharf gezeichneten Bildern, andere verschwommen, alle ohne zeitlichen Zusammenhang. Es waren einfach Ausschnitte aus ihrem Leben. Einmal tanzte sie mit Liam auf einer Feier zum Unabhängigkeitstag, ein anderes Mal spülte sie in ihrer Küche das Geschirr und Liam trocknete ab … sie waren in einem Supermarkt und kauften ein … spielten mit den Kindern …

Die Bilder taten ihr gut. *Mehr*, dachte sie, *ich will noch mehr sehen.*

Eine Szene in der Kirche von Last Bend schwebte herbei. Es war Heiligabend, und sie hatten sich alle dick eingemummelt. Brets Haar war noch feucht, weil er sich bis zum letzten Moment geweigert hatte, unter die Dusche zu gehen.

Lächelnd öffnete sie die Augen. Es kam ihr vor, als wären alle in ihrer Familie – sie, Liam und die Kinder – wie die Stränge eines Seils, als trüge jeder auf seine Weise zu der Stärke und zum Zusammenhalt des Ganzen bei. Ihr Blick fiel auf ihren Ehering.

War sie der schwächste Strang gewesen? Hatte sie selbstsüchtig von Liams Stärke profitiert, sich darauf verlassen, dass er sie liebte, und ihm zum Dank Leid zugefügt? Hatte sie wirklich den Wert dieses unglaublichen Mannes verkannt, weil sie sich an jemand geklammert hatte, der Liam – das erkannte sie nun – im Traum nicht das Wasser reichen konnte?

Wieder erschien ein Bild vor ihrem inneren Auge. Diesmal waren Liam und sie hier im Krankenhaus. Bret war von einem Baum gefallen und hatte sich die Hand so unglücklich gebrochen, dass nicht klar war, ob er sie jemals wieder zu einer Faust schließen können würde.

Sie saß im Wartebereich, Liam stand am Fenster. *Ich hätte ihm nicht erlauben sollen, auf den Baum zu klettern*, sagte er verzweifelt. *Welcher Vater lässt einen kleinen Jungen auf einen so hohen Baum klettern?*

Sie suchte nach tröstenden Worten für Liam, der nicht nur ein liebevoller Ehemann, sondern auch ein wunderbarer Vater war.

Sie nahm ihn in den Arm und rief ihm ins Gedächtnis, dass Bret schon etliche Male auf den Baum geklettert und noch nie runtergefallen war. Sie erinnerte ihn daran, dass sie es ebenso zugelassen hatte wie er. Sie sagte: ›Dich trifft keine Schuld‹. Bei diesen Worten hatte dieser große, solide Mann das Gesicht in ihrer Halsbeuge vergraben und ein trockenes Schluchzen von sich gegeben.

Nun war ihr, als sähe sie diese Szene von außen, durch die Augen einer anderen Frau. Aus dieser Perspektive erkannte sie zwei Menschen, die einander in jeder Lebenssituation beistanden. Die einander, schlicht und einfach, liebten.

Liebten?

Liebte sie Liam? War sie in ihn verliebt? Und war diese Liebe lediglich anders als das, was sie für Julian empfunden hatte?

Sieh an, sagte eine Stimme in Mikaelas Kopf. *Anscheinend begreifst du langsam, dass es nicht nur eine Form der Liebe gibt.*

Es war, als hätte die Jungfrau Maria zu ihr gesprochen. Nur klang die Mutter Gottes überraschenderweise genau wie Mikaelas Mutter.

KAPITEL 27

Mikaela kehrte in ihr Zimmer zurück und humpelte zwischen Bett und Fenster hin und her, während sie auf Jacey wartete. Sie war nervös – sie hatte ihrer Familie so wehgetan, was, wenn sie ihr nicht verziehen?

Als ihre Tochter schließlich kam, schien sie genauso nervös zu sein.

Mikaela trat auf sie zu, zögerte, und strich ihr dann zärtlich über die Wange. Jacey schloss kurz die Augen.

Dann setzten sie sich an den Besuchertisch. Einen Moment lang wusste keine von beiden, was sie sagen sollte.

Jacey schaute zu Boden. »Entschuldige, dass ich gestern so fies war zu dir. Ich habe es nicht so gemeint.« Sie hob den Kopf. »Es war alles so viel auf einmal.«

Mikaela nahm ihre Hand. »O Schatz, ist schon gut. Eigentlich müsste ich mich bei dir entschuldigen. Unter anderem deshalb, weil ich mit dir nicht über deinen Vater gesprochen habe. Im Moment ist mir selbst noch nicht ganz klar, warum ich es nicht getan hatte.« Sie seufzte schwer. »Ich habe noch so viele Gedächtnislücken. Vorhin habe ich versucht, mich an kleine Dinge aus unserem Leben zu erinnern und wollte plötzlich unbedingt wissen, wie alt du warst, als du deinen ersten Milchzahn verloren hast. Als wäre das wichtig.« Sie lachte verlegen. »Ich weiß aber wieder, wie ich mich auf dich gefreut habe, als ich schwanger war, und wie lieb ich dich von Anfang an gehabt habe.«

Jaceys Augen füllten sich mit Tränen.

»Nicht weinen«, bat Mikaela. »Sonst heule ich auch gleich.«

Jacey blinzelte rasch die Feuchtigkeit weg. »Erinnerst du dich noch an den Tag im letzten Jahr, als wir in Seattle im Kino waren und *Vom Winde verweht* gesehen haben? Wie wir da geschluchzt haben?«

»O Gott, ja.«

»Und anschließend waren wir in diesem schicken Restaurant am Lake Union, weißt du noch?«

Mikaela nickte. »Auf dem See lagen Dampfer vertäut, die mit weihnachtlichen Lichterketten geschmückt waren. Es war einer dieser Abende, an denen ich versucht war, mit dir über deinen Vater zu sprechen.«

»Und warum hast du es nicht getan?«

Mikaela sah, dass Jacey Schultern sich wieder verkrampften und auf ihrer Stirn eine steile Falte erschien. Sie strich ihr beruhigend über die Hand und überlegte, was sie sagen sollte. Seltsamerweise war sie innerlich noch immer nicht so weit, dass sie die ganze Wahrheit erzählen konnte.

»Keine Lügen mehr, Mom«, sagte Jacey streng.

»Es ist nicht so einfach, wie ich dachte.«

»Ich habe Zeit.« Jacey lehnte sich zurück.

Schließlich gab Mikaela sich einen Ruck. »Als ich Julian heiratete, wurde ich eine andere Frau. Vorher bestand meine Identität darin, ein uneheliches Kind zu sein, halb Mexikanerin, halb Amerikanerin, hinterher war ich plötzlich Kayla True, die Frau eines aufsteigenden Hollywoodstars. Meine

Vergangenheit spielte keine Rolle mehr. Das machte mich glücklich. Deiner Grandma gefiel es weniger, sie hat nie viel von Julian gehalten – aber ich habe ihn bis zum Wahnsinn geliebt.

Zu Anfang hat mir auch das glamouröse Leben mit ihm gefallen. Das war etwas ganz anderes, als an der mexikanischen Grenze in einem Imbiss zu arbeiten. Aber irgendwann habe ich gemerkt, wie hohl die ewigen Partys waren, und dass ich – ebenso wie die anderen, die daran teilnahmen, – nur eine Rolle gespielt habe und kaum noch wusste, wer ich wirklich war. Und dann wurde ich schwanger. Das hat alles verändert. Da wusste ich wieder, wer ich war, und dass ich für dich und mich ein anderes Leben wollte, weitab von Hollywood. Doch das war nichts für Julian. Julian ist nicht gerade das, was man als Familienmensch bezeichnen würde. Im Grunde wollte er nicht einmal Vater werden.«

Jaceys Blick wurde durchdringend. »Er wollte mich nicht, stimmt's? Als du schwanger warst, hat er sich wahrscheinlich gewünscht, dass du mich loswirst.«

Mikaela schüttelte den Kopf. »So weit ist er nicht gegangen, aber eigentlich wollte er kein Kind. Das passte nicht zu seinem Leben.« Sie lächelte in sich hinein. »Aber ich wollte dich. Ich wollte dich so sehr, mein Schatz, vergiss das nie.«

»Und dann hast du ihn verlassen.«

»Ja.«

Jaceys Augen wurden wieder feucht. Sie wischte mit der Hand darüber. »Ich weiß noch, dass ich dich als Kind immer nach meinem Vater gefragt habe. Du hast jedes Mal zu weinen begonnen. Das war schrecklich, deshalb habe ich irgendwann damit aufgehört. Bestimmt habe ich dich mit meinen Fragen unglücklich gemacht.«

»Nicht du, ich selbst habe mich unglücklich gemacht. Bis ich Liam kennengelernt habe. Und nun schäme ich mich, weil ich ihm und dir nicht die Wahrheit über mein früheres Leben gesagt habe. Aber ich werde alles tun, um es wiedergutzumachen.«

»Es ist jetzt schon ein bisschen besser.« Jacey lächelte zittrig. »Wann kommst du nach Hause?«

Nach Hause. Wieder tat sich ein Bild vor Mikaela auf. Es zeigte Liam am Klavier. Er trug Jeans und ein T-Shirt mit irgendeiner Arzneiwerbung, das er von einem Ärztekongress mitgebracht hat. Im Geist hörte sie sogar das Stück, das er für sie spielte, es war der Liebestraum Nr. 3 von Liszt.

Sie trat zu ihm und legte eine Hand auf seine Schulter. Er sah zu ihr hoch und lächelte, sein Blick voller Bewunderung und Verlangen.

Bisher hatte sie diesen Blick für selbstverständlich genommen, doch das tat sie nun nicht mehr.

»Mom«, drängte Jacey. »Ich habe dich was gefragt.«

Mikaelas Gedanken kehrten zu ihrer Tochter zurück. »Ich werde bald wieder bei euch sein.«

»Du hast mir so gefehlt.« Jacey stand auf und umarmte ihre Mutter.

Mikaela genoss es, sie endlich wieder in der Armen zu halten, und drückte sie fest an sich.

Und plötzlich fiel ihr auch das ein, wonach sie vor einer Weile vergeblich in ihren Erinnerungen gesucht hatte. Sie küsste Jacey auf die Stirn. »Jetzt erinnere ich mich wieder an deinen ersten Schultag. Du hattest eine rote Cordjacke an und einen rosafarbenen Rock. Die Sachen hattest du selbst zusammengestellt und darauf bestanden, sie zu tragen. Selbst deine Lunchbox sehe ich wieder ganz deutlich vor mir.«

Jacey verdrehte die Augen. »Darauf war Kermit der Frosch.«

»Du wolltest nicht allein in die Schule gehen«, sprach Mikaela unbeirrt weiter. »Ich musste mit dir in den Schulbus steigen und war dann die einzige Mutter, die ihre Tochter begleitet hat.« Sie stieß einen langen Seufzer aus. »Gott, bin ich froh, dass mir das wieder eingefallen ist.«

Die Tür öffnete sich vorsichtig, und Mikaelas Mutter steckte den Kopf ins Zimmer. »Dürfen wir reinkommen?«

Sie zog Bret hinter sich her und musste den Jungen förmlich in Richtung seiner Mutter schieben. Dann stand er vor ihr und betrachtete sie ängstlich.

Mikaela erschrak. Das war nicht der Junge, an den sie sich erinnerte. Ihr Sohn war furchtlos und ungestüm.

»Bret«, sagte sie leise und beugte sich zu ihm hinab. »Gestern habe ich dir Angst eingejagt, weil ich noch nicht ganz gesund war, aber heute geht es mir besser.«

Bret hob den Kopf. »Weißt du wirklich, wer ich bin, oder hast du dir nur meinen Namen gemerkt?«

Mikaela blickte ihm tief in die Augen. »Ich weiß es wirklich, das verspreche ich. Ich weiß sogar, dass wir beide im Frühjahr am Nachtritt zu den Angel Falls teilnehmen werden.«

»Oh, Mom.« Bret schlang die Arme um sie. »Ich habe dich besucht, als du im Koma warst und dir jedes Mal den Zauberkuss gegeben. Hast du den gespürt?«

»Ja, ich glaube, manchmal habe ich ihn gespürt.« Mikaela sah, dass ihre Mutter und Jacey um die Wette strahlten. *Vielleicht wird doch noch alles gut*, dachte sie. »Hat Dad dir gesagt, wann er mich heute besuchen kommt?«, fragte sie Bret.

Bret schüttelte den Kopf und warf seiner Schwester einen fragenden Blick zu.

Jacey zuckte mit den Schultern. »Dad ist in seiner Praxis.«

»Oder er kommt nicht, weil du ihn nicht erkannt hast«, sagte Bret und schwang sich auf die Bettkante.

Mikaela setzte sich zu ihm und legte einen Arm um ihn. Mit halbem Ohr hörte sie zu, wie er von den Adlern erzählte, die er am Morgen mit seiner Klasse gesehen hatte. Als er verstummte, sagte sie: »Wisst ihr was? Ich werde mich selbst aus dem Krankenhaus entlassen und komme heute schon nach Hause.«

»Echt jetzt?«, fragte Bret.

Mikaelas Mutter wirkte weniger begeistert. »Das halte ich für keine gute Idee. Warum wartest du nicht, bis Dr. Penn dir grünes Licht gibt?«

»Dr. Penn ist ein Freund, er wird abends bei uns vorbeikommen und nach mir sehen. Fahr die Kinder nach Hause, *mamá*, in spätestens einer Stunde komme ich nach.«

Rosa stand auf. »Ich könnte noch einiges dazu sagen, aber weil die Kinder dabei sind, behalte ich es lieber für mich. Schau wenigstens, dass du dich am Hinterausgang abholen lässt. Am Haupteingang drücken sich noch immer die Paparazzi herum.«

»Hilfe«, sagte Jacey mit gespieltem Entsetzen. »In einer Stunde muss ich mein Zimmer aufgeräumt haben, sonst kriegt Mom als Erstes einen Herzanfall.«

❀

Als sie sämtliche Erklärungen zur Selbstentlassung unterschrieben hatte, packte Mikaela die Karten mit den Genesungswünschen und die Kassetten, die Liam ihr mitgebracht hatte, in ihren Koffer. Den Kassettenrekorder und den Springbrunnen würde sie später holen.

Dann setzte sie sich noch einmal auf ihr Bett und schaute sich um. Über einen Monat hatte sie hier verbracht und wollte nichts von dem vergessen, was sie hier über sich selbst gelernt hatte. In gewisser Weise war es schließlich das Koma gewesen, dem sie es verdankte, endlich zur Vernunft gekommen zu sein.

Sie konnte nur hoffen, dass es nicht zu spät war – nicht jeder erhielt eine zweite Chance.

Als es an der Tür klopfte, dachte sie, Liam käme vielleicht doch, um ihr einen Besuch abzustatten.

Doch statt seiner trat Julian ein. »Du trägst ja wieder normale Klamotten«, stellte er fest und lächelte charmant.

Mikaela klappte den Kofferdeckel zu. »Ich will nach Hause. Hier halte ich es nicht mehr aus.«

»Dann mach dich auf was gefasst. Aus mir unerklärlichen Gründen laufen die Leute hier heute in Bärenkostümen durch die Gegend.«

Die Gletschertage, dachte Mikaela. Auch Liam hatte sich jedes Jahr als Grizzly verkleidet und am Wettlauf der Bären teilgenommen. Zwar fand er das Ganze ein wenig albern, doch da der Wettlauf für einen guten Zweck gesponsert wurde, machte er mit.

»Kayla«, sagte Julian. »Warum sagst du nichts?«

»Ich habe über etwas nachgedacht.« Sie studierte das Gesicht des Mannes, der in ihrem Leben eine so große, eine *zu* große Rolle gespielt hatte. Er sah noch immer unverschämt gut aus, doch nun erkannte sie, dass das mehr oder weniger alles war. Julian True bestand aus seinem Aussehen und seiner schauspielerischen Begabung und auf seine Weise war er sicher auch ein netter Mensch, aber etwas Tieferes war bei ihm nicht vorhanden. Man musste ihn und Liam nicht nebeneinanderstellen, um zu erkennen, wer von ihnen der Diamant und wer der Glaskristall war.

Julian lachte nervös. »Bitte sag was, Kayla, und sieh mich nicht so komisch an.«

»Entschuldige.« Mikaela hob ihren Koffer vom Bett. »Du wolltest noch nie genau betrachtet werden. Du möchtest nur, dass man dir bewundernd zuschaut.« Sie fragte sich, warum sie so viele Jahre gebraucht hatte, um diese einfache Wahrheit zu begreifen.

»Das haben Schauspieler so an sich.« Er setzte sein Verführerlächeln auf. Früher waren ihr bei diesem Lächeln die Knie weich geworden. »Weißt du, dass du mir gefehlt hast?«

Wenn es nicht so traurig gewesen wäre, hätte sie laut gelacht. Noch vor Wochen hätte dieser Satz sie überglücklich gemacht, nun war er ihr nur noch unangenehm.

Julians Lächeln erlosch. »Kayla, was ist mit dir?«

Wie sollte sie ihm sagen, dass sie nichts mehr für ihn empfand? Schuldete sie ihm überhaupt eine Erklärung? Er wusste doch ebenso gut wie sie, dass ihre Geschichte seit langer Zeit zu Ende war.

»Ich danke dir, dass du gekommen bist, als Liam dich gerufen hat, Jules. Das werde ich dir nie vergessen.«

True runzelte die Stirn. »Werde ich hier gerade abserviert?«

Mikaela sah ihn kopfschüttelnd an. »Weißt du, vor meinem Koma hatte ich einen immer wiederkehrenden Traum. Darin war ich eine alte Frau mit weißem Haar. Meine Kinder hatten längst eigene Kinder, und Liam war inzwischen verstorben.

Ich wohnte in einer Art Cottage am Strand, doch in den Träumen saß ich meistens unten am Ufer und blickte aufs Meer hinaus. Und dann kam immer ein alter Mann auf mich zu. Dieser Mann warst du. Und mir wurde bewusst, dass ich seit Ewigkeiten auf dich gewartet hatte. Du nahmst meine Hand und sagtest, du seist nicht mehr Julian True, du hättest ihn für mich aufgegeben und seist nun wieder der Mann, dessen Namen du mir nie verraten wolltest.«

»Richtig, den wolltest du immer wissen«, sagte True versonnen. »Melvin Atwood Coddington ist mein Name.«

»Danke, dass du mir ihn endlich sagst.« Sie strich ihm über die Wange. »In der vergangenen Nacht hatte ich diesen Traum wieder. Doch diesmal war Liam noch am Leben, und er saß neben mir am Strand. Wir waren beide alt und grau und schauten unseren Enkelkindern dabei zu, wie sie fröhlich im Sand spielten. Und ich spürte, wie sehr ich ihn liebe. Ich hoffe, es ist nicht zu spät, es ihm zu sagen.«

»Ich bitte dich. Natürlich ist es nicht zu spät. Dieser Mann liebt dich abgöttisch, Kayla.«

Mikaela horchte dem Namen nach und sagte: »Kayla gibt es nicht mehr. Ich weiß kaum noch, wer sie war.«

True betrachte sie mit schief gelegtem Kopf. »Das klingt, als wolltest du unsere gemeinsame Zeit ungeschehen machen.«

»Nein, das will ich nicht – das könnte ich gar nicht. Es ist eher so, dass ich es jetzt erst schaffe, mich wirklich von dir zu lösen. Verrückt, oder?« Sie griff nach ihrem Koffer.

True nahm ihn ihr ab. »Du kannst nicht einfach aus dem Krankenhaus spazieren, die Presseleute halten alle Ausgänge besetzt. Lass mich kurz mit ihnen sprechen, und dann bringe ich dich nach Hause.«

»Und was willst du ihnen sagen?«

»Dass unsere Geschichte aus ist und Dornröschen zu ihrem geliebten Ehemann zurückkehrt. Allerdings kann es sein, dass dich einige der Reporter in den nächsten Tagen noch verfolgen werden.«

Mikaela lachte. »Die werden staunen. Mein Alltag in Last Bend ist wundervoll, aber für reißerische Schlagzeilen gibt er wenig her.«

True schloss sie ein letztes Mal kurz in die Arme. »Wir sehen uns in zehn Minuten am Hinterausgang.«

Als er sie wenig später zu seinem Wagen führte, war von der Presse niemand mehr zu sehen.

Bevor sie einstieg, blieb Mikaela stehen, atmete gierig die frische Luft ein und blickte durch die einsetzende Dämmerung zu den Bergen, über denen am bläulichen Winterhimmel eine blasse Mondsichel schwebte.

KAPITEL 28

Sie fuhren durch den Ort. Überall hingen Transparente, die zu den Gletschertagen einluden, und es gab zahlreiche Buden, an denen Menschenschlangen um heiße Getränke, Hotdogs und Hamburger anstanden.

Mikaela erklärte Trues Fahrer den Weg zum Highway. Wenig später hatten sie Last Bend hinter sich gelassen und fuhren durch ein Gebiet, das überwiegend aus Wäldern und Feldern bestand. Nur gelegentlich schienen die Lichter eines Wohnhauses auf.

Nach einer Weile bat Mikaela den Fahrer rechts abzubiegen, und sie erreichten ein riesiges Gelände. Im Dämmerlicht waren auf der Koppel ein paar Pferde zu erkennen.

Mikaela schaute aus dem Seitenfenster und sagte: »Das sind meine Schützlinge. Ich merke erst jetzt, wie sehr auch sie mir gefehlt haben.«

Dann kam ein großes halbrundes Haus in Sicht. Dahinter zog sich ein Wald hoch bis zu den Bergen. True schauderte. An so einem Ort wäre er binnen kürzester Zeit vor Langeweile verrückt geworden.

Mikaela bedankte sich bei dem Fahrer, nahm ihren Koffer und stieg aus. True bat den Chauffeur, noch einen Moment zu warten und folgte ihr. Er sah, wie verzückt sie Haus, Wald und Berge betrachtete.

»Ist es nicht wunderschön?«, fragte sie.

True fand, dass Mikaela an diesem Ort das einzig Schöne war. Doch er wollte kein Spielverderber sein und setzte eine begeisterte Miene auf.

»Magst du mit hineinkommen?«, fragte Mikaela. »Du könntest deine Tochter ein wenig besser kennenlernen.«

True wunderte sich, dass sie noch immer Gutes von ihm erwartete. Daran erinnerte er sich noch aus ihrer gemeinsamen Zeit. Sie hatte stets geglaubt, dass er zu dem Mann werden konnte, den sie irgendwo in ihm entdeckt hatte.

»Das hat keinen Zweck«, antwortete er. »Und das weißt du ebenso gut wie ich.«

Sie stieß einen Seufzer aus und wirkte plötzlich resigniert.

»Es wäre eine Lüge«, fuhr er fort. »Warum sollte ich Jacey etwas vormachen und sie nachher wieder enttäuschen?«

Mikaela wusste wohl, dass er recht hatte, und beharrte nicht darauf.

Er fasste ihren Arm. »Vergiss mich nicht, Kayla.«

»Wie könnte ich das?« Sie streichelte seine Wange. »Das, was wir einmal waren, werde ich immer in meinem Herzen bewahren.«

Wieder sah True sich als einsamen alten Mann, von seinen Fans vergessen und für Frauen uninteressant. Wahrscheinlich würde er dann in einem Sessel sitzen und sich an die Tatsache klammern, dass diese wundervolle Frau ihn einst mit Leib und Seele geliebt hatte.

Er griff nach ihrer Hand und begutachtete den schlichten Ehering. »Hast du den Ring noch, den ich dir geschenkt habe?«

Sie nickte.

»Gib ihn an Jacey weiter und sag ihr, dass …« Seine Stimme verlor sich. Er wusste nicht, was sie seiner Tochter sagen wollte.

»Jules?«

»Sag ihr, dass ich mir wünschte, ein besserer Vater zu sein.«

»Aber das kannst du doch noch sein, wenn du es wirklich willst.«

True schüttelte den Kopf. »Es würde nicht funktionieren.« Er nahm Mikaela in die Arme und küsste sie zum letzten Mal. »Noch mehr wünschte ich, ich hätte dich so lieben können, wie dein Mann es tut.«

Sie befreite sich aus seinen Armen und bückte sich nach ihrem Koffer. »Lebwohl, Julian«, sagte sie und ging davon, ohne sich noch einmal umzudrehen.

❀

Leise öffnete Mikaela die Hintertür. In der Küche roch es nach Tannennadeln und frisch gebackenem Apfelkuchen. Sie stellte den Koffer ab und warf einen Blick ins Wohnzimmer, wo bereits ein Weihnachtsbaum stand. Die Kinder und Rosa waren gerade dabei, ihn zu schmücken. Jacey und Bret plapperten munter durcheinander. Es war ein herzerwärmender Anblick.

Ihre Mutter wandte den Kopf und entdeckte sie.

Mikaela legte einen Finger auf ihre Lippen.

Rosa nickte lächelnd und deutete nach oben.

Mikaela nahm die Treppe auf Zehenspitzen. Oben angekommen, hielt sie inne und rang nach Atem. Das rechte Bein brannte wie Feuer.

Lautlos ging sie weiter. An der Schlafzimmertür blieb sie stehen und raffte ihren ganzen Mut zusammen.

Lieber Gott, bitte, lass es nicht zu spät sein.

Vorsichtig drückte sie die Tür auf.

Liam stand am Bett und schien in den Anblick seines Bärenkostüms vertieft.

»Liam.«

Er drehte sich um. Seine Augen weiteten sich. »Mika, um Himmelswillen, was tust du hier? Warum bist du nicht mehr im Krankenhaus? Du gehörst ins –«

Sie ließ ihn nicht ausreden. »Bitte sag, dass es nicht zu spät ist.«

»Wofür?«

Sie trat ans Bett, schob das Kostüm zur Seite und setzte sich. »Jahrelang hast du eine Frau geliebt, die unvollständig war. Manchmal habe ich dich beobachtet – insbesondere, wenn du so liebevoll mit den Kindern gespielt hast – und mein Herz hat sich vor Scham zusammengezogen, weil ich nicht die Frau war, die du verdient hast. Obwohl ich diese Frau sein wollte.«

Liam setzte sich stumm neben sie.

»Ich liebe dich, Liam.« So, nun hatte sie es ausgesprochen. Ihr Herz schlug wie verrückt.

Er runzelte die Stirn. »Du musst das nicht sagen, wenn du es nicht so meinst, das möchte ich nicht.«

»Ich sage nur die Wahrheit.«

Er wirkte nicht überzeugt.

»Ich liebe dich«, wiederholte sie beherzt. »Ich möchte mit dir alt werden. Ich möchte mit dir erleben, wie unsere Kinder erwachsen werden und selbst Kinder bekommen. Ich stelle mir vor, wie sie uns besuchen, dass ich dann viel zu viel koche, und unsere Enkel uns auf der Nase herumtanzen.«

Er wandte den Kopf zu ihr um, und sie war sicher, dass er an ihrem Blick erkannte, dass sie jedes Wort so meinte. Trotzdem betrachtete er sie forschend und fragte: »Was ist mit True?«

Erleichtert stellte Mikaela fest, dass der Name die Macht verloren hatten, ihr Herz zum Stocken zu bringen. Er war nur noch mit einer Erinnerung verbunden. »Julian gehört der Vergangenheit an. Er ist Teil einer Welt, die ich eine Zeit lang schön fand, dann jedoch nicht mehr. Aber ich habe ihn geliebt. Und als wir auseinandergingen, habe ich dieses Gefühl nicht loslassen können. In der ersten Zeit nach unserer Trennung dachte ich wahrscheinlich, wenn ich meine Liebe für ihn festhalte, wird es wieder so, wie es war. Und danach? Ich glaube, da ist mir das Festhalten zur Gewohnheit geworden, obwohl ich gar nichts mehr in den Händen hatte.« Sie senkte den Blick. »Ich war so dumm, Liam. So dumm, dass ich mit dem Kopf an einen Zaun knallen musste, um endlich zur Besinnung zu kommen. Du bist der Mann meines Herzens, und wenn du mir eine zweite Chance gibst, werde ich dich so lieben, wie du es verdient hast.«

»Du weißt, was du mir von Anfang an bedeutet hast«, sagte er leise. »Daran hat sich nichts geändert.« Er legte einen Arm um sie, zog sie an sich und stieß einen tiefen Seufzer aus. Er schien direkt aus den Tiefen seiner Seele zu kommen. »Wie lange ich auf dich gewartet habe.«

»Willst du mich denn noch?«, flüsterte sie.

»Natürlich.« Er lächelte. »Auch daran wird sich nie etwas ändern.«

Eine Weile saßen sie schweigend nebeneinander.

Und in Mikaelas Kopf war nur ein Gedanke: Nie wieder wollte sie die Dinge aus den Augen verlieren, auf die es im Leben wirklich ankam. Von nun an würde sie versuchen, jeden Moment mit Liam wertzuschätzen und zu genießen. Nun wusste sie, dass die Liebe nicht nur aus feuriger Leidenschaft bestand, sondern auch aus alltäglichen Augenblicken, aus Bausteinen, die ein solides Fundament ergaben, das durch nichts zum Einsturz gebracht werden konnte.

Obwohl ihr rechtes Bein höllisch schmerzte, stand sie mühsam auf und zog ihren Mann mit sich.

»Komm mit nach unten und spiel mir auf dem Klavier ein Weihnachtslied vor«, bat sie. Bevor er antworten konnte, schlang sie die Arme um seinen Hals und küsste ihn mit all der Liebe und Hingabe, die ihre Worte nicht richtig hatten vermitteln können. Als sie sich voneinander lösten, lächelte er sie an.

»Es wäre mir ein Vergnügen, Mika.«

Sie strahlte zurück. »Jetzt wirst du mich nie mehr los, ich hoffe, das ist dir klar. Ich bin dein.« Sie küsste ihn wieder. »Für immer und ewig.«

DANK

Ich danke Ann Patty und Elisa Wares für ihre große Begeisterungsfähigkeit, ihre kluge Redaktion und ihre Freundschaft.

Es war mir eine Freude, mit derart außergewöhnlichen Redakteurinnen zu arbeiten.

Ein weiteres Dankeschön geht wieder an Dr. Barbara Snyder und Katherine Stone für ihre Hilfe bei allen medizinischen Fragen.

Meinen lieben Freundinnen Ruth Hargiss, Trish Bey und Lori Adams danke ich für viele wunderschöne Erinnerungen.

ANMERKUNGEN DER ÜBERSETZERIN

Das Zitat von T. S. Eliot auf S. 5 ist folgender Ausgabe entnommen:

T.S. Eliot, Burnt Norton, in: Vier Quartette, dt. von Nora Wydenbruck, Suhrkamp, Frankfurt am Main, 1988.

Folgende Zitate wurden von der Übersetzerin selbst übertragen:

S. 73: »Den Reisenden in der Nacht leuchten die Sterne«
William Cartwright, Falsehood, in: Comedies, Tragicomedies, With Other Poems, London, 1651.

S. 163: »Es ist das Schicksal der Liebe … zu groß zu scheinen«
Amelia Barr, The Belle of Bowling Green, Dodd, Mead & Co., New York, 1904.

S. 229: »Wir führen unser Leben, indem wir nach vorn schauen und begreifen es erst, wenn wir zurückblicken«
Søren Kierkegaard, Journalen JJ:167 (1843), Søren Kierkegaards Skrifter, Søren Kierkegaard Research Center, Copenhagen, 1997.

Kristin Hannah
Die Mädchen aus der Firefly Lane
Immer für dich da
Roman
Aus dem Englischen von Gabriele Weber-Jarić
552 Seiten. Broschur
ISBN 978-3-7466-3685-6

Die einmalige Kraft einer Frauenfreundschaft

Mitten im turbulenten Sommer 1974 hat sich die vierzehnjährige Kate damit abgefunden, die langweilige Außenseiterin zu sein, als ihr gegenüber ein Mädchen einzieht, das alles zu haben scheint, was ihr fehlt: Tully ist schön, klug und ehrgeizig. Doch so aufregend sie auch wirken mag, so sehr entbehrt sie genau jenen Rückhalt einer liebenden Familie, wie Kate ihn kennt. Schon bald entwickelt sich zwischen den beiden Mädchen eine Freundschaft, die zum Ankerpunkt ihrer Leben wird. Während Tully in der glitzernden Welt der Achtziger Karriere beim Fernsehen macht, durch den Erfolg jedoch immer einsamer wird, droht Kate in ihrer Rolle als Ehefrau und Mutter aus dem Blick zu verlieren, wer sie wirklich ist. Doch ungeachtet aller Schwierigkeiten sind die beiden immer füreinander da – bis zu jenem schicksalhaften Tag, an dem ihr Miteinander am Ende scheint …

Regelmäßige Informationen erhalten Sie über unseren Newsletter.
Jetzt anmelden unter: www.aufbau-verlage.de/newsletter

atb aufbau taschenbuch